추억이 사라지기 전에

OMOIDE GA KIENAI UCHI NI by Toshikazu Kawaguchi
Copyright © Toshikazu Kawaguchi, 2018
All rights reserved.
Original Japanese edition published by Sunmark Publishing, Inc., Tokyo

This Korean language edition published by arrangement with
Sunmark Publishing, Inc., Tokyo in care of
Tuttle-Mori Agency, Inc., Tokyo through Botong Agency, Seoul.

이 책의 한국어판 저작권은 Botong Agency를 통한 저작권자와의 독점 계약으로 비빔북스가 소유합니다.
신 저작권법에 의하여 한국 내에서 보호를 받는 저작물이므로 무단전재와 무단복제를 금합니다.

思い出が消えないうちに
추억이 사라지기 전에

가와구치 도시카즈 지음 | 김나랑 옮김

PROLOGUE

어느 거리의, 어느 찻집의
어느 자리에는 신비한 도시 전설이 깃들어 있다.
그 자리에 앉으면, 그 자리에 앉아 있는 동안에는
원하는 시간으로 이동할 수 있다는 전설이다.

다만 몇 가지 성가신……,
아주 성가신 규칙이 있었다.

하나. 과거로 돌아가도 이 찻집을
 방문한 적이 없는 사람은 만나지 못한다.
둘. 과거로 돌아가서 어떠한 노력을 할지언정
 현실은 바뀌지 않는다.
셋. 과거로 돌아가는 자리에는 먼저 온 손님이 있다.
 그 손님이 자리를 비켜야만 앉을 수 있다.
넷. 과거로 돌아가도 자리에서 일어나 움직일 수 없다.
다섯. 과거에 머물 수 있는 시간은, 커피를 잔에 따른 후
 그 커피가 식을 때까지에 한한다.

성가신 규칙은 여기서 끝이 아니다.
그럼에도 불구하고 오늘도 전설을 듣고
찾아오는 손님의 발길이 이어진다.

당신이라면 이런 숱한 규칙들을 듣고도
과거로 돌아가고 싶나요?

이 이야기는 불가사의한 찻집에서 벌어진
네 개의 따뜻한 기적입니다.

"이기적이야."라고 원망하지 못한 딸의 이야기,
"행복하니?"라고 묻지 못한 남편의 이야기,
"미안해."라고 말하지 못한 여동생의 이야기,
"널 좋아해.'라고 고백하지 못한 청년의 이야기.

그날로 돌아갈 수 있다면,
당신은 누구를 만나러 가시겠습니까?

일러두기
· 본문의 괄호 안 내용 중 주석에 해당하는 부분은 모두 옮긴이의 주(註)입니다.
· 인물의 나이는 우리나라식 나이가 아닌 만(滿) 나이입니다.

차례

프롤로그   4

제1화
"이기적이야."라고 원망하지 못한 딸의 이야기   8

제2화
"행복하니?"라고 묻지 못한 남편의 이야기   130

제3화
"미안해."라고 말하지 못한 여동생의 이야기   224

제4화
"널 좋아해."라고 고백하지 못한 청년의 이야기   300

제1화

"이기적이야."라고 원망하지 못한 딸의 이야기

"전……, 혼자가 아니었나 봐요."

"그렇군요."

"왜 홋카이도에 있는 거야?!"

수화기 너머로 도키타 케이의 흥분한 목소리가 울려 퍼졌다.

"자자, 진정하라고."

도키타 나가레는 14년 만에 듣는 아내의 목소리를 반가워하고 있을 시간이 없었다.

나가레는 지금, 홋카이도에 있었다. 홋카이도에서도 하코다테시(市)다.

하코다테에는 20세기 초에 세워진 서양 건물이 많은데, 특히 1층은 일본풍, 2층은 서양풍으로 지어진 독특한 가옥이 산재해 있다. 하코다테산 기슭에 자리한 모토마치는 구(舊) 하코다테구 공회당, 일본에서 가장 오래된 사각 전봇대, 베이 지구의 붉은 벽돌 창고 등 정취가 물씬 느껴지는 관광 명소로 유명하다.

나가레의 전화 상대인 케이는 현재 도쿄의, 시간을 이동할 수 있는 찻집 '푸니쿨리 푸니쿨라'에 있었다.

케이는 자신의 딸을 만나기 위해 15년이라는 시간을 뛰어넘어 과거에서 미래로 온 것이다. 그러나 케이가 미래의 찻집에 머물 수 있는 시간은 고작 '커피가 식을 때까지'뿐이다. 하물며 홋카이도에 있는 나가레는 커피가 어느 정도 식었는지 알 방법이 없었다.

그러므로 나가레는 용건만 간략하게 설명해야 했다.

"내가 왜 홋카이도에 와 있는지 설명할 시간이 없어. 잘 들어."

"뭐? 시간이 없다고?"

물론 케이도 시간이 없다는 사실은 충분히 알고 있었다.

"시간이 없는 건 나라고!"

케이의 말투가 거칠어졌다.

그러나 나가레는 개의치 않았다.

"거기 중학생으로 보이는 여자애 있지?"

"응? 중학생 여자애? 있어. 왜, 2주쯤 전이었나? 사진 찍으러 미래에서 왔었잖아!"

케이에게는 2주 전 기억이겠지만, 나가레에게는 15년도 더 지난 일이다. 그렇다고 실수를 할 수는 없었다. 우연히 그 자리에 다른 여자아이가 있을 가능성도 생각했다.

"눈이 동그랗고 민소매 셔츠 입고 있는 애 맞지?"

"그래, 그래. 그 애가 뭐?"

"침착하게 잘 들어. 당신은 지금, 무언가 착오가 생겨서 15년 후로 와 버렸어."

"……? 뭐? 잘 안 들려!"

중요한 이야기를 꺼내려고 할 때마다 거센 바람이 불었다. 휘웅휘웅, 나가레의 휴대폰 송화구에 부딪는 바람 소리 때문에 케이에게는 내용이 거의 전해지지 않았다. 그러나 시간이 없었다. 나가레도 초조했다.

"어쨌든, 그 눈앞에 있는 여자애가!"

덩달아 나가레의 눈이 커졌다.

"응? 뭐? 그 애가……."

"우리 딸이야!"

"……뭐라고?"

나가레의 휴대폰이 잠잠해졌다. 그 대신 케이가 있는 '푸니쿨리 푸니쿨라'에서 괘종시계가 댕, 댕, 울리는 소리가 들려 왔다.

나가레는 작게 한숨을 내쉰 뒤 케이가 처한 상황을 나직이 설명하기 시작했다.

"당신은 10년 후로 가겠다는 약속을 하고 미래로 떠났으니까 우리 애가 열 살쯤 됐으리라 생각했겠지만, 착오가 생겨서 10년 후 15시가 아닌 15년 후 10시로 와 버렸어. 잘 봐, 가운데 괘종시계가 10시를 가리키고 있지?"

"……아, 응."

"미래에서 돌아온 당신한테 그 얘기를 듣긴 했는데, 우린 피치 못할 사정이 생겨서 홋카이도에 오게 됐어. 잘 알 테지만, 시간이 없으니 설명은 생략할게. 어쨌든……."

나가레는 여기까지 빠르게 설명한 다음, 한 호흡을 내쉬었다.

"어쨌든 짧은 시간이겠지만, 건강하게 자란 우리 딸 모습을 똑똑히 눈에 담고 가."

부드럽게 말한 후 일방적으로 전화를 끊었다.

지금 나가레가 서 있는 곳에서는 곧게 뻗은 언덕길과 그 끝에 새파랗게 펼쳐진 하코다테 항구가 보였다.

나가레는 발길을 휙 돌려 가게 안으로 들어갔다.

딸그랑딸그랑.

하코다테는 언덕의 도시다.

일본에서 가장 오래된 콘크리트 전봇대가 시작점인 니지쓰켄자카 언덕이나, 유명 관광지인 베이 지구의 붉은 벽돌 창고와 인접한 하치만자카 언덕 등 그 수만 열아홉이다. 하코다테도쿠마에부터 우오미자카 언덕, 후나미자카 언덕, 야치가시라 방면으로 아사리자카 언덕과 아오야기자카 언덕이 이어진다.

그리고 수많은 언덕 사이에 관광객에게는 알려지지 않은 언덕도 존재했다.

공식적인 이름은 없는 탓에 현지 사람들은 '이름 없는 언덕'이라고 불렀다.

나가레가 일하는 찻집은 그 이름 없는 언덕의 중턱에 위치했다.

가게 이름은 '찻집 도나도나'.

이 찻집의 어느 자리에는 불가사의한 도시 전설이 깃들어 있었다.

그 자리에 앉으면, 그 자리에 앉아 있는 동안에는 원하는 시간으로 이동할 수 있다는 전설이다.

다만 몇 가지 성가신……,

아주 성가신 규칙이 있었다.

하나. 과거로 돌아가도 이 찻집을 방문한 적이 없는
     사람은 만나지 못한다.

둘. 과거로 돌아가서 어떠한 노력을 할지언정
     현실은 바뀌지 않는다.

셋. 과거로 돌아가는 자리에는 먼저 온 손님이 있다.
     그 손님이 자리를 비켜야만 앉을 수 있다.

넷. 과거로 돌아가도 자리에서 일어나 움직일 수 없다.

다섯. 과거에 머물 수 있는 시간은,
     커피를 잔에 따른 후
     그 커피가 식을 때까지에 한한다.

성가신 규칙은 여기서 끝이 아니다.

그럼에도 불구하고 오늘도 전설을 듣고 찾아오는 손님의 발길이 이어진다.

나가레가 전화를 끊고 돌아오니 카운터 자리에 앉은 마쓰바라 나나코가 기다렸다는 듯이 말을 걸었다.
"나가레 씨는 도쿄에 남지 않은 거 후회 안 하세요?"
나나코는 하코다테 대학에 다니는 학생으로, 연한 베이지색 상의를 헐렁한 바지에 넣어 입은 세련된 요즘 여대생이었다. 화장을 옅게 하고, 자연스러운 웨이브 머리를 가볍게 뒤로 묶고 있었다.
나나코는, 세상을 떠난 나가레의 아내가 오늘 딸을 만나기 위해 과거에서 도쿄의 찻집으로 찾아온다는 이야기를 들었다. 그런데 아내와 14년 만에 재회할 기회임에도 그 자리에 있지 않고 달랑 전화만 건 점을 의아하게 생각했다.
"네, 뭐."
나가레는 어정쩡하게 대답한 후, 나나코 일행의 뒤를 지나 카운터 안으로 들어갔다.
나나코의 옆에는 무라오카 사키가 책 한 권을 들고 졸린 표정으로 앉아 있었다. 사키는 하코다테의 종합 병원에서 근무하는 정신과 의사로, 나나코와 마찬가지로 이 찻집의 단골손님이었다.

"아내분, 만나고 싶지 않으세요?"

나나코의 호기심 어린 시선이 키가 2미터쯤 되는 거구의 사내 나가레에게로 향했다.

"그 사람은, 거, 그러니까……."

"왜요?"

"제가 아니라 딸을 만나러 온 거니까……."

"그래도요."

"괜찮아요. 저한테는 그 사람과 함께한 추억이 남아 있으니까……."

그러므로 조금이라도 엄마와 딸, 두 사람만의 소중한 시간을 지켜 주고 싶다는 뜻이다.

"나가레 씨, 다정하네~."

나나코의 말꼬리가 늘어졌다.

"그렇지 않아요."

나가레의 귀가 빨갛게 물들었다.

"부끄러워하지 않으셔도 돼요."

"부끄러워하는 거 아니에요."

나가레는 도망치듯 주방으로 모습을 감췄다.

그와 스치듯 주방에서 도키타 카즈가 나왔다. 이 찻집의 웨이트리스인 카즈는 흰 셔츠에 베이지색 프릴 스커트를 입고, 하늘색 앞치마를 두르고 있었다. 올해 나이 서른일곱이지만, 시원하고 산뜻한 인상 덕에 실제 나이보다 훨씬 어려 보였다.

"몇 번째 질문까지 했죠?"

카즈는 카운터로 돌아오자마자 불쑥 다른 이야깃거리를 꺼냈다.

"응? 아, 스물네 번째."

나가레의 이야기에는 아무런 흥미도 보이지 않고, 나나코의 옆에서 책만 뚫어지게 보던 사키가 대답했다.

"아, 그러고 보니……."

나나코는 생각났다는 듯이 중얼거리며 사키가 가지고 있는 책을 들여다보았다.

사키는 앞으로 몇 장 훌훌 넘기더니 거기에 적혀 있는 내용을 소리 내어 읽었다.

만약 내일 세상이 멸망한다면? 100가지 질문.
질문 24.
당신에게는 지금 사랑하는 남성, 또는 여성이 있습니다.

만약 내일 세상이 멸망한다면, 당신은 어떤 선택을 하겠습니까?
① 일단 프러포즈한다.
② 의미가 없으므로 프러포즈하지 않는다.

"자, 몇 번?"

사키는 책에서 눈을 휙 돌려 옆에 있는 나나코의 얼굴을 보았다.

"음, 고민되네······."

"얼른 골라 봐."

"선생님은 어떻게 하실 거예요?"

"나? 난 일단 하고 볼래."

"어째서요?"

"후회하고 죽기는 싫거든."

"그렇구나."

"어? 나나코는 안 할 거야?"

나나코는 고개를 크게 갸웃하며 "음······." 하고 낮은 신음을 낸 후에 말했다.

"상대방이 절 좋아하는지 싫어하는지 확실히 아는 상태라면 프러포즈해도 괜찮은데······, 그렇지 않으면 안 할 것 같아요."

"무슨 말이야?"

사키는 나나코의 말을 이해하지 못한 눈치였다.

"음, 저에 대한 감정이 확실하면 상대방을 고민하게 할 필요도 없잖아요?"

"응."

"근데 저한테 아무런 감정도 없는 사람에게 프러포즈하면 새삼 절 의식하게 될 테고, 그걸로 고민에 빠뜨리고 싶지는 않거든요."

"아, 맞아. 진짜 그런 경우 있어. 특히 남자들. 호감이라고는 눈곱만큼도 없었는데 밸런타인데이에 초콜릿 받거나 하면 갑자기 의식하고 그러잖아?"

"내일 세상이 멸망하는 마당에 다른 사람한테 고민거리를 하나 더 얹어 주기는 영 껄끄럽다고 해야 할까요? 만약 대답을 못 들으면 저 역시 찜찜할 테고요. 그러니까 전 의미가 없다고는 생각하지 않지만, 프러포즈는 안 할 것 같아요."

"나나코, 너무 진지하게 생각하는 거 아니야?"

"네? 그런가요?"

"그래. 내일 세상이 멸망하는 일은 없으니까."

"……아, 그야 그렇죠."

나가레가 전화하러 자리를 뜨기 전부터 이런 대화가 오가고 있었다.

"카즈 씨라면 어떻게 할 거예요?"

나나코가 카운터 쪽으로 몸을 내밀었다.

사키도 흥미진진한 눈빛으로 카즈를 쳐다봤다.

"저는……."

딸그랑딸그랑.

"어서 오세요."

카우벨 소리에 카즈가 반사적으로 찻집 입구를 보며 인사했다. 단번에 종업원 얼굴로 돌아왔다. 나나코와 사키도 그런 카즈를 이해하고 대답을 재촉하지 않았다.

그러나 들어온 사람은 손님이 아니었다.

"다녀왔습니다!"

연분홍색 원피스를 입은 여자아이가 씩씩한 목소리로 인사했다.

아이는 무거워 보이는 토트백을 끌어안고, 손에는 사진이 인화된 엽서를 쥐고 있었다.

그 아이의 이름은 도키타 사치. 올해 막 일곱 살이 된 카즈의 딸이다. 아버지, 즉 카즈의 남편 신타니 고쿠는 세계적으로 유명한 사진가였다. 그는 호적상 도키타 가문에 입적했으나, 사진가로 활동할 때는 옛 성(姓)을 사용했다. 세계 각지를 돌아다니며 풍경 사진을 찍는 탓에 일본에 머무는 날은 일 년에 며칠뿐이었다. 그래서 신타니는 여행지에서 찍은 사진을 엽서로 만들어 사치에게 이따금 보내곤 했다.

"어서 와."

나나코가 대답하고, 카즈는 사치 뒤에 서 있는 청년에게 시선을 던졌다.

"좋은 아침입니다!"

청년의 이름은 오노 레이지. 이 찻집의 아르바이트 직원이다. 청바지와 흰 티셔츠를 입은 편안한 복장에, 언덕길을 급하게 올라왔는지 숨이 살짝 가쁘고 이마에는 땀이 맺혀 있었다.

"마침 요 앞에서 우연히 마주쳐서……."

레이지는 누가 묻지도 않았는데 사치와 함께 들어온 이유를 설명하더니 주방으로 들어갔다. 두 시간 후에 시작하는 점심 영업 준비가 있었다. 주방 안에서 나가레에게 인사하는 소리가 들렸다.

사치는 하코다테 항구가 한눈에 내다보이는 큰 창가 테이블에 자리를 잡았다. 마치 자기 방 책상에 앉은 듯한 모습이었다.

가게 안에는 나나코와 사키 외에 입구 쪽 테이블 자리에 앉은 검은 양복의 노신사, 그리고 4인용 테이블 자리에 앉은 나나코 또래의 여자 손님뿐이었다. 그 여자 손님은 개점할 때부터 들어와서는 달리 하는 일도 없이 그저 하염없이 창밖만 바라보고 있었다.

이 찻집의 개점 시간은 아침 7시, 꽤 이른 편이다. 아침에 시장 등을 방문하는 관광객에게 맞춰 가게 문을 일찍 열었다.

사치가, 끌어안고 있던 토트백을 창가 테이블 위에 올려놓았다.

쿵, 생각보다 묵직한 소리가 났다.

"어? 그건 뭐야? 또 도서관에서 빌려 온 거니?"

"네."

나나코는 사치에게 물어보며 맞은편 자리에 앉았다.

"삿짱은 책을 정말 좋아하는구나."

"네."

휴일마다 아침 일찍 도서관에서 책을 빌려 오는 것이 사치의 습관이라는 것을 나나코는 알고 있었다. 이날은 사치가 다니는 초등학교의 개교기념일이었다.

사치는 기쁜 표정으로, 빌려 온 책을 테이블 위에 늘어놓기 시작했다.

"매번 어떤 책들을 읽는 거야?"

"아, 나도 궁금해. 삿쨩은 무슨 책 좋아해?"

카운터 자리에 있는 사키도 몸을 쑥 내밀었다.

"어디 보자."

늘어놓은 책으로 나나코가 손을 뻗었다.

"허수와 정수의 도전장."

사키도 같이 읊었다.

"우주가 유한할 경우의 묵시록."

"현대 양자 역학과 는 미스 다이어트."

나나코와 사키가 번갈아 가며 제목을 읽어 내려갔다.

"피카소에게 배우는 고전 미술의 쟁점."

"콘코리칸콘 정신세계."

책을 집어 들 때마다 두 사람의 얼굴에서 점점 표정이 사라졌다. 책 제목에 적잖이 충격을 받은 것이다.

테이블 위에는 아직 제목을 확인하지 않은 책 두어 권이

더 있었지만, 이미 두 사람에겐 손 뻗을 마음이 사라진 후였다.

"어, 어려워 보이는 책들뿐이네?"

나나코가 당황해서 경직된 얼굴로 말했다.

"어려우려나?"

사치는 고개를 갸웃했다.

"이 책을 이해할 정도면 내가 삿짱한테 '선생님'이라고 불러야겠는데……."

사키는 《콘코리칸콘 정신세계》를 바라보며 한숨 섞인 목소리로 중얼거렸다. 아무래도 이 책은 정신과에서 일하는 사키 같은 사람들이 읽는 의학서인 모양이었다.

"내용은 이해 못 해요. 단순히 글자 보는 걸 좋아할 뿐이에요."

카즈가 두 사람을 달래듯 카운터 안에서 말했다.

"아무리 그래도. 그치?"

"그러니까요."

일곱 살 여자아이가 고를 만한 책이 아니라고 말하고 싶은 눈치였다.

나나코는 카운터석으로 돌아가서 방금까지 사키가 읽던 책을 들어 몇 장을 훌훌 넘겨 보았다.

"나한텐 이 정도 책이 딱 좋은데……."

작은 글자가 배곡히 나열된 책이 아니라 한 장에 몇 줄 적혀 있지 않은 책이 좋다는 의미였다.

"그거 뭐예요?"

사치는 그 책에도 흥미를 보였다.

"읽어 볼래?"

나나코가 사치에게 책을 건넸다.

"만약 내일 세상이 멸망한다면? 100가지 질문.'

사치가 눈을 반짝이며 제목을 읽었다.

"재밌겠다!"

"해 볼래?"

이 책을 가지고 온 사람은 나나코였다. 자신이 가져온 책에 사치가 흥미를 보이자 흐뭇했다.

"네!"

사치가 웃는 얼굴로 대답했다.

"그럼 이왕 하는 거 첫 번째 질문부터 하지?"

"그게 좋겠네요."

사키의 제안에 동의한 나나코가 펼쳐 놨던 페이지를 앞으로 되돌려 소리 내어 읽었다.

만약 내일 세상이 멸망한다면? 100가지 질문.

질문 1.

당신의 눈앞에는 세상이 무너져도 한 명은 살 수 있는 생존의 방이 있습니다.

만약 내일 세상이 멸망한다면, 당신은 어떤 선택을 하겠습니까?

① 들어간다.

② 들어가지 않는다.

"자, 어떻게 할래?"

나나코의 맑고 투명한 목소리가 울렸다.

"……으음."

사치가 미간을 찌푸렸다.

나나코와 사키는 진지하게 고민하는 사치의 옆얼굴을 흐뭇하게 바라보았다. 이러니저러니 해도 역시 일곱 살 아이구나 싶어 안도한 것이다.

"삿짱한테는 어려운 질문이었나?"

나나코가 사치의 얼굴을 들여다보았다.

"난 안 들어갈래요."

나나코의 질문에 사치는 단호하게 대답했다.

"뭐?"

그 단호함에 나나코는 당혹감을 드러냈다.

자신은 '들어간다.'를 선택했기 때문이다. 옆에 있는 사키도 마찬가지였다.

카운터 안에서는 카즈가 태연한 표정으로 세 사람의 대화에 귀를 기울이고 있었다.

"어, 어째서?"

나나코가 물었다. 목소리가 살짝 상기됐다. 일곱 살짜리 소녀가 '들어가지 않는다.'를 선택한 데 상당히 동요하는 모습이었다.

나나코와 사키가 당황스러워하든 말든 사치는 늘어지게 기지개를 켜며 두 사람이 상상도 하지 못한 이유를 찬찬히 설명했다.

"왜냐면, 혼자서 살아간다는 건 혼자서 죽는다는 말이잖아요."

"……."

그야말로 말문이 막히는 상황이었다. 나나코는 입을 떡 벌린 채 멍하니 있었다.

"제가 졌습니다."

사키는 머리를 숙였다. 예상치도 못한 대답에 두 손 두 발 드는 수밖에 없었다.

나나코와 사키는 서로 쳐다보며 '어쩌면 이 아이는 저 어려운 책을 다 이해하고 있는지도 모르겠어.'라는 생각을 떠올렸다.

"오, 그 책 보고 있는 거야?"
앞치마를 두르고 주방에서 나온 레이지가 물었다.
"요새 엄청 인기 많잖아."
"어머, 레이지도 아는 책이야?"
사키가 살짝 놀란 모습을 보였다.
"레이지'도'라니, 무슨 뜻이에요?"
"아니, 넌 책이랑 거리가 좀 있어 보이니까……."
"모르시나 본데, 이 녀석한테 그 책 빌려준 사람도 저라고요!"
이 녀석이란 나나코를 뜻했다. 나나코와 레이지는 같은 대학에 다니고 있는 오랜 친구라 말을 할 때도 허물이 없었다.
"진짜야?"
"네. 학교에서도 엄청난 인기거든요. 재밌으니까 빌려주겠다고 했어요……."
"인기가 많다고?"

사키가 '이리 줘 봐.'라는 듯 손을 뻗자 나나코가 책을 건넸다.

"어딜 가나 이 책 보며 얘기하고 있다니까요."

"아, 왜 그런지 알 것 같아."

그러고 보니, 사키 역시 조금 전 나가레가 전화를 걸기 위해 자리를 뜨기 전까지 몰두하고 있었다. 지금은 일곱 살 사치까지 끌어들인 참이었다. 인기가 있다는 말이 이해가 갔다. 어쩌면 전국적으로 유행하고 있을지도 모른다는 생각마저 들었다.

"과연, 그럴 만해."

사키는 새삼스레 책장을 넘기며 감탄했다.

"잘 먹었습니다."

인사를 하며 자리에서 일어난 사람은 개점 시간부터 줄곧 있던 여자 손님이었다.

"아이스티 케이크 세트였죠? 780엔입니다."

종종걸음으로 계산대로 간 레이지가 전표를 받아 들고 말했다. 여자는 아무런 대꾸 없이 숄더백에서 지갑을 꺼냈다.

그때, 사진 한 장이 바닥으로 툭 떨어졌다. 하지만 여자는 알아차리지 못한 채 천 엔짜리 지폐를 내밀었다.

"이걸로 계산해 주세요."

"천 엔 받았습니다."

전자음을 삐비빅 울리며 레이지가 계산대를 두드렸다. 달카닥. 조용히 열린 계산대 서랍에서 익숙한 손놀림으로 잔돈을 꺼냈다.

"220엔 거슬러 드릴게요."

레이지가 내민 돈을 말없이 받아든 여자는 혼잣말하듯이 중얼거리며 가게를 나섰다.

"저 아이 말이 맞아. 혼자서 살아가느니 죽는 게 나을 뻔했어."

딸그랑딸그랑.

"감사…… 합니다……."

평소의 활기찬 레이지답지 않게, 인사하는 목소리에 기운이 없었다.

"왜 그래?"

고개를 갸웃거리며 천천히 돌아오는 레이지에게 사키가 물었다.

"아니, 저, 죽는 게 나을 뻔했어……, 라고…….."

"뭐?"

깜짝 놀란 나나코가 날카로운 소리를 내질렀다.

"아, 그게 아니라! 방금 나간 손님이 혼자서 살아가느니 죽는 게 나을 뻔했다고 하길래……."

레이지가 서둘러 말을 덧붙였다.

"놀랐잖아!"

나나코가 옆을 지나치는 레이지의 등을 찰싹 때렸다.

"그래도……."

사키는 이상하다는 표정으로 카즈에게 말했다.

역시 그냥 지나치기 힘든 말이라는 의미였다.

"그러게요."

카즈는 그렇게 대답하며 우두커니 가게 입구를 바라보았다.

"그다음 질문은 뭐여요?"

한순간 시간이 멈춘 듯한 분위기가 감돌았으나, 사치의 물음에 다들 제정신으로 돌아왔다.

사치의 눈빛이 《100가지 질문》을 계속하자고 졸랐다.

그러나 괘종시계를 본 사키가 "어머, 시간이 벌써 이렇게 됐네." 하며 자리에서 일어났다.

시계는 오전 10시 반을 가리키고 있었다.

이 찻집에는 바닥에서부터 천장까지 솟은 커다란 괘종시계가 세 개 있다. 하나는 입구 근처, 하나는 가게 중앙, 그리고 나머지 하나는 하코다테 항구가 내다보이는 커다란 창가 옆. 사키가 시간을 확인한 것은 가게 중앙에 있는 괘종시계였다. 왜냐하면, 입구 근처에 있는 시계는 몇 시간 빠르고, 창가 쪽 시계는 느린 줄 이미 알고 있었기 때문이다.

"출근하세요?"

"응."

사키는 그렇게 대답한 후 천천히 지갑에서 동전을 꺼냈다. 집에서 넘어지면 코 닿을 거리에 있는 찻집이라, 출근 전에는 이곳에서 커피를 마시는 것이 사키의 일과였다.

"다음 질문은요?"

"나중에 또 하자."

사키는 사치에게 빙그레 웃으며 커피값 380엔을 카운터 위에 올려놓았다.

아쉬운지 고개를 숙인 사치에게 카즈가 제안했다.

"아까 빌려 온 책 먼저 읽는 게 어때?"

"응!"

사치의 얼굴이 확 밝아졌다. 사치는 여러 권의 책을 펼쳐 놓고 동시에 읽는 습관이 있었다. 아쉬운 듯이 고개를 숙였던 이유는 책 한 권을 다 같이 공유하는 경험이 처음이었고, 사치는 그것이 즐거웠기 때문이다. 그래도 카즈가 새로운 책을 읽으라고 권하자 기분이 좋아졌다. 이러나저러나 좋아하는 책을 읽는다는 사실에는 변함이 없는 것이다.

사치는 테이블 자리에 펼쳐 놓은 책 중에서 무심히 한 권을 골라 의자에 툭 걸터앉더니 곧바로 집중해서 읽기 시작했다.

"책을 정말 좋아하는구나."

나나코가 감탄하며 부러운 눈길을 보냈다. 자신은 난해한 책을 읽는 데 소질이 없기 때문이다.

"그럼 갈게."

사키가 손을 흔들었다.

"감사합니다!"

불길한 말을 남기고 떠난 여자 손님 때와는 달리 평소의 활기찬 목소리로 레이지가 인사했다.

"아……."

별안간 사키가 출입구 앞에서 발길을 돌리더니 카즈에게 말했다.

"레이코 씨 오면 어떤지 좀 봐 줘."

"그럴게요."

카즈는 고개를 끄덕인 후 사키가 쓰던 잔을 정리하기 시작했다.

"레이코 씨한테 무슨 일 있어요?"

나나코가 이유를 물었다.

"아니, 그냥 좀……."

사키는 얼버무리고 곧바로 가게를 나섰다.

딸그랑딸그랑.

"아, 선생님!"

나나코가 입구에 떨어져 있는 사진을 발견하고 사키를 불렀다. 하지만 사키는 나나코가 부르는 소리를 듣지 못한 채 빠른 걸음으로 나가 버렸다.

쫓아가서 전해 주려고 계산대 앞으로 달려간 나나코는 바닥에 떨어진 사진을 줍더니, "어?" 하고 이상하다는 듯 고개를 갸웃거렸다.

"카즈 씨, 이거……."

나나코는 사키를 쫓아가는 대신 사진을 카즈에게 내밀었다.

"사키 선생님이 나가시면서 떨어뜨린 줄 알았는데, 아닌가 봐요……."

사진 속 인물은 어떤 젊은 여자와 비슷한 나이대의 남자, 그리고 갓 태어난 듯한 아기였다. 아기는 젊은 여자에게 안겨 있었다.

그리고 또 한 사람.

도키타 유카리.

유카리는 이 찻집의 주인이자 현재 이곳에서 일하는 나가레의 모친이다. 그리고 카즈의 어머니인 도키타 카나메의 친언니이기도 했다.

유카리는 성격이 자유분방하고, 자기가 하고 싶은 일이라면 즉시 행동으로 옮기는 자유로운 영혼의 소유자였다. 성실하고 책임감이 강하며 다른 사람의 입장을 제일 먼저 생각하는 나가레와는 정반대였다. 유카리는 두어 달 전 이 찻집을 찾아온 미국인 소년과 함께 떠났다. 행방불명이 된 소년의 아버지를 찾기 위해 미국으로 건너간 것이다.

갑자기 주인이 떠나고 아르바이트 직원 레이지만 남게

된 이 찻집은 유카리가 돌아올 때까지 장기 휴업을 할 예정이었다. 유카리는 휴업 중에도 레이지에게 월급을 지급할 생각이라 아무에게도 피해를 주지 않는다고 믿었다. 하지만 아무리 레이지라도 그렇게까지 염치없이 돈을 받을 수는 없었다.

그즈음 마침 도쿄에 갈 일이 있던 레이지는 나가레가 일하는 '푸니쿨리 푸니쿨라'에 들러 영업을 계속할 방법이 없을지 의논했다. 사정을 들은 나가레는 앞뒤 생각 없는 모친의 행동에 책임감을 느껴, 대리 점장으로 하코다테에 오기로 했다. 나가레가 딸을 홀로 도쿄에 남겨 두면서까지 하코다테에 온 이유는 바로 이것이었다.

그러나 아직 문제가 있었다.

사실 하코다테의 이 찻집에도 '푸니쿨리 푸니쿨라'처럼 과거로 돌아갈 수 있는 자리가 존재한다. 찻집 입구 쪽의 검은 양복을 입은 노신사가 앉아 있는 자리다.

하나, 나가레는 과거로 돌아가게 하는 커피를 내리지 못했다. 시간을 이동하기 위한 커피를 내릴 수 있는 사람은 도키타 가문의 피를 이어받은 일곱 살 이상의 여자로 정해져 있는 까닭이다.

현재 도키타 가문의 여자는 유카리, 카즈, 나가레의 딸 미키, 카즈의 딸 사치까지 모두 넷이다. 그러나 배 속에 딸을 품으면 그 능력은 딸에게 전해지면서 사라져 버린다.

유카리는 미국으로 떠나 부재중이었고, 카즈의 능력은 사치에게 넘어가 사라졌으며, 나가레의 딸 미키는 과거에서 찾아올 엄마와 만나려면 도쿄에 남아야 했다. 그러면 하코다테의 가게에서 커피를 내릴 수 있는 사람은 사치뿐이었다.

최후의 수단으로, 나가레만 하코다테에 머물면서 과거로 돌아가게 하는 커피는 내리지 않고 가게만 영업하는 방법도 있었으나, 올해 일곱 살이 되어 커피를 내릴 수 있게 된 사치가 직접 가고 싶다고 나섰다.

하지만 사치는 겨우 일곱 살이었다. 엄마인 카즈와 떨어져 지낼 수는 없었다. 카즈는 나가레에게 사치와 둘이서 하코다테에 가겠노라고 제안했지만, 나가레는 모친의 돌발적인 행동에 책임을 느껴 순순히 승낙할 수 없었다.

그런 나가레의 등을 떠민 사람은 미키였다.

"후미코 씨랑 고로 씨도 도와주겠다고 하니까 여긴 문제없어. 유카리 할머니가 돌아올 때까지만이잖아? 혼자서도 괜찮아."

이 한마디로 얘기는 끝났다. 사치도 스스로 가고 싶다고 하는 데다 장기 체류가 될 가능성이 있어서 학교도 전학하기로 했다.

그리하여 도쿄의 가게는 십수 년째 단골인 후미코와 고로에게 맡긴 후 나가레, 카즈, 그리고 사치 세 사람은 하코다테로 떠났다.

걱정이 하나 있다면 유카리가 언제 돌아오느냐는 것이었다.

바닥에 떨어진 사진 속에는 그런 유카리의 모습이 담겨 있었다.

"어머, 유카리 씨 젊었을 때네요! 게다가 엄청난 미인인데요? 몇십 년 전 사진인가?"

유카리가 미국으로 떠나기 직전까지 얼굴을 본 단골 나나코의 말이니 틀리지 않을 터였다. 젊디젊은 유카리의 모습에 나나코는 놀라움을 감추지 못했다.

"이거, 아침부터 계속 있던 여자분 사진 아닐까요?"

카즈도 같은 생각인지 고개를 살짝 끄덕였다.

"카즈 씨, 뒤에 뭔가 적혀 있어요."

나나코가 발견한 것은 사진 뒷면에 쓰인 글자였다.

"2030, 827, 20:31……? 이거 오늘 날짜인데요?"

젊은 유카리의 모습을 보건대 아주 오래된 사진이 분명했다. 하지만 뒷면에 적힌 숫자는 아무리 봐도 오늘 날짜였다.

더구나 그 숫자 뒤에는 이렇게 적혀 있었다.

너를 만나서 행복했어.

무슨 의미인지 모르겠다고 고개를 갸웃거리는 나나코의 옆에서 카즈는 생각했다.

'오늘 밤, 찾아온다…….'

그날 저녁.

폐점 직전의 찻집 도나도나에는 손님이 아무도 없었다. 굳이 말하자면 입구 쪽 테이블 자리에 앉은 검은 양복의 노신사와 카운터 자리에서 책을 읽는 사치가 있었다.

"이제 바깥 간판 내려도 되죠?"

테이블 행즈질을 끝낸 레이지가 카즈에게 물었다.

"······그래."

오후 7시 30분.

밖은 어두컴컴했다. 레이지는 간판을 내리기 위해 밖으로 나갔다.

문을 여는 카우벨 소리가 딸그랑 조용히 울렸다.

이 가게의 평소 폐점 시각은 오후 6시. 가게가 언덕 위에 있어서 어두워지면 손님의 발길이 거의 끊긴다. 그러나 여름 휴가철에는 날이 저물어도 젊은 관광객이 드문드문 찾아오기 때문에 오후 8시까지 영업했다.

폐점 시각까지는 30분 남았지만, 주문 마감 시간이 지났으니 카즈도 폐점 준비를 하기로 했다.

"사치······."

카즈가 카운터에서 책을 읽는 사치에게 말을 걸었으나 묵묵부답이었다. 늘 있는 일이었다. 카즈는 알면서도 한 번은 말을 걸려고 했다.

카즈가 사치의 눈앞에 놓인 책갈피를 집어 들어 사치가 읽고 있는 페이지 사이에 조용히 끼워 넣었다.

"아······."

문득 정신을 차린 듯 사치가 글자에서 눈을 뗐다.

"엄마."

그제야 카즈가 옆에 있다는 걸 깨달은 모양이다. 역시 조금 전 카즈의 목소리는 들리지 않았던 것이다.

"이제 가게 문 닫을 시간이니까 아래층 내려가서 욕조에 따뜻한 물 받아 놓고 올래?"

"네."

사치는 대답하며 의자에서 휙 내려오더니 읽던 책을 들고 입구 옆 계단을 총총총 내려갔다. 사치와 카즈가 지내는 공간은 이 찻집의 지하였다.

말은 지하지만, 산 경사면에 세워진 건물이라 아래층에도 하코다테 항구가 내려다보이는 창문이 있었다. 정확히 말하면 주거 공간이 1층, 찻집이 2층인 셈이다.

카즈가 하루 매출액을 확인하기 위해 계산대 앞에 섰을 때였다.

딸그랑딸그랑.

카우벨을 울리며 누군가 들어왔다. 낮에 있던 여자 손님이었다.

'역시 왔어.'

주문 마감 시간이 지났으므로 다른 손님이었다면 돌려

보냈을지도 모른다. 그러나 카즈는 그 사진을 보았다.

"어서 오세요."

카즈는 여자 손님에게서 눈을 떼지 않은 채 조용히 인사했다.

여자의 이름은 세토 야요이.

낮에 본 인상으로는 나나코와 비슷한 스무 살쯤으로 보였으나, 실제로는 어떤지 알 수 없었다. 그늘진 표정을 보면서, 어쩌면 더 어린데 조숙해 보이는지도 모르겠다고 카즈는 생각했다.

야요이는 카즈를 물끄러미 바라보며 말없이 서 있었다.

"과거로 돌아가고 싶으시대요."

간판을 내리고 온 레이지가 말했다.

야요이는 여전히 입을 다물고 대변인을 자처한 레이지에게 눈길을 돌렸다가 다시 카즈를 노려보듯이 쳐다봤다.

'과거로 갈 수 있다는 게 사실인가요?'

그 눈이 묻고 있었다.

"규칙은 알고 계시나요?"

카즈가 물었다. '사실이에요.'라는 뜻을 함축한 물음이었다.

"규칙?"

야요이의 반응을 본 레이지는 '규칙도 모르면서 무턱대고 찾아온 유형이네요.' 하고 카즈에게 눈짓을 보냈다.

"제가 설명해도 될까요?"

"물론이지."

　　카즈가 허락하자 레이지는 빙 돌아 들어와서 야요이 앞에 섰다.

　　아마 유카리가 있을 때도 과거로 돌아가기 위한 규칙을 설명하는 일은 레이지의 몫이었으리라. 레이지의 태도에서 긴장이나 과한 열의는 느껴지지 않았다.

"과거로 돌아갈 수 있습니다. 돌아갈 수는 있는데, 여기엔 아주 성가신 규칙이 있어요."

"규칙이요?"

"중요한 규칙은 네 가지. 손님이 왜 과거로 가고 싶으신지는 모르지만, 대다수가 이 네 가지 규칙을 듣고 나면 과거로 가겠다는 마음을 접고 돌아가요."

　　예상치 못한 말을 듣자 야요이의 눈에 당황한 기색이 비쳤다.

"왜요?"

　　카즈는 야요이의 말투에서 희미하게 묻어나는 억양을 듣고 그녀가 간사이 출신임을 이미 눈치챘다.

'만약 과거로 돌아가지 못하면 난 왜 여기까지 온 거지?'

그런 야요이의 동요를 느꼈는지 레이지는 자연스럽게 집게손가락을 들고 설명하기 시작했다.

"먼저, 첫 번째 규칙. 과거로 돌아가서 어떠한 노력을 하더라도 현실을 바꿀 순 없습니다."

"네?"

첫 번째 규칙에서부터 눈이 휘둥그레진 야요이.

레이지는 신경 쓰지 않고 설명을 이어갔다.

"만약 손님이 과거로 돌아가서 인생을 바로잡을 생각이라면 헛수고가 될 겁니다."

"어째서요?"

"지금부터 제가 하는 말 잘 들어 주세요."

야요이는 미간을 찌푸리며 고개를 살며시 끄덕였다.

"예를 들어 지금 손님이 불행한 상황에 놓였다고 가정합시다. 빚이 있다거나 회사에서 잘렸다거나 아니면 남자 친구에게 차였다거나 사기를 당했다거나. 어쨌든 불행하다고 가정하고……."

레이지는 야요이의 눈앞에서 손가락을 하나씩 접어 가며 설명했다.

"그런 현실이 싫어서 과거로 돌아가서 인생을 바로잡으

려고 아무리 애를 써도 빚은 없어지지 않고, 여전히 실직한 상태이고, 남자 친구에게 차인 현실이나 사기당한 현실도 그대로예요."

"왜요?"

무심코 감정조으로 변한 야요이의 말투에서 간사이 사투리 억양이 강하게 묻어났다.

이제 레이지도 야요이의 출신을 알아챘다.

"……왜냐니요. 그게 규칙이니까요."

"제대로 좀 설명해 주세요!"

야요이는 레이지에게 따지고 들었으나 레이지는 초연한 모습이었다.

"그런 규칙을 누가 정했는지, 언제부터 정해져 있었는지는 아무도 몰라요."

계산대 앞에 있던 카즈가 끼어들어 한마디 거들었다.

즉, 설명하려야 할 수가 없다는 의미였다.

"……아무도요?"

"이 찻집은 메이지 시대 초반에 생겼는데, 그때부터 과거로 돌아갈 수 있었다고 해요. 하지만 어떻게 과거로 돌아갈 수 있는지, 어째서 이런 귀찮은 규칙이 있는지는 아무도 몰라요."

레이지는 제일 가까이에 있는 의자를 꺼내서 빙 돌리더니 의자 등받이에 몸을 맡기듯 걸터앉았다.

"전해지는 말에 의하면 처음에는 아무도 없는 가게 안에 편지 한 통이 덩그러니 놓여 있었다고 해요……."

"편지요?"

"네. 그 편지에는 이렇게 적혀 있었대요."

*과거에 돌아가서 어떤 노력을 할지언정
현실은 아무것도 바뀌지 않는다.*

"이 규칙 엄청나지 않아요? 과거로 돌아가려는 사람들은 다들 뭔가를 바로잡고 싶어 하는 사람들인데, 과거로 돌아가서 아무리 발버둥 쳐도 현실은 바뀌지 않는다고요! 즉, 현실을 바꾸는 건 불가능하다는 말이잖아요?"

레이지의 눈이 반짝반짝 빛났다. 희한하고 불가사의한 규칙의 존재에 흥분한 모습이었다. 그 말투는 마치 강 건너 불구경하는 듯했으니 아요이에게는 달가울 리 없었다.

"……다른 규칙은요?"

야요이가 차가운 표정으로 목소리를 내리깔고 물었다.

"들으실래요? 다들 이 규칙만 듣고 돌아가던데……."

"다른 규칙은요?"

야요이가 똑같은 말을 반복했다. 신경이 곤두선 기색이 역력했다.

레이지는 겸연쩍은 듯 양어깨를 가볍게 으쓱하더니 설명을 계속했다.

"두 번째 규칙은 이거예요."

이 찻집을 방문한 적이 없는 사람은 만나지 못한다.

"뭐라고요?"

야요이는 노골적으로 의아하다는 표정을 지었다.

그런데도 레이지는 당황하지 않고 사무적으로 설명을 이어갔다.

"이건 말 그대로예요."

"왜 그런데요?"

사투리가 나왔다. 야요이는 강한 의문을 품거나 감정이 고조되면 사투리가 튀어나오는 모양이었다.

"왜냐하면, 세 번째로······."

이 찻집의 어느 자리에 앉았을 때만

과거로 돌아갈 수 있으며, 과거로 돌아가도
그 자리에서 일어나 움직일 수 없다.

"이런 규칙이 있기 때문이에요."

야요이는 '왜 그런 규칙이 있는 거죠?' 하고 따지고 싶은 충동을 꾹 참았다. 어차피 납득할 만한 답변은 얻지 못한다는 것을 깨닫기 시작했다.

'규칙이니까.'

이 일방적인 설명을 받아들이자 규칙 하나하나는 그리 어려운 내용이 아니었다.

그래서 "과거로 돌아가도 앉은 자리에서 이동할 수 없다는 규칙 때문에 찻집 밖으로 나가지 못합니다. 다시 말해……." 하고 레이지가 설명하는 도중에 야요이는 "……이 찻집에 온 적 있는 사람이 아니면 만나지 못한다." 하고 스스로 답을 말하는 처지가 됐다.

"정답입니다."

레이지는 집게손가락으로 야요이를 틱 가리키며 웃었다.

'별로 재미없는데…….'

입 밖으로 꺼내진 않았지만, 야요이는 고개를 돌려 기분을 표현했다.

"그리고 또 하나……."
"또 있어요?"
"네 번째 규칙입니다."

시간제한이 있다.

"시간제한까지……."
야요이는 그렇게 중얼거린 후 눈을 감고 한숨을 크게 내쉬었다.
'도대체 무얼 의해 이 멀고 먼 하코다테까지 왔담?' 하고 한탄하는 듯이 보였다.
그런 야요이를 보며 레이지는 의자에서 일어났다.
"맞아요. 정말 성가시죠. 손님만이 아니에요. 여길 찾아오는 사람들의 십중팔구는 이런 규칙을 듣고 나면 과거로 가겠다는 생각을 접고 돌아가요."
레이지가 송구하다는 양 거리를 가볍게 숙였다.
하지만 레이지가 머리를 숙여 봐야, 규칙을 만든 사람은 레이지가 아니므로 야요이에게는 별 위로가 되지 않았다.

이제까지 야요이처럼 규칙에 대한 설명을 듣고 의기소

침해진 손님은 한둘이 아니었다.

하지만 그 손님들의 대다수는 충격도 받았지만, 포기도 빨랐다. 개중에는 과거로 돌아갈 수 있다는 말을 의심한 손님도 있었다. 실제로는 과거로 돌아갈 수 없으면서 이를 위장하기 위한 수단으로 성가신 규칙들을 만든 거라고 소문내는 사람도 있었다.

과거로 돌아가게 해 달라고 찾아온 손님에게도 포기를 위한 대의명분이 필요하다. "속았다."라고 주장함으로써 자기 합리화를 하는 셈이다.

그러므로 카즈와 나가레는 무슨 소리를 들어도 상관없었다. 실제로 과거로 돌아간 사람들은 존재하니까…….

이번에도 마찬가지였다.

설령 야요이에게 '이거 순 사기잖아!' 하고 매도당하더라도 카즈는 분명 '그렇죠.' 정도의 대꾸만 할 터였다.

그때 문득 레이지는 자신이 중요한 사실을 놓치고 있었음을 깨달았다.

낮에 야요이가 가게를 떠나면서 한 말을…….

혼자서 살아가느니 죽는 게 나을 뻔했어.

레이지는 이 찻집에서 일한 지 5년이 되었다. 지난 5년간 과거로 돌아가고 싶다며 찾아오는 손님들은 물론 진지하기는 했지만, 어떤 노력을 하더라도 현실은 바꿀 수 없다는 말에 대부분 발길을 돌렸다.

그러다 보니 무심코 짓궂게 굴고 말았다.

'왜 이렇게 중요한 걸 잊고 있었지……?'

레이지는 가만히 서 있는 야요이 앞에서 자신의 경솔한 행동을 후회했다.

째깍째깍, 시곗바늘이 움직이는 소리만 들려 왔다.

하코다테 항구가 내다보이는 창밖에는 칠흑 같은 밤의 어둠이 깔렸다.

그 어둠 너머에 점점이 떠오르는 환상적인 불빛.

어화(漁火)였다.

오징어잡이 배에 촘촘히 매달린 집어등 빛인데, 여차하면 어둠 속을 떠다니는 등롱처럼 보이기도 했다.

"잘 알겠습니다."

야요이가 그 말을 남기고 의자에서 일어나 레이지에게 등을 돌렸다.

레이지는 야요이를 이대로 돌려보내면 안 될 것 같은 생각에 몹시 초조해졌다. 하지만 뭐라고 말을 걸어야 좋을지 몰랐다.

그때였다.

"이 사진에 찍혀 있는 사람이 혹시 당신인가요?"

카즈가 사진 한 장을 내밀며 야요이에게 물었다.

낮에 주운 사진이었다. 사진 속에는 아기를 안은 젊은 부부로 보이는 남녀와 이 찻집 주인인 도키타 유카리가 있었다.

카즈가 말한 '당신'이란 젊은 여자가 안고 있는 아기일 터였다.

"아······."

무심코 야요이의 입에서 소리가 새어 나왔다.

야요이는 달려가 카즈의 손에서 사진을 홱 낚아챘다.

"저 맞아요."

야요이는 카즈를 노려보며 대답했다.

"부모님은 혹시······."

"네. 제가 어렸을 때 교통사고로······."

"그렇군요."

'역시 이 여자는 죽은 부모를 만나러 온 건가······.'

레이지는 혼자서 이해가 간다는 표정을 지었다.

만약 야요이가 죽은 부모를 만나러 왔다면, '이 찻집을 방문한 적이 없는 사람은 만나지 못한다.'라는 두 번째 규칙은 해결된 셈이다. 야요이의 부모가 찍힌 사진 속 배경은 분명 이 찻집 안이었기 때문이다.

그러나 교통사고로 죽은 부모를 구하고 싶었다면, 안타깝지만 그건 불가능하다. 그 이유인즉, '과거로 돌아가서 어떠한 노력을 할지언정 현실은 아무것도 바뀌지 않는다.'라는 첫 번째 규칙이 있는 까닭이다.

언젠가 도쿄의 찻집 푸니쿨리 푸니쿨라에서도 교통사고로 죽은 여동생을 만나러 과거로 돌아간 히라이라는 여자가 있었다.

히라이는 푸니쿨리 푸니쿨라의 단골손님이었다. 즉, 이 규칙을 거스를 수 없다는 사실을 잘 아는 상태에서 과거로 돌아갔다. 그녀가 할 수 있었던 일이라고는 여동생에게 집으로 돌아가겠다고 약속한 것과 "고마워."라는 한마디를 전한 것뿐이었다.

히라이는 규칙을 충분히 인지한 다음 과거로 돌아갔으나 야요이는 그렇지 않았다. 야요이가 규칙을 들은 건 불과 몇 분 전이고, 그 규칙을 알기 전까진 부모님을 구할 수 있으리라고 생각했을지도 모른다.

"그럼, 실례했습니다."

야요이는 사진을 조심스럽게 집어넣고 짧게 인사한 후 출입문 쪽으로 발을 옮겼다.

"저……."

그런 야요이를 레이지가 불러 세웠다.

"뭐죠?"

발걸음은 멈췄으나 야요이는 뒤돌아보지 않았다.

"……어렵게 여기까지 오셨으니까, 적어도 부모님 얼굴이라도 뵙고 가시면 어떨까요?"

레이지가 조심스레 제안했다.

현실을 바꿀 수 없다는 전제가 있으니 억지로 강요할 수는 없다고 저 나름대로 신경 쓴 것이다.

"가장 사랑하는 분들이었잖아요. 만약 규칙만 없었다면 구하고 싶지 않으셨나요? 그러니까……."

"아니에요!"

레이지가 말하는 도중에 야요이가 소리쳤다.

"네?"

야요이는 분노가 가득 찬 눈으로 레이지를 매섭게 쏘아보았다. 레이지는 그 눈빛에 압도되어 한두 발자국 뒤로 물러났다.

"난 이 사람들 꼴도 보기 싫다고요!"

야요이의 입술이 파르르 떨렸다. 분노의 대상은 레이지가 아니었다.

카즈도 일손을 멈추었다.

"날 낳아 놓기만 하고, 자기네 맘대로 죽기나 하고……."

야요이는 쌓여 있던 울분을 한꺼번에 쏟아내듯 입을 열기 시작했다.

"부모를 잃은 전 친척들에게 돌아가며 맡겨졌어요. 고아원에선 괴롭힘을 당했고요. 나만, 나 혼자만 이렇게 고통받으면서 살게 된 건 이 사람들이 날 혼자 두고 제멋대로 죽어 버린 탓이라고 지금껏 원망해 왔다고요!"

야요이는 방금 가방에 집어넣은 사진을 꺼내서 "근데 이 사진 좀 보라고요!" 하며 카즈와 레이지의 눈앞에 내밀었다.

"내가 얼마나 고생하는지도 모르면서 자기네만 행복한 얼굴을 하고……."

들고 있는 사진이 부르르르 떨렸다.

"그래서……."

야요이는 격해진 감정을 삭이려고 안간힘을 다하고 있었다.

분노일까, 슬픔일까…….

어쩌면 야요이조차 혼란스러운지도 몰랐다.

"만날 수만 있다면 악담이라도 퍼붓고 싶었다고요!"

차마 억누를 수 없는 그 감정이 말로 튀어나왔다.

"그래서 과거로 돌아가려 한 건가요……?"

"그래요! 그런데 이런 귀찮은 규칙이 있는지도 몰랐고, 얘기를 들으면 들을수록 진짜 어처구니가 없네요. 이렇게 하면 과거로 갈 수 있으니 믿으라고 하는 게 더 웃기지 않아요?"

그러니 되돌아갈 참이었다. 하지만 레이지의 말이 신경을 건드렸는지 북받친 감정은 쉬 가라앉지 않았다.

"사랑하는 부모를 만나러 왔다고요? 남의 마음도 모르면서 함부로 떠들지 말라고요!"

"아니, 그게, 저…….”

"현실은 바뀌지 않는댔죠? 좋아요. 그래도 상관없어요. 바뀌지 않는다는 소리는 내가 무슨 말을 하든 괜찮다는 거잖아요? 그거 잘됐네요! 정말 과거로 보낼 수 있으면 어디 한번 해 보시죠? 날 혼자 내버려 둔 이 사람들한테 진짜 이기적이라고 한마디 해 줄 테니까!"

실제로 무슨 말을 해도 현실은 바뀌지 않는다.

이것은 이 찻집의 절대 규칙이다. 설령 당사자에게 교통사고로 죽게 된다고 알려 줘도 사정은 아무것도 달라지지 않는다.

그리고 야요이는 그 규칙을 유리하게 이용하는 쪽으로 태도를 돌변했다.

"자, 그럼 나를 이날로. 이 사람들이 내 미라 따위 신경도 안 쓰고 태평하게 사진이나 찍은 이날로 들어가게 해 보시죠?"

야요이는 불쑥 앞으로 한 발자국 나와 카즈에게 사진을 내밀었다.

'이거 일이 복잡해졌네……'

자신이 불씨를 지폈다고 생각했는지 레이지의 얼굴에서 핏기가 가셨다.

그러나 카즈는 당황하지 않았다.

"알겠습니다."

표정 하나 바꾸지 않고 대답했다.

"네?"

카즈의 대답에 레이지는 화들짝 놀랐다.

레이지는 그런 성가신 규칙들을 듣고도 과거로 돌아가

겠다는 손님을 본 적이 거의 없었다. 하물며 야요이는 과거로 돌아가서 자기 부모에게 악담을 퍼붓고 싶다고 했다. 가령 현실은 바뀌지 않는다고 해도 그 자리가 혼란스러워지리라는 것은 불을 보듯 뻔했다.

"지금 부모한테 원망하러 가겠다는 거예요. 괜찮아요?"

레이지는 최대한 목소리를 낮추고 카즈에게 속삭였다. 그래 봐야 세 사람밖에 없는 조용한 가게였다. 아무리 목소리를 낮춰도 그 말이 야요이의 귀에 들리지 않을 리 없었다.

야요이가 레이지를 쏘아보았다.

레이지는 얼른 고개를 숙였다. 그런 레이지를 보며 카즈가 입을 열었다.

"저분에 대해 설명해 줄래?"

저분이란, 예의 그 자리에 앉아 있는 검은 양복의 노신사였다.

카즈의 태도에 망설임은 없었다.

과거로 돌아가려는 목적은 제각기 다르다. 그 목적의 선악을 판단할 권리는 누구에게도 없다. 어디까지나 자유였다. 아무리 죽은 사람의 운명을 바꿀 수 없다 한들, 이를 받아들이고 과거로 돌아가겠노라 결정하는 사람은 본인이다. 불만을 퍼붓는 것도 자유. 이에 불안을 느끼는 것은 레이지의 개인적인 감정일 뿐이었다.

다소 불안하기는 했지만, 레이지는 카즈가 시키는 대로 하기로 했다.

"그럼 지금부터 잘 들으세요. 과거로 돌아가려면 이 찻집의 어느 자리에 앉아야 하는데, 그 자리엔 먼저 온 손님이 앉아 있습니다."

"먼저 온 손님?"

"네."

먼저 온 손님이라는 말을 듣고 야요이는 새삼 가게 안을 둘러보았다. 자기 외에 '손님'이라고 할 만한 사람은 가게 입구 쪽 테이블 자리에 있는 검은 양복의 노신사뿐이었다.

그러고 보니…….

노신사는 아까부터 줄곧 그 자리에 있었다. 그런데도 지금껏 깨닫지 못했던 이유는 인기척이 느껴지지 않았기 때문이다. 미동도 하지 않고 조용히 책을 읽고 있었다. 전혀 의식하지 않고 있던 터라 확실하진 않지만, 낮에 왔을 때도 그 자리에 있었던 것 같았다.

그런데 인제 보니 이질감이 느껴졌다.

무어라 콕 집어 말할 수는 없었다. 사실 이 예스러운 복고풍 찻집 안에 있는 한 이질감은 없었다……. 그런데 만약 이 노신사가 거리를 걸어 다닌다면 분명 다 같은 인상을 받을 터였다.

살아 있는 시대가 다르다.

이런 인상이랄까.
우선 복장부터가 달랐다. 야요이가 알기로 노신사가 입은 옷은 '연미복'이라고 불리는 것이었다. 연미복은 상의의 옷깃이 제비 꼬리처럼 두 갈래로 내려온 데서 이름이 붙은 남성용 예복이다. 더구나 노신사는 실내인데도 중절모를 쓰고 있었다. 그 모습은 메이지 시대(1868~1912년)나 다이쇼 시대(1912~1926년)를 배경으로 한 영화의 한 장면 같았다.

다시 보니 그의 존재감은 대단했다. 그런데도 깨닫지 못한 건 마치 찻집 인테리어의 일부처럼 보인 탓이다.

"저 자리가 혹시……."
야요이는 노신사를 흘끗 보았다가 다시 레이지를 쳐다

보았다.

그 눈이 '저 자리에 앉으면 과거로 돌아갈 수 있는 거죠?'라고 묻고 있었다.

"……네."

레이지는 대답하면서도 그럴 필요가 없었겠다고 생각했다. 야요이가 레이지의 대답을 기다리지도 않고 조용히 앉아 있는 노신사에게 다가갔기 때문이다.

"저기……."

"그분한테 말을 걸어도 소용없어요."

야요이가 입을 여는 동시에 레이지가 뒤에서 말렸다.

"소용없다그요? 그게 무슨 뜻이죠?"

야요이가 뒤돌아보며 의아한 표정을 지었다.

레이지는 천천히 한 호흡 고른 뒤 대답했다.

"그분은, 유령이거든요."

"네?"

무슨 소리를 들은 건지 얼른 이해하지 못했다.

"뭐라고요?"

"유령이에요."

"유, 령……?"

"네."

"농담하시는 거죠?"

"농담이 아니에요."

"이렇게 또렷이 보이는데요?"

야요이는 유령이 투명하거나, 혹은 특별한 사람에게만 보이는 존재라고 믿었다.

"네, 그래도 정말 유령이에요."

반강제적이기는 했지만, 레이지도 물러서지 않았다.

'나더러 그걸 믿으라고요?'

야요이는 이 말이 목구멍까지 차올랐다.

이곳은 과거로 돌아갈 수 있는 찻집이었다. 그런 찻집에서 자신은 과거로 돌아가려 하고 있었다. 아무리 자기가 원하는 일이라고는 하되, 과거로 돌아갈 수 있다는 말은 믿고 눈에 보이는 유령의 존재는 믿지 않는다는 것도 어불성설이었다. 게다가…….

'어차피 자세히 물어봤자 속 시원한 대답을 해 줄 리 없어.'라고 생각했다. 규칙에 대한 설명 역시 그랬으니까.

이 부분은 일단 레이지가 말하는 대로 받아들이고 넘어가기로 했다.

야요이는 스스로 마음을 진정시키기 위해 숨을 크게 들이마셨다가 천천히 내쉬었다. 조금 전까지 험악했던 야요이의 표정이 일종의 체념으로 바뀌었다.

"……어떻게 하면 되는데요?"

야요이가 고분고분하게 물었다.

"기다리는 수밖에 없어요."

레이지가 대답했다.

"그게 무슨 말이데요?"

"저분은 반드시 하루에 한 번 화장실에 가거든요."

"유령이 화장실에 간다고요?"

"네."

야요이는 짧은 한숨을 내쉬었다.

'왜 유령이 화장실에 가지?'

이런 질문을 해 봐야 쓸데 없다.

"화장실에 간 틈에 앉으면 된다는 거죠?"

이제 척하면 척이었다.

"맞습니다."

"언제까지 기다리면 되나요?"

"그건 알 수 없어요."

"그럼 이분이 화장실에 갈 때까지 마냥 기다리는 수밖에 없겠네요?"

"네."

제1화 "이기적이야."라고 원망하지 못한 딸의 이야기 65

"알겠어요."

야요이는 카운터석으로 뚜벅뚜벅 걸어가서 앉았다.

"마실 것 드릴까요?"

앞에 있는 카즈가 물었다.

야요이는 잠시 생각하며 뜸을 들였다가 입을 열었다.

"그럼, 유자 진저, 따뜻하게요……."

여름이라도 이 시간쯤 되면 가게 안은 살짝 한기가 돌았다.

하코다테는 여름에도 한낮에 에어컨을 틀지 않고 지낼 만한 날도 있다.

"알겠습니다."

주방으로 들어가려는 카즈를 레이지가 붙잡았다.

"제가 할게요."

"아, 근데 시간이……."

오후 8시를 조금 넘긴 시각이라 레이지의 근무 시간은 끝났다.

"매일 있는 일도 아니잖아요."

야요이를 끝까지 지켜보고 싶은 것이다. 레이지가 눈빛으로 그렇게 말하며 주방으로 들어갔다.

카운터석에 앉은 야요이는 노신사가 아닌 창밖으로 시선을 던졌다.

"낳지 않는 선택지도 있었잖아요."
어화를 바라보고 있던 야요이가 불쑥 혼잣말처럼 중얼거렸다.
밑도 끝도 없이 꺼낸 말이었으나 카즈는 야요이가 하려는 말을 곧바로 알아챘다.
오늘 낮, 나가레는 나나코와 사키 앞에서 자신의 아내인 케이에 대해 얘기했다. 의사에게서 아이를 낳으면 수경이 단축될 거라는 경고를 받고도 케이는 딸 미키를 출산했다는 이야기였다. 그때 사나운 눈으로 나가레의 이야기를 듣고 있던 야요이의 도습을 카즈는 기억했다.
야요이는 자신의 상황과 겹쳐 보며 '목숨을 걸면서까지 아이를 낳을 필요는 없지 않았을까.'라고 말한 것이다.
"……그렇죠."
카즈는 부정하지 않았다.
"어쩌다 환경이 좋았을 뿐이잖아요. 저처럼 혼자 살아가야 했다면, 분명 '왜 날 낳았어?' 하고 자기 엄마를 원망했을 거예요……."

출산 후 케이는 얼마 지나지 않아 세상을 떠났으나, 딸 미키에게는 나가레가 있었다. 카즈, 그리고 마음을 터놓을 수 있는 단골손님들도 있었다. 물론 외로울 때도 있었지만, 오롯이 혼자 살아가야 하는 환경은 아니었다. 누군가가 버팀목이 돼 주었다. 울타리도 되어 주었다. 실제로 미키는 엄마가 없다는 점만 빼면 아주 씩씩하고 건강한 소녀였다.

물론, 야요이는 그런 사정을 알 리 없었다. 미키는 과거에서 만나러 온 엄마 케이에게 "날 낳아 줘서 고마워……."라는 말까지 전했다. '왜 날 낳았어?'라는 말과는 거의 극과 극을 달리는 말이었다.

하지만 전혀 다른 환경에서 자랐다면 어땠을까? 엄마는 자기를 낳은 후 죽고, 아빠도 친척도 의지할 사람도 전혀 없었다면…….

"……그럴지도 모르죠."

카즈는 이번에도 부정하지 않았다.

혼자서 살아가느니 죽는 게 나을 뻔했어.

낮에 야요이는 이런 말을 내뱉었는데, 사실 부모를 잃

은 어린아이가 누구의 도움도 없이 혼자 살아가기란 불가능하다. 아마도 신뢰할 만한 어른을 만나지 못했던 것이리라.

야요이가 교통사고로 부모를 잃고 처음으로 맡겨진 곳은 외삼촌 부부네였다. 물론 그들이 자진해서 맡겠다고 했지만, 때가 좋지 않았다. 출산과 시기가 겹쳤다. 첫 출산이라 육아에 익숙하지 않은 상태에서 별안간 여섯 살 야요이와 신생아의 부모가 된 것이다.

육아는 뜻대로 되지 않는 일의 연속인데, 하물며 처음에는 모든 게 서투르기 마련이다. 아이가 예쁜 것만으로는 참기 힘든 감정이 솟구칠 때마다 죄책감이 들었다. 머리로는 '거둔 자식'에게도 아낌없이 애정을 쏟아야 한다고 생각했지만, 그냥 존재 자체만으로 지긋지긋할 때도 있었다.

'내 아이만으로도 힘든데 왜 남의 자식까지 봐야 하지?'

아무리 어린아이라도 어른의 표정을 똑똑히 살피고, 이해도 한다. 야요이는 외삼촌 가족의 눈치를 보게 됐다. 그리고 그런 야요이의 태도가 숙모를 더욱 화나게 한 끝에, 이번에는 고모 가족에게 맡겨졌다.

고모에게는 세 아이가 있었다. 첫째는 초등학교 고학년, 막내는 당시 일곱 살이던 야요이보다 한 살 어렸다. 육아에 익숙했던 고모는 야요이를 제 자식처럼 받아들이는 데 큰 문제가 없었다.

하지만 이 집에도 장벽이 있었다. 어른에게는 부모를 잃은 야요이가 가엾은 존재였지만, 아이들에게는 갑자기 나타나서 부모의 사랑을 빼앗은 이방인이나 다름없었다. 더구나 부모가 야요이와 자기들을 평등하게 대할수록 반발심이 생겼다. 당연히 아이들은 야요이를 따돌렸다. 물리적으로 피해를 끼친 것은 아니지만, 세 아이는 점점 야요이의 존재를 무시했다. 물론 부모가 보고 있을 때는 예외였다. 부모 앞에서는 사이좋은 자매인 양 연기하고, 뒤에서는 없는 사람 취급을 했다.

야요이는 여기서도 자신이 환영받지 못한다는 것을 깨달았다. 하지만 이곳을 떠날 수는 없었다. 아무에게도 속을 털어놓지 못한 채 마음만 사그라들었다. 우울한 감정은 자연스레 자신을 이런 처지로 몰아넣은 원인 제공자, 즉 부모에게로 향했다.

고독.

어린 마음에 새겨진 마음의 상처로 인해 야요이의 인격

은 크게 비뚤어졌다. 혼자서 살아간다는 야요이의 말은 누구에게도 필요 없는 존재라는 자기 부정이었다.

즉,

살 가치가 없다…….

주문한 유자 진저를 반쯤 비웠을 즈음일까. 창문에서 보이는 어화도 아득하고 작아졌다.

탁.

별안간 책을 덮는 소리가 울렸다.

소리가 난 쪽으로 야요이가 고개를 돌리자 노신사가 막 일어나는 참이었다.

"앗……."

야요이의 입에서 외마디가 흘렀다.

노신사는 그런 야요이의 반응을 신경 쓰는 기색도 없이 테이블과 의자 사이에서 스르르 빠져나온 다음, 화장실이 있는 입구 옆으로 소리 없이 걸어갔다. 물론 발소리도 나지 않았다.

그러고는 화장실 문을 소리 없이 열어 안으로 빨려들듯 들어가더니 역시 소리 없이 문을 닫았다. 책을 덮는 소리가 들리지 않았다면 야요이는 알아차리지 못했을 것이다.

야요이는 카운터 의자에서 천천히 내려왔다.

"괜찮겠죠?"

카즈에게 살짝 눈짓하며 필요 이상으로 목소리를 낮춰 물었다.

"네."

카즈는 일손을 멈추고 대답했다.

조금씩 빨라지는 심장 박동을 느끼며 야요이는 그 자리와의 거리를 천천히 좁혀갔다.

또각, 또각, 걸음을 옮길 때마다 어쩔 수 없이 발소리가 울렸다. 그러나 노신사가 들어간 화장실 쪽에서는 아무 반응도 없었다.

'이 사람들 말대로 진짜 유령인지도 몰라……'

문득 이런 생각이 들자 야요이의 등골이 서늘해졌다.

"어서 사치를……."

카즈가 옆에서 대기하고 있던 레이지에게 속삭였다. 아래층에 있는 사치를 불러오라는 뜻이다.

야요이는 그 아이가 이 일과 무슨 상관이 있는지 영문을 알 수 없었으나, 그 이유를 아는 레이지는 "알겠어요." 하고 계단을 내려갔다.

'뭐지?'

지하로 내려가는 레이지에게 신경을 쓰다 보니, 어느새 카즈가 쟁반을 들고 야요이의 옆에 서 있었다. 소리를 지를 뻔했으나, 야요이가 깨달았을 때는 이미 카즈가 옆을 지나쳐 노신사가 사용한 커피 잔으로 손을 뻗고 있었다.

"앉으세요."

카즈는 테이블 위를 행주로 쓱 닦은 후 자리를 권하고는, 야요이의 대답을 듣기도 전에 식기를 가지고 카운터 안으로 돌아갔다.

"……아, 네."

야요이는 누구에게라 할 것 없이 대답한 후 테이블과 의자 사이로 들어갔다.

직접 앉아 보니 별로 특별한 점은 없는 평범한 의자였다. 영국 앤티크 분위기가 풍기는 꽤 오래된 물건이라고 느껴졌다. 의자의 앉는 부분은 딱딱하고 줄무늬에 꽃문양이 그려져 있었다. 혹시 전기 충격 장치라도 있을까 싶어 경계했지만, 예상을 빗나갔다. 이왕 과거로 돌아가는바, 뭐라도 좋으니 확실히 실감 나는 것이 필요했다. 너무 평범해서 오히려 '정말 이 의자에 앉으면 과거로 돌아갈 수 있을까?' 하는 의심마저 들었다.

이런 생각을 하고 있으니 카운터 안에서 카즈의 목소리가 날아왔다.

"아까 시간제한이 있다고 설명한 거 기억나세요?"

"네."

"조금만 있으면 저희 딸이 손님께 커피를 따라 드릴 거예요."

"네?"

"과거에 머물 수 있는 시간은 저희 딸이 커피를 잔에 따른 후부터 그 커피가 식을 때까지입니다……."

워낙 뜻밖이라 야요이는 제대로 이해하지 못했다.

"잠깐만요! 커피라고요? 웬 커피요?"

납득할 만한 설명이 필요했다.

"게다가, 당신이 아니라 당신 딸이 커피를 내린다고요? 꼭 따님이 해야 하는 거예요? 그리고 또 한 가지. 커피가 식을 때까지라니, 너무 짧지 않아요? 네? 그게 아까 말한 시간제한이에요? 네? 말해 봐요!"

야요이는 머릿속에 떠오르는 말을 속사포처럼 내뱉었다. 어지간히 당황했는지 중요한 사실을 새카맣게 잊고 있었다.

"그게 규칙이니까요…….'

무슨 질문을 해도 돌아오는 대답은 한결같다는 것을.

사실, 커피 대신 홍차나 코코아를 따라 봐야 과거로 돌아갈 수는 없다. 왜 커피여야 하는지는 정말 카즈조차 알지 못했다. 그렇다고 특별한 원두를 쓰는 것도 아니었다. 시판 원두여도 상관없고, 원두를 분쇄하는 도구에도 제약이 없었다. 핸드 드립이든 사이펀이든 커피를 내리는 방법도 자유로웠다. 다만, 커피를 따를 때 쓰는 주전자만큼은 대대로 전해져 내려오는 은주전자를 써야 했다. 역시 다른 주전자를 쓰면 과거로 돌아갈 수 없으며 그 이유 또한 알 수 없다.

결국, '그게 규칙이니까.' 하고 받아들이는 편이 다음이 편하다.

"카즈 씨."

잠시 후 레이지가 아래층에서 올라왔다.

"삿짱, 옷 갈아입고 바로 올라온대요."

"고마워."

납득할 만한 설명을 듣지 못한 채 고개를 숙이고 있는 야요이의 앞으로 카즈가 갔다.

"뭐죠?"

"마지막으로 한 가지, 중요한 규칙이……."

"아직도 있어요?"

한숨 섞인 목소리로 묻는 야요이에게 카즈가 조용히 입을 열었다.

"과거로 돌아가면, 커피가 완전히 식기 전에 다 마셔 주세요."

카즈의 말투가 달라졌다.

직접 언급하지는 않았지만, '반드시 지키세요.'라는 뉘앙스로 들렸다.

"완전히 식기 전……, 이라고요?"

"네."

이유는 묻지 않았다. 돌아올 대답은 뻔했다.

"그것도 규칙이죠?"

"네."

중요한 사실은 이것이 '반드시 지켜야 하는 규칙'이라는 점이다.

"만약에……."

이유는 알 수 없더라도 궁금한 것이 있었다.

"만약에, 마시지 않으면요?"

야요이는 단순한 호기심으로 물었다. 만에 하나의 경우도 있지 않은가. 만에 하나 이 규칙을 어기면 어떻게 될까?

"다 마시지 않으면……."

"다 마시지 않으면?"

"이번에는 손님이 유령으로 변해서 이 자리에 계속 앉게 될 거예요."

표정은 전혀 달라지지 않았지만, 카즈가 내뱉은 말은 조금 전보다 더 위압적으로 다가왔다. 공기가 팽팽하게 경직되는 것이 느껴졌다. 이는 즉, 커피를 다 마시지 않는 행위가 '죽음'을 의미하는 까닭이다.

하지만 야요이는 그런 위험이 있다는 얘기를 듣고도 이번에는 표정 변화 없이 대답할 뿐이었다.

"알겠어요."

아래층에서 총총총 올라오는 발소리와 함께 사치가 등장했다. 그 뒤에서 나가레가 느릿느릿 모습을 드러냈다.

사치는 새하얀 원피스를 입고, 낮에 카즈가 두르고 있던 것과 크기만 다른 하늘색 앞치마를 매고 있었다.

"엄마."

사치의 표정에서 불안이나 긴장의 빛은 보이지 않았다.

자신이 해야 할 일을 잘 알아서인지, 아니면 일곱 살 아이의 천진난만함 때문인지는 알 수 없다.

"준비하렴."

카즈는 고개를 끄덕인 후 사치를 주방으로 보냈다.

"응."

사치가 빠른 걸음으로 들어가고 나가레가 그 뒤를 따랐다. 사치의 준비를 돕기 위해서다.

그동안 야요이는 꼼짝도 하지 않았다. 마치 마음이 다른 곳에 가 있는 듯 초점 잃은 눈빛으로 잠자코 허공만 바라보았다.

그런 야요이를 레이지가 곁눈질하며 카즈에게 낮은 목소리로 말했다.

"괜찮을까요?"

카즈는 '뭐가?'라고 묻지 않았다. 듣고 싶지 않을 야요이의 마음을 헤아린 것이다. 그 대신 야요이가 조금 전까지 마시던 유자 진저 잔으로 손을 뻗었다.

"……보통은 자기가 대신 유령이 된다는 얘기를 들으면 화들짝 놀라든가 과거로 돌아가길 주저하지 않나요? 사실 다른 규칙들은 과거로 돌아갈 수만 있으면, 득이면 득이지 실은 아니잖아요……."

카즈는 대꾸 없이 카운터 안의 작은 싱크대에서 잔을 씻기 시작했다.

레이지의 걱정은 이어졌다.

"그런데 저 손님은 자기가 대신 유령이 된다는 얘기를 듣고도 아무렇지 않게 있으니······."

싱크대로 떨어지는 물소리만 조용한 가게 안에 울려 퍼졌다.

레이지는 더욱 목소리를 낮췄다.

"왠지 안 좋은 예감이 드는데요······."

낮에 '죽는 게 나을 뻔했어.'라는 말도 들었으니, 레이지가 걱정하는 것도 무리는 아니었다.

하나, 카즈는 아무런 대꾸도 하지 않고 수도꼭지만 꼭 잠갔다.

"카즈······."

주방에서 나가리의 목소리가 들렸다. 이와 동시에 사치가 모습을 드러냈다.

사치는 은쟁반을 자기 눈높이까지 아슬아슬하게 들고 있었다. 쟁반 위에는 은주전자와 새하얀 커피 잔이 놓여 있었다. 빈 잔이 받침 위에서 달캉달캉 소리를 냈다.

그런 상태로 사치는 야요이의 자리로 걸어가고 그 뒤를 카즈가 따랐다.

"카즈 씨······."

레이지가 불안한 목소리로 불렀다.

"괜찮아."

카즈가 뒤도 돌아보지 않고 말하자 말을 붙일 엄두도 나지 않았다.

일곱 살 사치에게는 혼자서 쟁반을 들고 잔을 내려놓기가 어려워 카즈가 거들어야 했다.

카즈가 쟁반을 뒤에서 붙잡고, 사치가 두 손으로 잔을 들어 야요이 앞에 내려놓았다.

"규칙은?"

사치가 물으면서 은주전자를 들었다. 카즈와 야요이 사이에 오간 대화를 모르는 사치는 규칙을 처음부터 설명해 줘야 하는지를 확인했다. 일곱 살인데도 해야 할 일을 제대로 이해하는 것이다.

"괜찮아."

카즈가 다정하게 미소 지었다.

"알겠어."

사치는 양손으로 주전자 손잡이를 들고 방향을 돌려 야

요이를 바라보았다.

"괜찮으신가요?"

마음의 준비가 되었는지를 물었다.

"네."

야요이는 물끄러미 바라보는 사치의 시선을 회피하듯 눈을 내리깔고 대답했다.

그런 두 사람의 모습을 레이지와 나가레가 착잡한 표정으로 지켜보았다.

하지만 두 사람의 속마음은 전혀 달랐다. 레이지는 야요이가 과거로 갔다가 돌아오지 않을까 봐 걱정했고, 나가레는 사치가 일을 제대로 할 수 있을지 염려하고 있었다.

유일하게 카즈만 태연한 얼굴로 서 있었다.

"그럼……."

사치는 운을 띄운 다음, 뒤에 있는 카즈에게 눈짓하고 생긋 미소를 지으며 입을 열었다.

"커피가 식기 전에."

그러고는 천천히 커피를 잔에 따르기 시작했다.

주전자 손잡이를 두 손으로 붙잡고 있는데도 일곱 살 사치에게는 무거운지, 주전자 부리가 부르르르 흔들렸다. 쏟지 않으려고 안간힘을 다하며 주전자 부리를 노려보는 모습이 사랑스러웠다.

'귀여워라……'

마음이 다른 곳에 가 있는 듯했던 야요이조차 순간 마음을 빼앗겼다.

그 순간.

스르르르르, 잔에 채워진 커피에서 한 줄기 김이 피어올랐다.

그리고 주변 풍경이 출렁출렁 흔들리기 시작했다.

"아……"

야요이는 저도 모르게 외마디를 터뜨렸다.

흔들린다고 생각했던 것은 풍경이 아니라, 바로 자기 몸이었다. 야요이의 몸은 커피에서 피어오른 김과 한데 섞여 상승하기 시작했다. 동시에 주변 풍경이 위에서 아래로 흘렀다.

그 흐름은 흡사 주마등처럼 이 찻집에서 있던 일을 비추었다.

낮에서 밤으로, 밤에서 낮으로. 긴 듯하면서도 짧은 시간의 흐름.

'시간을 거슬러 올라가고 있어.'

야요이는 천천히 눈을 감았다. 두렵지는 않았다. 각오는 되어 있었다.

중요한 문제는 단 하나.

나보다 더한 고통을 어떻게 안길 것인가. 어차피 무슨 짓을 해도 '괴로운' 현실은 바뀌지 않는다.

그러니 이건 복수다.

어린 나를 혼자 두고 이기적으로 죽어 버린 부모에 대한 복수…….

야요이는 참관 수업이 싫었다.

참관 수업 횟수는 학교마다 다르지만, 야요이가 다니던 초등학교에서는 학기마다 한 번씩, 일 년에 총 세 번이 있었다.

"너희 친엄마 아니지?"

참관일마다 친구들한테 이런 얘기를 들었다. 그걸 가지고 노골적으로 놀리는 남자아이와 싸우기도 했다.

하지만 그보다도 야요이를 화나게 한 말이 있었다.

바로, 참관일에 친구들이 "우리 엄마 안 왔으면 좋겠어." 하고 한 번씩 투덜대는 불평이었다.

부모가 없는 야요이에게는 눈물이 나올 정도로 부아가 치미는 말이었다. 야요이는 무슨 짓을 해도 부모가 살아 돌아올 수 없기 때문이다. 부모가 없다는 이유로 이토록 괴롭고 서러운 일을 겪어야 했다. 그리고 그 고통은 평생 지속된다.

'내 인생은 이미 끝났어.'

초등학생 때부터 야요이의 마음은 비관적으로 뒤틀리기 시작했다.

고학년이 됐을 때는 마음에 쌓인 울분으로 인해 집에서 버릇없이 행동하기 시작했다. 얼마 후 고모의 집에서도 더 이상 손쓸 수 없는 지경에 이르자 고아원에 맡겨졌다.

고아원으로 보내진 후 고독감은 더욱 심해졌다.

내 마음을 알아주는 사람은 아무도 없고, 나는 결국 혼자 살아갈 수밖에 없다고, 자기만의 세계에 틀어박히게 되었다.

중학생이 되자 등교를 거부했다. 학교 친구들은 다들 부모가 있고 행복해 보였다. 부모 얘기를 하는 친구들의 대화를 듣고 있으면 속이 뒤집힐 뿐 아니라 얄미워서 견딜 수가 없었다. 그 자리에 있는 것 자체가 고통이었다.

물론 고등학교에는 진학하지 않았다. 곧바로 아르바이트를 시작하면서 고아원에도 돌아가지 않았다. 넷카페(PC, TV, DVD 등을 이용하고 숙박이 가능한 시설)를 전전하며 하루 벌어 하루 사는 날이 이어졌다. 이른바 넷카페 난민이었다. 날씨가 춥지 않으면 노숙하는 날도 있었다.

딱딱한 땅바닥에서 비바람을 견디며 얼마나 눈물을 흘렸는지 모른다.

무슨 이유로 태어나서, 무슨 이유로 이 고통을 감내하며 살아가야 하는지 답을 찾을 수 없었다.

그런데도 이대로 죽는 건 너무 서글펐다.

언젠가부터 부모가 남긴 사진 한 장에 찍힌 찻집을 찾아내는 것만이 유일한 삶의 이유가 되었다.

반년 전.

어느 인터넷 사이트에서 눈에 익은 찻집 내부 사진을 발견했다.

하코다테시 하코다테산 기슭에 있는 찻집.

그 찻집에는 과거로 돌아갈 수 있다는 도시 전설이 내려오고 있었다.

'그 전설이 사실이라면…….'

야요이는 그때까지 굶어 죽지 않을 만큼의 생활비만 벌었으나, 하코다테로 떠날 비행깃값을 모으기 위해 필사적으로 일하기 시작했다.

'만약 과거로 돌아갈 수 있다면, 돌아가서 부모를 만날 수만 있다면…….'

사진 속에서 행복하게 미소 짓는 부모를 향해 '당신들 자식은 당신들이 죽어 버린 탓에 이렇게 불행해졌어!'라고 쏘아붙이고 싶었다.

'내 인생은 진작에 끝났어. 이제 와서 되돌릴 순 없어.'

기왕이면 자신의 고통, 슬픔, 분노의 10분의 1, 아니 100분의 1이라도 맛보게 한 다음 죽고 싶었다.

'이대로 죽는 것만은 절대로 안 돼!'

그리고 오늘, 야요이는 이 찻집을 찾아왔다.

돌아갈 비행깃값 따위는 수중에 없었다.

눈이 부시다고 느낀 순간, 흐릿했던 손발의 감각이 되돌아왔다.

확실히 손이라고 느껴지는 부분으로 빛을 가리며 천천히 눈을 떠 보니, 정면에 새하얗게 빛나는 창문이 있었다. 이제 어두컴컴한 바다에 떠 있는 어화는 보이지 않았다. 그곳에는 낮에 보았던 구름 한 점 없는 파란 하늘과 하코다테 항구가 펼쳐져 있었다.

'과거로 돌아왔다.'

야요이는 단번에 깨달았다.

밤에서 낮으로, 세상이 뒤바뀌어 있었다.

눈앞에 있던 사치라는 여자아이와 카즈도 없었다. 그 대신 처음 보는 20대 후반의 남자 두 명과 창가 자리에 앉은 여자 한 명, 그리고 카운터 안에서 생글생글 웃고 있는, 야요이의 사진에서 보았던 여자가 있었다.

그 사진 속 인물 유카리와 순간 눈이 마주쳤다.

그러나 유카리는 고개만 가볍게 끄덕일 뿐, 눈앞에 있는 세 사람과 대화를 계속 이어 나갔다.

"그래, 콤비명은 뭐로 할지 정했어?"

"네."

두 남자 중 체격 좋고 은테 안경을 쓴 남자가 대답했다.

"이름이 뭔데?"

"포론도론이요!"

옆에 있는 호리하고 키 큰 남자가 카랑카랑한 목소리로 말했다.

'엥?'

야요이는 그 이름을 듣고 깜짝 놀랐다. 포론도론이란, 최근 몇 년 사이에 급부상한 인기 개그 콤비였다. 야요이의 생각이 맞는다면 키 큰 남자가 보케(만담에서 우습고 엉뚱한 말과 몸짓으로 웃음을 자아내는 사람) 역의 하야시다, 은테 안경을 쓴 남자가 쓰코미(보케에게 면박을 주면서 응수하는 사람) 역의 도도로키일 터였다. 야요이도 알고 있는 유명한 개그맨들이었다. 그러나 야요이가 아는 포론도론은 이렇게 젊지 않았다.

야요이는 확신했다. 이곳은 과거의 세계였다.

"포론도론……?"

유카리가 두 사람이 지었다는 이름을 조용히 되뇌었다.

"어때요?"

도도로키와 하야시다가 한목소리로 물으며 유카리의 얼굴을 들여다보았다. 마치 유카리를 누나처럼 따르는 모습이랄까. 두 사람은 숨을 멈추고 어떤 반응이 나올지 기다렸다.

"이름 좋네!"

유카리는 입을 열자마자 탄성을 지르더니 "최고! 우승! 1등상! 무조건 뜰 거야!" 하고 소리쳤다.

두 사람의 표정이 한껏 밝아졌다.

"칭찬 나왔다!"

"다행이다!"

"유카리 씨한테 그 말 들으려고 잠도 안 자고 고민한 걸."

"맞아, 맞아."

두 사람은 만족스러운 듯, 그야말로 손을 맞잡고 기뻐했다.

"근데 진짜 이름 잘 지었네. 기억하기 쉽고. 뭐였지? 도론데론이었나?"

"포론도론이요!"

"아, 그랬나?"

이름을 틀리게 말했다. 기억하기 쉽다면서 전혀 기억하지 못했다.

"방금 우승이네, 뭐네, 하지 않았어요?"

"미안, 미안."

손을 모으며 사과하는 유카리.

"유카리 씨의 엉뚱함은 못 당한다니까요."

도도로키가 어깨를 들썩거리며 웃었다.

"진짜 그렇다니까."

하야시다가 짐짓 한숨을 내쉬었다.

"슬슬 일어날 시간이야."

별안간 두 사람 뒤쪽에 있던 여자가 끼어들었다. 도도로키와 하야시다에 비하면 훨씬 어려 보였지만, 하얗고 예쁘장한 그녀는 차분해서인지 성숙한 분위기를 풍겼다.

그녀는 비행기 시간이 가까워졌음을 알린 것이다.

"세츠코도 같이 가?"

"네, 당연하죠."

세츠코라고 불린 여자는 지체 없이 대답했다.

"잘하고 와."

"잘해야 할 사람은 요 녀석들이죠."

세츠코가 히죽 웃었다.

"요 녀석들이라니……."

도도로키가 기분 좋은 표정으로 한숨을 쉬었다.

그때 유카리가 야요이 쪽으로 얼굴을 돌리더니 불쑥 말을 걸었다.

"미래에서 왔니?"

보통은 인사부터 할 텐데 그런 비슷한 말조차 없었다. 방금까지 얘기하다 툭 끊어진 대화를 이어가는 듯했다.

"아, 네."

야요이도 무심결에 대답해 버렸다.

"아……."

도도로키와 하야시다는 그제야 야요이의 존재를 알아차린 모양이었다.

"그럼 우린 비행기 시간 대문에……."

두 사람은 황급히 옆에 있던 커다란 캐리어로 손을 뻗었다.

유카리를 누나처럼 따르는 이들이라면 당연히 이 찻집의 규칙도 자세히 알 터였다.

"그래? 힘내, 응원할게!"

세 사람은 깊숙이 머리 숙여 인사한 후 가게를 나섰다.

딸그랑딸그랑.

유카리는 무심한 듯 세 사람을 배웅했지만, 야요이를 신경 써서 그랬는지도 몰랐다. 그 자리에 나타났다는 것은 누군가를 만나러 왔다는 뜻이기 때문이다. 게다가 시간제한도 있었다.

"이제부터 도쿄로 가서 개그맨이 될 거래……."

유카리는 그렇다고 단도직입적으로 '누구를 만나러 왔어?'라고 묻지 않았다.

"꿈을 이루려는 거지."

마치 친한 단골손님을 상대하듯 대화를 이어갔다.

"이름이 뭐야?"

"네?"

"네 이름 말이야. 이름 없어?"

"……야요이……, 예요."

"야요이?"

"네."

"멋진 이름이네."

유카리는 가슴 앞에서 두 손을 모아 손뼉 치는 제스처를 취했으나, 야요이는 이름을 칭찬받고도 무표정하게 그저 눈만 내리깔았다.

"왜 그래?"

"전 싫거든요. 이 이름이……."

"왜? 예쁘잖아."

"이 이름을 지은 부모를 증오하니까요……."

증오라는 단어가 나왔다. 예사롭지 않은 일이었다.

그런데도 유카리는 당황하지 않았다. 카운터에서 몸을

쑥 내밀고는 흥미진진하다는 듯 눈을 반짝였다.

"그럼, 그 이름을 지어 즌 부모한테 불만이라도 말하러 왔어?"

'뭐야, 이 사람!'

야요이는 본심을 들킨 것보다 자신을 신기하다는 듯이 빤히 쳐다보는 유카리의 태도가 마음에 들지 않았다.

"그럼 안 돼요?"

야요이는 불쾌감을 드러내며 반문했다. 처음 만나는 사람한테 싸움을 걸어 봐야 무슨 소용이 있겠냐마는 도저히 참을 수가 없었다.

하지만 유카리는 설교할 생각 따윈 없었다. 되레 주먹을 치켜들고 소리쳤다.

"그래, 마음껏 털어 버려! 어차피 무슨 말을 해도 네 미래는 달라지지 않으니까!"

"뭐지, 이 사람……."

무의식중에 마음의 소리가 입 밖으로 튀어나왔다.

정작 불만을 터뜨려야 할 상대는 아직 모습을 드러내지 않았다.

'설마 잘못된 건가?'

날짜에 착오가 생겼는지 의구심이 들었다.

'그러고 보니…….'

구체적으로 어떻게 해야 자신이 원하는 날로 돌아갈 수 있는지 물어본 기억이 없었다. 사진을 갖고 있었으니 막연히 '이 사진을 찍은 날로 가고 싶어.'라고 생각했을 따름이다.

"아……."

문득 낮에 나가레와 손님들이 주고받던 대화가 떠올랐다. 나가레의 아내는 10년 후 15시를 기대하며 미래로 떠났으나, 알 수 없는 착오가 생겨 15년 후 10시로 와 버렸다고 했다.

나가레는 이 사실을 알리기 위해 전화해야 한다고 가게 밖으로 나갔었다.

'어떻게 그런 실수가 있을 수 있어?'

상황을 자세히 이해하진 못했으나, 속으로 코웃음 쳤던 기억이 났다.

포론도론 두 사람의 나이로 봤을 때 대략 20년 전으로 돌아온 것만은 확실했다.

문제는 '날짜'가 전부가 아니라는 것.

'시간'도 중요하다.

야요이는 구체적인 시간까지 머릿속에 그리진 않았다.

단지 사진을 찍은 '날'로 돌아가고 싶다고 바랐을 뿐이다. 하루는 24시간인데, 커피는 15분이면 완전히 식어 버린다. 그 15분 사이에 만나지 못하면 과거로 들어온 의미가 없다.

사진 뒷면에 적혀 있던 것처럼 정확한 날짜와 시간만 알았다면…….

'아, 잠깐, 잠깐, 잠깐! 그러고 보니……!'

다급히 가방을 뒤적거리던 야요이가 그 사진을 꺼내서 확인했다.

찍혀 있었다.

야요이의 사진 속에 이 찻집의 시계가 찍혀 있었다. 웃는 얼굴로 자신을 안고 있는 부모와 유카리의 뒤쪽에 커다란 괘종시계가 있었다. 그 시간은…….

오후 1시 30분.

야요이는 시계를 보았다. 지금 시간은…….

오후 1시 22분.

'8분 전! 8분 전이야!'

야요이는 반사적으로 커피 잔에 손을 대고 온도를 확인했다. 뜨겁지는 않았다. 뜨겁지는 않았지만, 완전히 식을 때까지는 아직 시간이 있었다.

야요이는 안도의 한숨을 내쉬었다.

앙갚음할 상대가 잠시 후에 나타나리라 확신했기 때문이다.

그리고 마침, 그때가 되었다.

딸그랑딸그랑.

카우벨이 울렸다.
야요이는 긴장하기 시작했다.
'드디어 만날 수 있다.'
생각만으로도 야요이의 호흡이 거칠어졌다.
'드디어 만날 수 있다……?'

증오해 마지않는 부모인데…….

"어서 오세요. 어? 어머, 어머, 어머, 어머!"
유카리는 새된 소리를 내지르며, 아기를 안은 세토 미유키와 남편 케이치를 맞이했다. 그리고 미유키를 폭 감싸듯이 다정하게 안아 주었다.
"축하해. 오늘이 퇴원이었구나. 미리 말해 줬으면 데리러 갔을 텐데. 뭐야! 나 때문에 일부러 여기까지 와 준 거야? 정말 감동이야. 이렇게 기쁠 수가! 내일 세상이 무너져도 바랄 게 없을 만큼 기뻐!'

유카리가 쉬지 않고 말을 쏟아냈다. 기뻐서 견딜 수가 없는 것이다.

"유카리 씨 호들갑은 여전하다니까."

케이치가 껄껄 웃고, 옆에서 미유키도 웃음을 지어 보였다.

당연하지만, 두 사람은 사진 속 복장 그대로였고, 미유키 품 안의 아기는 연한 하늘색 싸개에 싸여 있었다.

그 모습을 망연하게 바라보는 야요이의 시선을 느꼈는지, 미유키는 미소 지으며 가볍게 고개인사를 했다.

"어머나, 예뻐라. 딸이야?"

유카리가 싸개 안을 들여다보았다.

"네."

"누굴 닮았나?"

유카리의 눈이 미유키와 케이치의 얼굴을 번갈아 가며 쳐다보았다.

"엄마겠죠. 절 닮았으면 이렇게 예쁠 리 없잖아요."

케이치가 쑥스러워하며 대답했다.

"그건 그러네."

"뭐예요! 예의상 아니라고 해 주셔야죠!"

"미안, 미안."

"하여간!"

화기애애하고 행복한 분위기가 흘렀다.

'지금 뭣들 하는 거야?'

야요이의 마음속에서 분노가 꿈틀거리기 시작했다.

'자기들끼리 행복하다는 듯이…….'

어렸을 때 맡겨졌던 곳에서 주눅 들었던 기억이 되살아났다.

'당신들이 죽어 버린 바람에…….'

사촌들에게 내내 무시당했던 일, 중학교 시절의 등교 거부, 고등학교 진학 포기, 일일 아르바이트를 하며 하루살이처럼 연명한 날들……, 이런 기억이 야요이의 머릿속에서 한꺼번에 휘몰아쳤다.

'이렇게 고통스럽게 살았는데…….'

야요이가 느낀 감정은 분노만이 아니었다.

눈앞의 세 사람과는 겨우 2, 3m 떨어졌을 뿐인데, 서로 사는 세계가 커다란 장벽으로 가로막힌 듯했다.

한쪽은 행복, 다른 한쪽은 불행.

행복의 둘레 안으로 발 디딜 수 없는 소외감, 그리고 외로움.

자리에서 이동할 수 없다는 규칙 때문에 움직이지 못하는 야요이는, 심지어 규칙마저 그 안으로 들어가지 못하도록 방해하고 있다고 느꼈다.

무슨 일이든 안 좋은 쪽으로, 더 나쁜 쪽으로 해석하고 말았다.

'왜 나만 이렇게 힘든 일을 당해야 하지?'

이제 세 사람을 바라보는 것조차 괴로웠다.

고개 숙인 채 어깨를 떠는 야요이의 눈에서 눈물이 뚝뚝 떨어졌다.

그저 자신의 불행이 슬펐다. 아무도 손 내밀지 않는 고독이 힘겨웠다.

'이제 됐어. 이대로 커피가 식을 때까지 기다렸다가 유령이 되어도 좋아.'

이렇게 마음먹었을 때였다.

"혼자서 살아가느니 죽는 게 낫다고 생각했어요."

여자의 울먹이는 목소리가 야요이의 귀에 날아들었다.

'……뭐?'

낮에 야요이가 찻집을 나서면서 중얼거렸던 말이 아니던가.

그러나 이번에는 야요이가 한 말이 아니었다.

'누구지?'

짐작 가는 사람은 한 명뿐이었다.

'설마…….'

고개를 들어 보니 어느새 케이치가 아기를 안고, 미유키는 유카리에게 머리를 깊이 숙이고 있었다.

목소리의 주인공은 야요이의 엄마, 미유키였다.

미유키는 머리를 들고 말을 이었다.

"유카리 씨한테 뭐라고 감사 인사를 드려야 할지……."

"감사?"

"네."

야요이는 미유키가 왜 그런 말을 하는지 짐작 가지 않았다. 조금 전까지 그렇게 행복해하지 않았던가? 사진 속에는 누가 봐도 부러워할 만큼 행복한 가족의 모습이 찍혀 있지 않았던가?

'뭐야? 이게 무슨 전개야?'

미유키의 말이 야요이의 귀에 못 박혔다.

"네 살 때 부모님이 실종되면서 친척 집을 전전했던 저는 어디에도 발붙일 곳이 없었어요."

'뭐라고?'

야요이는 귀를 의심했다. 자기 엄마가 어렸을 때 버려졌다는 얘기는 금시초문이었다.

"그래, 그래."

"중학교를 졸업하고는 숙부와 숙모가 공짜로 밥을 먹여 줄 수 없다면서 고등학교 진학을 못 하게 했어요. 그래서 돈을 벌러 나갔지만, 워낙 어수룩해서 일터에선 실수만 연발하고……."

"그래, 그랬다고 했지."

"일터에서 괴롭힘을 당하는 게 힘들어서 그만두니 참을성이 부족하다고 혼나고, 결국은 집에서 쫓겨났어요."

"정말 말도 안 되는 얘기야."

"왜 나만 이렇게 괴로워야 하냐고 원망했어요. 다들 행복하게 사는데, 어딜 가도 남들처럼 적응하지 못하는 제 처지가 슬퍼서, 나 같은 건 살아갈 가치가 없다고 생각했어요."

미유키의 말을 듣고 유카리의 눈에 살며시 눈물이 괫히기 시작했다.

"5년 전 겨울이었죠……. 만약 그날, 유카리 씨가 바다에 뛰어들려던 제게 말을 걸어 주지 않았다면……."

"아, 그런 일이 있었지……."

"이 찻집을 만나지 못했다면……."

"억지로 끌고 왔었지? 맞아, 맞아. 기억나."

"제가 이런 행복을 누릴 일은 없었을 거예요."

"아냐, 그렇지 않아."

"진심으로 감사드립니다."

미유키는 다시 한번 머리를 깊이 숙였다.

야요이는 귀를 의심했다.

처음 듣는 이야기였다.

미유키도 자기처럼 어렸을 때 부모와 이별하고, 중학교를 나오자마자 돈을 벌러 나가고, 괴롭힘을 당하고, 고통스러워 몸부림쳤다. 게다가 스스로 목숨을 끊을 생각까지 했다니…….

'그런데…….'

자신과는 달랐다. 야요이는 불평불만에 가득 찬 인생을 걸었고, 미유키는 멋지게 행복을 손에 넣었다.

무슨 일이 있었던 걸까?

자신과 미유키는 무엇이 달랐던 것일까?

야요이는 숨 쉬는 것도 잊을 만큼 두 사람의 대화에 집중했다.

"그만 고개 들어도 돼."

유카리가 말했다.

미유키가 천천히 얼굴을 들었다.

유카리의 눈이 미유키를 향해 부드럽게 미소 지었다.

"포기하지 않고 잘 이겨냈어. 잘 이겨냈고말고. 마법 같은 일이 벌어진 게 아니야. 그날 내가 미유키에게 말을 걸었다고 갑자기 현실이 달라진 건 아니잖아. 괴로운 상황은 그대로였지. 그런데도 미래를 위해 노력했고, 행복을 위해 노력한 덕분에 지금의 미유키가 있는 거야."

미유키는 유카리가 한마디, 한마디 할 때마다 고개를 끄덕이며 새겨들었다. 그때마다 눈에서는 눈물이 주르륵 흘러넘쳤다.

"얼굴 들고, 당당하게 가슴 펴. 이 행복은 미유키가 스스로 손에 넣은 거니까……."

미유키는 "네." 하고 대답하며 얼굴을 들고 가슴을 폈다. 그리고 눈물로 범벅이 된 얼굴로 웃음을 지었다.

"그래, 그래. 예쁘다. 웃으니까 예쁘잖아. 그걸로 됐어. 그렇게 웃는 게 중요한 거야."

유카리도 만족스러운 듯 미소를 지었다.

"아, 참!"

퍼뜩 생각났다는 표정으로 유카리가 손뼉을 쳤다.

"이름이 뭐야? 이 아이 이름······."

"아, 깜빡했네요."

아직 이름을 알려 주지 않은 걸 깨닫고는 미유키는 아기를 안은 케이치를 향해 뒤돌아보았다. 아기가 케이치의 손에서 미유키의 손으로 넘겨졌다.

야요이는 듣지 않아도 알았다.

"야요이예요."

미유키가 말했다.

내 이름.

"야요이······."

엄마가 지어 준 내 이름.

긴 침묵의 시간······.

아니, 어쩌면 한순간이었을지도 모른다. 유카리와 눈이 마주쳤다.

"그렇구나. 이름이 야요이구나."

유카리는 조용히 속삭였다.

"멋진 이름이네······."

그러고는 엄마 품에 안긴 야요이의 뺨을 부드럽게 쓰다듬었다.
아기 야요이가, 뺨을 실룩샐룩하며 기분 좋은 듯이 웃었다.

댕…….

이 찻집의 괘종시계는 30분이 되면 낮고 길게 늘어지는 종소리가 한 번 울렸다.
1시 30분.
야요이는 사진 속 괘종시계를 보았다.
"……기념으로 한 장 찍을까요?"
케이치가 가방에서 카메라를 꺼내 들고 콧물을 훌쩍이며 말했다.
"아, 좋지. 그럼……."
유카리는 카메라를 받아 들고, 야요이를 향해 성큼성큼 다가왔다.
"네?"
허를 찔린 듯 눈을 동그랗게 뜬 야요이에게 유카리가 카메라를 내밀었다.

"사진 찍어 줄래?"

"……아, 그게……."

미유키와 케이치도 기대하는 눈빛으로 야요이를 바라보았다.

"부탁할게요."

미유키가 웃는 얼굴로 머리를 숙였다.

"……알겠습니다."

야요이는 유카리에게 카메라를 받아 들고 파인더를 들여다보았다.

"아……."

무심코 탄식을 터뜨렸다.

'이 구도…….'

아기를 안은 미유키를 중심으로 양옆에 케이치와 유카리가 서 있었다. 그 뒤에는 오후 1시 반을 가리키는 커다란 괘종시계와 창문으로 쏟아지는 밝은 빛. 그곳에는 수없이, 수없이 바라보았던 사진 속 그대로의 광경이 펼쳐져 있었다.

카메라 셔터 버튼에 손가락을 댔다.

"이거 누르기만 하면 되죠?"

"맞아."

유카리가 대답하고 파인더 안의 미유키는 야요이를 향해 미소 지었다.

'이럴 수가…….'

그 순간, 야요이는 깨달았다.

부모가 죽은 후, 이 사진을 볼 때마다 혼자만 울타리 밖으로 내던져진 듯한 소외감을 느껴 왔다. 그러나 착각이었다. 나는 이 안에 있었다. 부모님 품에 안긴 채, 나도 웃는 얼굴로 그곳에 함께 있었다. 이 행복은 부모님과 나의 것이었다.

"찍을게요."

시야가 흐릿해서 잘 보이지 않았다.

"하나, 둘, 셋……."

야요이는 조용히 셔터를 눌렀다.

"고마워요."

"아니에요."

미유키의 인사에 야요이는 고개를 푹 숙인 채 대답했다. 그러고는 말없이 카메라를 유카리에게 건넸다.

"불만은 말하지 않아도 괜찮겠니?"

유카리가 장난기 어린 얼굴로 속삭였다. 유카리는 야요이가 누구를 만나러 왔는지 꿰뚫고 있었는지도 모른다.

"이제 괜찮아요."

다소 분하기는 했지만, 야요이는 대답한 후 커피 잔으로 손을 뻗었다.

상당히 미지근해져 있었다.

'나도 포기하지 않고 노력하면……, 어쩌면…….'

야요이는 커피를 단숨에 들이켰다.

출렁출렁, 몸이 흔들리기 시작했다. 현기증이 나면서 기체르 변한 몸이 두둥실 떠올랐다.

미유키와 케이치가, 천장으로 상승하는 야요이를 올려다보고 있는 것을 느꼈다. 이제, 두 번 다시는 만날 수 없으리라. 야요이는 의식이 희미해지는 가운데 무심코 소리쳤다.

"엄마! 아빠!"

그 외침이 가닿았을까…….

정신을 차리고 보니 창 너머로 자그마한 어화의 빛이 보였다.

낮에서 밤으로 바뀌었다.

펜던트 조명이 켜진 가게 내부는 부드러운 오렌지색으로 물들어 있었다.

"아아……."

돌아왔다.

이제 눈앞에 미유키와 케이치는 없었다. 그 대신 걱정스러운 표정으로 쳐다보는 사치와 멀리서 야요이를 지켜보는 찻집 사람들이 보였다.

'꿈이 아니야…….'

손에 들고 있는 사진에는 파인더 너머로 보았던 미유키의 웃는 얼굴이 찍혀 있었다.

'꿈이 아니었어…….'

야요이가 천천히 눈을 감고 어깨를 떨었다.

댕…….

괘종시계가 오후 8시 30분을 알리는 종을 쳤다.

어느새 화장실에서 돌아온 검은 양복의 노신사가 야요이 앞에 서 있었다.

"아……."

야요이는 허둥지둥 일어나 노신사에게 자리를 양보했다.

"실례하겠습니다."

느신사는 공손히 머리를 숙이더니 소리 없이 테이블과 의자 사이로 스르르 들어갔다.

"어떠셨어요?"

카즈가 야요이의 옆을 지나 테이블 위의 잔을 치우고 노신사에게 새 커피를 건네며 물었다.

"전……."

야요이가 손에 든 사진을 들어 올리며 말했다.

"혼자가 아니었나 봐요."

촉촉한 눈동자와는 대조적으로 홀가분한 표정이었다.

"그렇군요."

카즈는 평소처럼 무덤덤한 얼굴로 대답했으나, 레이지는 야요이가 과거로 갔다가 돌아오지 않을까 봐 노심초사했던 만큼 큰 안도의 한숨을 내쉬며 가까운 의자에 털썩 주저앉았다.

그런 레이지의 기분을 알 리 없는 야요이는 경쾌한 발걸음으로 계산대 앞으로 걸어갔다.

"얼마죠?"

야요이가 밝은 목소리로 물으며 전표를 내밀었다.

그런데도 카즈는 움직이지 않았다.

계산대까지는 레이지보다 카즈가 가까웠다. 이럴 경우 카즈가 계산대로 가는 편이 자연스럽고, 평소의 카즈라면 그렇게 했을 것이다. 하지만 지금은 꿈쩍도 하지 않은 채 과거로 돌아가는 자리 앞에서 움직이려 하지 않았다.

이런 상황에서 레이지의 반응은 민첩했다. 카즈 대신 계산대로 가려고 재빨리 일어섰다.

그런데 그런 레이지를 카즈가 손으로 막았다.

'카즈 씨?'

레이지가 고개를 갸웃했다.

"아직 끝나지 않았어요."

카즈는 야요이에게 말하면서 예의 그 자리에 앉아 있는 노신사를 바라보았다.

그 순간…….

별안간 노신사의 몸이 연기로 변하면서 천장으로 빨려 들어가듯 상승했다. 그리고 곧바로 연기 밑에서 꾀죄죄한 더플코트를 입은 여자가 나타났다. 순식간에 사람이 바뀌는 모습은 마치 마술 같았다.

카즈와 나가레에게는 익숙한 광경이라 별로 놀라지 않았다. 사치는 정말 마술쇼를 보는 것처럼 눈을 반짝반짝 빛냈다. 레이지도 처음 보는 광경은 아니었지만, 야요이가 돌아오자마자 바로 다른 사람이 나타나자 상당히 놀란 눈치였다.

"어엇?"

계산대 앞에 있던 야요이는 눈앞에서 벌어진 일에 어안이 벙벙했다.

"여기가 어디죠……?"

연기 밑에서 나타난 여자의 입에서 가냘픈 목소리가 흘러나왔다.

여자는 창백한 얼굴로 가게 안을 둘러보았다.

단순히 놀라서 창백해 보이는 것만은 아니었다. 몸은 여위고, 입술은 새파랗고, 눈에는 생기가 없었다. 가만히 내버려 두면 쓰러져 죽는 것 아닐까 싶을 만큼 몸 상태가 안 좋아 보였다. 입은 옷도 땅에서 여러 번 구른 것처럼 흙투성이였다.

그런 여자의 몸이 파르르르 떨리고 있었다.

그때였다.

"엄마……."

야요이가 중얼거렸다.

그러면서도 야요이는 자기 입에서 그 말이 나왔다는 사실이 믿기지 않았다.

그 자리에서 나타난 사람은 야요이의 엄마, 미유키였다.

하지만 눈앞의 미유키는 조금 전 야요이가 과거로 돌아가서 보고 온 미유키와는 아예 딴사람이었다. 당장에라도 스러져 버릴 것처럼 존재감이 옅었다.

"어, 엄마?"

레이지도 상황을 이해하지 못하기는 매한가지였다.

"무슨 일이시죠?"

유일하게 침착한 한 사람, 카즈가 미유키에게 말을 걸었다.

누구를 대할 때도 변함없는 평소 카즈의 모습이었다.

"모르겠어요……."

미유키는 겁에 질린 강아지처럼 카즈를 올려다보며 아주 잠깐 뜸을 들였다가 대답했다.

자기도 무슨 일이 벌어졌는지 모르는 눈치였다.

"이 가게에 계신 여자분이 이야기해서 여기에 앉게 됐고……, 커피를 따라 주셨어요. 그런데 갑자기 현기증이 나고……, 정신을 차려 보니……."

이곳에 와 있다는 얘기다.

자신이 대체 어디에 있는지도 짐작이 가지 않았다. 가게 안 풍경은 똑같은데, 눈앞에 있던 사람은 사라지고 낯선

제1화 "이기적이야"라고 원망하지 못한 딸의 이야기 113

사람이 보이니 놀라는 것도 당연했다.

그녀의 당혹감을 이해한 카즈는 평소보다 천천히, 그리고 부드럽게 말을 걸었다.

"그 여자분한테 무슨 설명 못 들으셨나요?"

규칙에 관해 묻는 것이었다.

조금 전 일일 텐데 미유키는 쉽게 말문을 열지 못했다.

"천천히 눈을 감고, 당신이 보고 싶은 미래를 상상하세요, 라고 했어요……."

대답이 중간중간 끊어졌다.

"보고 싶은 미래라고요?"

나가레가 끼어들었다.

그 자리에 있는 사람들은 미유키가 과거에서 왔으리라는 것은 이미 추측했다.

하지만 웬일인지 나가레는 '보고 싶은 미래'라는 말에 반응을 보였다. 미래로 사람을 보내기에는 설명이 턱없이 부족하다. 그리고 그런 지시를 할 사람은 이 찻집의 주인, 나가레의 어머니뿐이기 때문이다.

'여전히 설명이 허술해…….'

나가레는 속으로 못마땅한 듯 투덜거렸다.

'설명이 허술해.'

레이지도 같은 생각을 했다. 그래서 레이지가 이곳에서 일하면서부터는 규칙을 설경하는 일을 유카리 대신 레이지가 도맡았다. 레이지가 규칙을 야무지게 섵명할 수 있었던 비결은 그 때문이었다.

"그것 말고는요?"

"그리고 또……."

카즈가 묻자 미유키는 커피 잔으로 시선을 떨구었다.

"……커피는 식기 전에 다 마시라고 했어요."

"그게 다였나요?"

이번에는 나가레가 물었다.

"네."

"맙소사."

나가레는 서리가 앉기 시작한 머리를 마구 긁어 댔다.

'아무리 중요한 이유가 있어도 그렇지, 그렇게 형편없이 설명해 놓고 사람을 미래로 보내다니! 말도 안 돼. 너무 무책임하잖아!'

나가레는 도키타 가문의 사람으로서 지나치게 무책임한 유카리의 방식에 분개했다.

하지만 지금 미유키 앞에서 그런 불평을 해 봐야 소용이 없었다.

미유키를 보니 곤혹스러운 표정을 띠고 있었다.

"……여기는?"

어딘지 묻는 것이 아니었다. 전체적으로 어떤 상황인지를 묻는 것이었다. 말하지 않아도 카즈는 이해했다.

이곳이 시간을 이동할 수 있는 찻집이라는 사실을 쉽고 간결하게 설명한 후, 말을 이었다.

"여기는 분명, 당신이 가 보고 싶다고 생각한 몇십 년 후 미래일 거예요."

믿을지 여부는 미유키에게 맡긴 채, 말을 고르지 않고, 꾸미지 않고, 그저 있는 그대로를 전했다.

아무리 그래도 이 상황이 금방 믿어질 리 없었다.

"미래요?"

미유키의 머릿속에는 '그 사람은 왜 날 이런 곳으로 보냈지?' 하는 의문으로 가득 찼다.

그때 계산대 너머에서 자신을 바라보는 여자의 시선을 느꼈다. 물론 미유키는 그 여자가 자신의 딸인 줄 꿈에도 알지 못했다. 알 수가 없었다.

하지만 야요이는 미유키가 엄마라는 것을 알았다.

하물며 그 모습으로 보아 자신을 낳기 전의 엄마라는 사실도…….

야요이는 어떻게 대처해야 할지 막막했지만, 그런데도 가만히 보고만 있을 수는 없었는지, 모기만 한 목소리로 미유키에게 말을 걸었다.

"저, 그러니까, 저기······."

하지만 그뿐이었다. 무슨 말을 해야 할지 감이 오지 않았다. 내가 누군지 밝혀야 하나, 밝히지 말아야 하나조차 판단이 서지 않았다.

더구나 미유키의 초라한 몰골이 너무 애처로워서 똑바로 바라볼 수 없었다. 조금 전 과거로 돌아갔을 때, 두 귀로 똑똑히 들었다. 돈을 벌러 나갔지만 적응하지 못했고, 일터에서는 실수만 저질렀고, 살아갈 희망마저 사라져 바다에 뛰어들려고 했다는 이야기를.

하지만 이 정도일 줄은 꿈에도 몰랐다.

실제로 그 모습을 목격한 야요이는, 미유키에 비하면 자신의 고통 따위는 별것 아니라는 생각이 들어 견디기 힘들었다. 적어도 자기는 간사이에서 하코다테까지 타고 올 비행깃값을 마련했고, 끼니도 거르지 않았으며, 남들에게 창피한 옷을 입지도 않았다.

그런데 지금 미유키의 모습은······.

가슴이 아팠다.

뭐라 말을 걸고는 싶은데, 무슨 말을 해야 할지 떠오르지 않았다.

그 표정이 너무 힘들어 보였는지 미유키가 계산대 너머의 야요이에게 다정한 목소리로 물었다.

"괜찮으세요?"

그 목소리를 들은 순간, 야요이의 마음은 후회가 사무치며 와르르 무너졌다.

'이 얼마나 어리석은 딸이었나! 과거로 돌아가서 악담을 퍼붓고 싶다고? 제정신이 아니었어. 난 결국, 나밖에 모르는 한심하기 짝이 없는…….'

말문이 막혀 버린 야요이를 미유키가 의아한 눈빛으로 바라보았다.

"저 여자분은…….”

침묵을 깬 사람은 카즈였다.

"당신의 딸이에요."

이 말을 남기고 카즈는 천천히 미유키의 옆을 떠났다.

야요이는 그 자리에 얼어붙고 말았다.

하지만…….

누군가가 말해 주기를 기다렸는지도 모른다. 자기 입으로는 절대로 밝히지 못한 그 말을.

카즈는 그런 야요이의 마음을 간파했던 모양이다.

천천히 얼굴을 들었다.

미유키와 눈이 마주쳤다. 카즈의 말에 깜짝 놀라면서도 야요이를 똑바로 바라보았다.

잠시 침묵이 흘렀다.

"······나의?"

미유키가 중얼거렸다.

야요이의 눈에서 눈물이 흘렀다. 그것이 야요이의 대답이라면 대답이었다.

"나의······."

그러더니 갑자기 미유키도 양손으로 얼굴을 감싸고 어깨를 들썩거리며 울기 시작했다.

"어? 왜? 왜 그래?"

야요이는 저도 모르게 미유키가 앉은 자리 앞으로 달려갔다.

가까워질수록 가느다랗게 여윈 손목과 지저분한 코트가 눈에 들어와 야요이의 가슴이 찢어지는 듯했다.

"어, 엄마······?"

야요이는 떨리는 목소리로 불렀다.

"……죽으려고 했어요."

"도대체 왜?"

야요이는 과거로 돌아갔을 때 그 이유를 들었지만, 무심코 묻고 있었다.

"저한테는 이제, 아무런 희망이 없었으니까요……."

한겨울 하코다테의 바닷속에 몸을 던질 생각이었다.

그때 유카리가 우연히 지나갔다. 분명 유카리는 미유키의 마음을 한눈에 꿰뚫어 보고 말을 걸었던 것이다. 그리고 그 자리에 앉혔다.

"보고 싶은 미래를 상상하라고 했을 때……, 어차피 이루어질 수 없는 꿈이라도 좋다면……."

미유키가 천천히 얼굴을 들었다.

"내 아이의 행복한 얼굴을 보았으면……, 하고 생각했어요……."

미유키의 말을 듣고 있던 나가레의 시선이 야요이에게로 향했다.

'그랬군……. 그래서 야요이 씨가 이 찻집에 있는, 오늘 이 시간에 나타난 건가…….'

나가레가 눈을 가늘게 뜨며 낮은 신음을 터뜨렸다.

하지만 나가레의 머리는 혼란스러웠다.

지금까지 자신들이 생각했던 '미래'로 가는 방법과 전혀 달랐기 때문이다. 이렇게 쉽게 미래로 가서 만나고 싶은 사람을 만날 수 있나? 하는 의문이었다.

어쨌든 지금은 눈앞에 두 사람이 있다는 사실이 중요했다. 나가레는 석연치 않은 기분을 애써 억누르며 야요이와 미유키를 지켜보기로 했다.

야요이는 미유키에게 한 걸음 다가갔다.

"꿈이 아니야."

"······?"

"이건 꿈이 아니라고. 엄마는 지금, 2030년 8월 27일 8시······."

야요이는 사진에도 찍혀 있던 괘종시계를 돌아보았다.

"31분에 와 있어."

"2030년······?"

"나, 올해 스무 살 됐어. 엄마가 낳아 준 덕분에······"

"내가······?"

"나, 엄청, 엄청 행복해! 봐, 이렇게 예쁜 옷도 입고 있잖아. 지금 오사카에 살고 있는데 하코다테까지 놀러 올 정도라고."

"오사카······?"

"응. 좋은 동네야. 하코다테도 좋지만, 거기는 맛있는 음식도 많고, 사람들이 친절하고 재밌어! 엉뚱한 소리도 잘하고 웃기는 소리도 잘해!"

"그래?"

"그리고 나, 내년에 결혼도 해!"

거짓말이었다.

"결혼……?"

"그러니까, 죽으면 안 돼."

야요이의 눈에서는 닦아도, 닦아도 눈물이 계속 흘렀다.

"엄마가 죽으면 미래가 바뀌잖아? 엄마가 날 낳아 주지 않으면, 내 행복은 물거품이 되어 버리잖아?"

규칙에 의해, 현실은 바뀌지 않는다.

"어? 저기……."

야요이의 말을 바로잡으려고 끼어들려는 레이지를 카즈가 손으로 가로막고, 나가레는 "괜찮아." 하고 속삭였다.

실제로는 규칙에 따라 현실이 바뀌지 않는다. 미유키가 죽지 않고 훗날 아이를 낳고, 그 아이가 혼자서 살아가야 하는 상황은 변하지 않는다. 괴롭힘을 당하고 고통에 허덕이는 현실을 바꾸는 일은 불가능하다. 아이가 태어나면 그런 현실이 기다리고 있다.

하지만 지금의 미유키로서는 앞날을 알지 못한다. 미래를 알 도리가 없다.

"그러니까, 살아 줘……."

'증오했는데……. 날 외톨이로 만든 엄마를, 이제껏 증오해 왔는데……. 하지만 지금은 엄마도 행복해졌으면 좋겠어…….'

그러므로 미유키가 죽는 것을 내버려 둘 수 없었다.

"살아 줘, 날 위해서……."

'나도 힘낼게.'

거짓이 섞이지 않은, 진심이 담긴 말이었다.

"……알겠지?"

야요이는 자기가 할 수 있는 가장 큰 웃음을 지어 보이며 미유키에게 말했다. 자신의 과거를, 엄마를, 부모를 증오했던 세토 야요이는 이제 어디에도 없었다.

"……알겠어."

미유키는 고개를 가볍게 끄덕이며 대답한 후, 야요이의 뺨으로 손을 쭉 뻗었다.

"자세히 보여줄래? 내 딸 얼굴……."

야요이는 한 걸음, 두 걸음 다가가서 미유키의 손안에 뺨을 푹 파묻었다.

미유키는 엄지손가락으로 야요이의 눈물을 훔쳤다.

"알겠어……."

"응."

"엄마가 기운 낼 테니까, 이제 울지 마……."

"응."

야요이의 두 손이 미유키의 손을 감쌌다.

'이 온기를 평생 잊지 않을 거야.'

울지 않겠다고 했으면서 흐르는 눈물은 멈추질 않았다.

이제 두 번 다시는 돌아오지 않을, 엄마와 딸의 시간이었다.

하나, 시간은 그리 길지 않았다.

"커피 식어요."

어느 틈에 나가레에게 안긴 채 졸린 눈을 비비던 사치가 경고했다.

"아……."

생각났다는 듯 야요이가 고개를 들었다.

"이거 식기 전에 꼭 마셔야 하는 거죠?"

부디 거짓말이라도 좋으니 아니라고 부인해 주기를 바랐다.

"네, 맞아요."

그러나 카즈는 조용히 대답했다. 그 말은 지금 일어난 일이 꿈이나 환상이 아니라는 뜻이었다.

 야요이는 입술을 악물었다. 그리고 규칙을 잘 모를 미유키에게 원래 세계로 무사히 돌아가려면 커피가 완전히 식기 전에 다 마셔야 한다고 설명했다. 미유키도 유카리에게 그에 대한 설명은 들었다. 아쉬워하는 기색은 보였지만, 이내 받아들였다.

"고마워."

미유키는 그 말을 남긴 후, 커피를 단숨에 들이마셨다.

"엄마……."

"아, 참."

미유키의 몸이 흐릿해지기 시작했다.

"이름……."

"응?"

"이름을 안 물어봤어……."

"……야요이."

"야요이……?"

"응."

미유키의 몸이 연기로 변했다.

"야요이……, 멋진 이름이네……."

"엄마!"

"야요이, 고마······."

휘리릭 상승한 연기는 천장으로 빨려 들어가듯 사라지고 말았다.

연기 밑에서는 검은 양복을 입은 노신사가 나타났다. 마치 아무 일도 없었다는 듯이.

정적이 감도는 가게 안에, 잠든 사치의 숨소리만 새근새근 울렸다.

남아 있던 폐점 업무를 마친 후 레이지가 퇴근 준비를 하며 주방에서 나왔다.

"레이지, 고마워."

카즈도 앞치마를 풀며 감사의 뜻을 전했다.

"뭐가요?"

"규칙 설명을 거의 맡기다시피 했잖아······."

"괜찮아요. 유카리 씨가 커피를 내렸을 때는 제가 다 설명했는걸요."

미유키를 보면 두슨 말인지 알았다. 실제로 유카리가 미유키에게 설명한 내용이라고는 '보고 싶은 미래를 상상해라.', '커피가 식기 전에 마셔라.'라는 것뿐이었다. 허술하다면 허술했다.

"그간 힘든 일 많았지?"

나가레가 미안하다는 듯이 머리를 숙였다.

"여기서 일한 지 얼마 안 됐을 땐 솔직히 좀 난처했죠."

그렇게 말하며 레이지가 쓴웃음을 지었다.

나가레와 카즈가 이 찻집에 오기 전에는 유카리와 아르바이트 직원인 레이지 두 사람이 가게를 꾸려 나갔다.

두어 달 전, 갑자기 미국으로 가 버린 유카리의 행동에 책임감을 느끼고 다리 점장으로 오게 된 나가레가, 자유분방하고 무신경한 어머니 대신 사과한 것이다.

"근데, 솔직히 저 엄청나게 조마조마했어요."

"왜?"

나가레가 고개를 갸웃했다.

"조금 전 그분, 여요이 씨였죠? ……막다른 골목에 몰린 느낌이었잖아요. 과거로 돌아가기 전에는 인생을 포기한 사람 같았고요."

"아, 그랬지……."

"과거로 갔다가 돌아오지 않을 가능성도 있었는데, 카즈 씨는 어떻게 보낼 생각을 했는지 의아했어요……."

"듣고 보니 그러네……."

나가레도 인제 와서 탄식했다.

"제가 규칙을 설명한 적은 많았지만, 실제로 과거로 간 사람은 별로 본 적이 없었으니까, 어쩌면 제가 모르는 '과거로 돌아가려는 사람을 막으면 안 된다.'라는 규칙이라도 있는 건가 생각했어요."

"그런 규칙은 들어 본 적 없는데."

"그럼 왜……."

두 사람의 대화를 들으며 카즈는 밤새 켜 놓는 등만 남겨 두고 모든 전기를 껐다.

어슴푸레한 세피아빛이 비추었다.

"사진……."

카즈가 창밖에 떠 있는 어화를 바라보며 말했다.

"네?"

"사진이 깨끗했으니까……."

"네? 사진이요? 그게 무슨 뜻이에요?"

"20년 가까이 된 물건인데, 정말 소중히 간직했구나 싶어서……."

"그렇군."

나가레는 카즈가 하려는 말을 이해했는지 나지막이 중얼거렸다.

"네? 전 무슨 말씀인지 모르겠어요."

레이지는 눈을 깜빡이며 고개를 저었다.

"왜, 그렇잖아…‥."

카즈는 천천히 가게 현관까지 걸어갔다.

"진심으로 증오했다면, 이기 오래전에 찢어 버리고도 남았겠지?"

그렇게 말하며 문을 활짝 열어젖혔다…….

하코다테의 여름 밤바람은, 쌀쌀하다고 느낄 만큼 선뜩했다.

제2화

"행복하니?"라고 묻지 못한 남편의 이야기

"죽으면 끝이라는 말, 하지 마."

하코다테의 여름은 짧다.

꽃잎이 팔랑팔랑 떨어진다 싶었더니, 눈 깜짝할 사이에 하코다테산이 타오르는 듯 시빨갛게 물들어 있곤 하다.

그중에서도 다이산자카 언덕은 이국적인 정취가 물씬 풍기는 아름다운 돌바닥과 붉은 가로수 마가목을 볼 수 있는 관광지로 유명하다.

파란 하늘과 하코다테 항구가 내다보이는 찻집 도나도나의 커다란 창에도 가을이 찾아왔다.

눈 아래로 펼쳐지는 단풍은 가게 안의 분위기까지 감미롭게 물들였다.

그 때문일까.

'커플이 늘었네.'

카운터석에 앉은 마쓰바라 나나코가 생각했다.

오늘은 일요일.

평소보다 손님이 두 배나 있어 매우 번잡했다. 하지만 대부분 관광객이라 이곳이 과거로 돌아갈 수 있는 찻집이라는 사실을 아는 사람은 그리 많지 않았다.

이런 커플들 사이에서 사십 대 후반쯤 되는, 호리하고 키 큰 남자 하나가 헌팅캡과 선글라스를 쓴 차림으로 근 사흘간 발 도장을 찍었다. 아침 개점 시간부터 와서는 폐점 때까지 앉아 있었다. 수상한 사람으로 오해받을 만했다.

그 수상한 남자의 맞은편 자리에 도키타 사치가 있었다. 손에는 《100가지 질문》 책이 들려 있었다.

일면식 없는 수상한 남자와 사치가 같은 자리에 앉아 있으면, 카운터 안에서 일하는 엄마 도키타 카즈는 물론, 나나코 옆에서 점심을 먹는 무라오카 사키도 경계하는 것이 일반적이다.

하지만 아무도 그런 경계심을 품지 않았다.

왜냐하면, 세 사람 모두 그 남자가 '과거로 돌아가기 위해 온 손님'이라고 생각했기 때문이다.

낌새로 보아, 이 찻집이 정말 과거로 돌아갈 수 있는 곳인지 탐색하러 왔거나, 혹은 이미 규칙을 알고 예의 그 자리에 앉은 검은 양복의 노신사가 화장실로 가기만을 기다리는 중이라 추측했다. 그런 손님은 자주 있었다. 실제로 지난 늦여름에 죽은 부모를 만나러 왔던 여자도 낮에 상황을 한 번 보러 왔다가 그날 밤 다시 모습을 드러냈다.

이 남자의 경우 '결단을 내리지 못하는 우유부단한 성격'이라는 것이 종합병원 정신과 의사인 사키의 견해였다.

분위기를 봤을 때도 나쁜 사람 같지는 않았다.

이를 누구보다 잘 아는 사람은 그 남자를 상대로 《100가지 질문》을 즐기고 있는 사치인지도 모른다.

"57번째 질문입니다."

"네."

사치와 선글라스 남자의 모습을 카운터에서 지켜보던 나나코가 "마음에 쏙 들었나 봐요." 하고 카즈에게 말했다.

나나코는 《만약 내일 세상이 멸망한다면? 100가지 질문》이라는 제목의 책을 말한 걸 테지만, 카즈는 사치의 태도로 보아 일곱 살 아이의 질문에 성실하게 대답하는 선글라스 남자까지 마음에 든 게 틀림없다고 생각했다.

"당신은 지금, '불륜 관계'에 있다고 칩시다."

제2화 "행복하니?"라고 묻지 못한 남편의 이야기

"불륜이라……, 또 난감한 질문이 나올 것 같은데……."

물론 사치는 불륜이 무슨 뜻인지 알지 못했다. 단지 책을 통해 다른 사람과 교류하는 시간이 즐거울 따름이다.

"있다고 칩시다."

"네."

선글라스 남자도 아주 재미없지는 않은 듯했다.

사치의 질문이 이어졌다.

만약 내일 세상이 멸망한다면, 당신은 어떤 선택을 하겠습니까?

① 남편, 또는 아내와 함께 있는다.

② 불륜 상대와 함께 있는다.

"자, 몇 번이에요?"

선글라스 남자가 "음……." 하고 신음하며 고개를 갸웃했다.

"지금 ②번이라고 대답하면 내 인품이 의심받겠는데."

남자의 선글라스가 나나코 쪽으로 향했다. 사치에게 의심받는 것보다도 사치의 보호자들에게 의심받는 것이 신경 쓰이는 모양이다. 질문이 나올 때마다 이런 대화가 오갔다.

그 틈을 놓치지 않고 나나코가 짓궂게 물었다.

"②번인가요?"

"아니, 아직 결혼도 하기 전이다 보니 불륜은 영 감이 안 오네요······."

"그런 나이에요?"

돌직구를 날린 사람은 사키였다. 직설적인 말투는 평소와 다름없었으나, 이번에는 아무래도 실례라고 생각했는지 나나코가 "선생님······." 하고 작은 목소리로 나무랐다.

"아직 인연을 못 만나서요······."

"사람 좋아 보이는데······."

"그런 말 자주 듣습니다."

아무렇지 않게 말을 이어가는 사키도 대단하지만, 선글라스 남자도 대수롭지 않다는 듯 서글서글하게 받아쳤다.

"몇 번이에요?"

어른들의 대화를 듣다가, 참지 못한 사치가 답을 재촉했다.

"아, 미안, 미안······. 음, 그럼 ①번."

"선생님은요?"

사치는 남자가 ⓒ번을 선택한 이유를 궁금해하지 않았다. 곧바로 사키에게 질문을 던졌다.

"난 ②번."

"옝?"

사키의 대답에 눈을 동그랗게 뜨고 놀란 반응을 보인 사람은 나나코였다. 사키가 ②번을 고르리라고는 예상하지 못했던 것이다.

"왜?"

"아 그게, 너무 뜻밖이라……."

"왜?"

"아니 그게……."

나나코는 마음에 있는 말을 입 밖으로 꺼내질 못했다. 사키와는 정반대였다.

"인품이 의심스러워집니다."

나나코가 우물쭈물하자 선글라스 남자가 옆에서 끼어들었다.

"아, 그런 건 아닌데……."

바로 그 말이 하고 싶었지만, 나나코는 안절부절못하며 손을 가로저었다.

"이유가 뭐냐고?"

나나코가 묻고 싶은 말을 사키가 스스로 꺼냈다.

"그러지 않을 거면 불륜 같은 거 저지를 필요가 없잖아?"

불륜 자체는 바람직한 길이 아니다. 그러나 그 바람직하지 않은 일을 누가 시켜서가 아니라 자진해서 하고 있으니, 내일 세상이 멸망한다면 불륜 상대와 함께 있겠다는 논리다. 물론 그게 정답이라 할 수는 없다. 어디까지나 사키의 개인적인 의견일 뿐이다.

"아, 그렇구나……."

그 말을 들은 나코는 감탄했다.

"자, 다음 질문입니다."

"네."

사치의 우렁찬 목소리가 울리자 선글라스 남자가 대답했다.

"58번."

"네."

"숨겨 둔 자식이 있는 당신에게 묻습니다."

"이거 또 난감해지겠는데……."

남자가 관자놀이를 긁적였다.

만약 내일 세상이 결망한다면, 당신은 어떤 선택을 하겠습니까?
① 어차피 마지막이므로 남편이나 아내에게 사실대로 말하고 후련해진다.

② 마지막까지 숨기고 위선자로 남는다.

"자, 몇 번이에요?"

"음……."

남자가 팔짱을 낀 채 고개를 갸웃하며 생각에 잠겼다. 매 질문이 그랬다.

쉬운 내용이 없었다.

첫 번째 질문인 '한 명만 살 수 있는 생존의 방에 들어갈 것인가, 말 것인가'를 시작으로, '빌린 물건을 돌려줄 것인가, 말 것인가', '결혼식을 올릴 것인가, 말 것인가' 등 내용도 다양했다. 별것 아닌 듯하면서도 평소라면 생각 자체를 미룰 만한 곤란한 물음이 많았다. 직면한 문제를 '내일 세상이 멸망한다면…….'이라는 조건으로 선택하게 만든다.

더구나 선택지는 무조건 두 가지였다.

할 것인가?

말 것인가?

영국의 극작가 윌리엄 셰익스피어가 쓴 《햄릿》이라는 작품에 이런 유명한 대사가 나온다.

사느냐, 죽느냐, 그것이 문제로다…….

이 대사는 숙부에게 아버지를 살해당한 햄릿이 복수를 '할 것인가, 말 것인가'로 고뇌하는 장면에서 나온다. 숙부는 자신의 욕심 때문에 친형을 독살하고 국왕의 좌를 빼앗으며, 형의 아내이자 햄릿의 어머니를 왕비로 삼는다. 이 작품 속에서 숙부는 명실상부한 절대 악이다. 그 사실을 안 햄릿이 한 치의 망설임 없이 곧바로 복수를 단행했다면 아무도 불행해지지 않았을 것이다. 하지만 햄릿은 망설였다. 망령의 말을 믿어도 될 것인가, 말 것인가. 귀찮은 싸움에 뛰어들 것인가, 아니면 모르는 척하고 안온하게 살 것인가.

즉, 이 이야기는 우유부단한 햄릿의 성격에서 비롯된다.

햄릿이 망설이는 사이에 사랑하는 오필리아를 잃고, 무관한 사람을 죽게 하고, 옛 친구가 목숨을 노리는 위험에 처하고, 어머니도 독살을 당하며, 끝내 자신과 숙부도 목숨을 잃고 나라마저 빼앗긴다.

이 극작은 제대로 상연하려면 네 시간이 넘는 초대작이다. 그러나 그 근원을 따라가면 결국 한 인간의 '할 것인가, 말 것인가.'라는 망설임의 이야기로 압축된다.

물론, 이곳에 있는 나나코와 사키, 선글라스를 낀 남자는《100가지 질문》이 독자에게 인생의 큰 기로를 묻는다고 생각하진 않았다. 단순히 세상의 종말을 앞에 두었다는 가정하에 궁극의 선택을 즐길 뿐이었다.

"우유부단함은 자기 파멸의 원인이라고요."

햄릿처럼 어느 쪽도 선택하지 못하고 있는 선글라스 남자에게 사치가 일침을 가했다.

셰익스피어의 모든 작품을 독파한 사치만이,《100가지 질문》이 단순히 오락거리가 아님을 눈치챘는지도 모를 일이다.

딸그랑딸그랑.

카우벨이 울렸다.

"다녀왔습니다."

들어온 사람은 손님이 아니라 오노 레이지였다. 여행용 캐리어를 덜컹덜컹 끌고, 등에는 배낭을 멘 채 기념품이 든 종이봉투를 들고 있었다.

"레이지 오빠, 어서 와."

"응, 잘 있었지?"

레이지는 사치에게 인사한 후, 급하게 주방 안으로 들어갔다.

"도쿄에서 막 올라온 거예요? 쉬어도 되는데……."

"괜찮아요. 오늘이 일요일이니까, 이제부터 더 바빠질 텐데요."

주방에서 나가레와 레이지가 나누는 대화였다.

나가레는 하코다테에 온 지 두 달밖에 안 되어 가을 행락철에 가게가 얼마나 바쁜지 아직 겪어 보지 못했다. 도쿄의 푸니쿨리 푸니쿨라는 후미진 골목길 지하에 있어 계절이나 관광철에 상관없이 늘 한가했다. 손님은 거의 단골뿐이라 자리도 겨우 아홉 석뿐이었다. 그중 하나는 과거로 돌아가는 자리였으니 실제로는 여덟 자리나 마찬가지였다.

하지만 이곳은 하코다테. 관광지의 한복판이었다. 자리 수도 테라스석을 포함해서 열여덟. 행락철이면 만석이 되는 날도 있었다. 당연히 한 사람이라도 일손이 많은 편이 좋았다.

앞치마를 두른 레이지가 파르페 두 잔을 쟁반 위에 올리고 밖으로 나왔다.

"기념품은?"

나나코가 물었다.

"아, 좀 기다려……."

레이지는 대답한 후, 테라스 자리로 파르페를 갖다주러 활기차게 걸어갔다.

가을로 넘어왔지만, 낮에는 테라스 자리에 앉아도 춥지는 않았다. 특히 이날은 바람이 없어 단풍을 즐기며 시간을 보내기에 더할 나위 없었다.

파르페를 주문한 손님이 하코다테의 구경거리라도 물었는지, 레이지는 잠시 커플과 대화를 나누다가 돌아왔다.

"오디션은 어땠어?"

"이번에는 꽤 괜찮게 한 것 같아."

나나코의 질문에 레이지는 가슴을 펴고 대답했다.

개그맨 지망생 레이지는 데뷔를 꿈꾸며 도쿄로 오디션을 보러 다녔다. 그러나 여태까지 좋은 소식은 없었다.

그런 사정을 잘 아는 사키가 한숨 섞인 목소리로 중얼거렸다.

"아직도 개그맨 되겠다고 아까운 돈 낭비하면서 오디션 보러 다니는 거야?"

"돈 낭비라니요! 투자죠! 미래를 위한 투자!"

"인제 그만 포기하는 게 어때? 레이지, 재능 없다고."

직설적인 말투는 여전했다. 드리어 알고 지낸 지 오래된 만큼 더욱 거침없었다.

그러나 레이지도 만만치 않았다.

"재능 있거든요!"

"근데 왜 그래?"

결과가 따라주지 않는다는 말이다.

"재능이 없긴 하지."

사키를 따라 나나코도 단호하게 말했다.

"야!"

'너까지 한통속처럼 찬물 끼얹지 마!' 하고 레이지가 응수했다.

하지만 나나코는 그 뒤에 한마디 덧붙였다.

"그런데도 포기하지 않는 건 재능이지."

"전혀 기쁘지 않거든?"

나나코는 격려할 마음이었으나 실패로 돌아갔다.

사실 이런 대화는 어제오늘 일이 아니었다. 사키는 진심으로 레이지가 포기하길 바라는지도 모르지만, 레이지는 사키의 말을 농담이라고 생각하는 경향이 있었다. 꿈꾸는 자에겐 무슨 말을 하든 '쇠귀에 경 읽기'다.

그런 레이지가 사치가 들고 있는 《100가지 질문》을 발견했다.

"어, 지금 몇 번까지 했어?"

"58번이요."

"숨겨둔 자식이 있다는 그 질문?"

레이지가 번호만 듣고 무슨 내용인지 맞혔다.

"그걸 다 기억해?"

사키가 눈을 휘둥그레 뜨며 놀란 목소리로 물었다.

"이런 거야 한 번 보면 기억하죠."

"개그맨 말고 그 재능을 살릴 길이 있을 것 같은데……."

"됐거든요!"

레이지는 그렇게 종지부를 찍었으나, 나나코는 "그러게 말이에요." 하며 사키의 의견에 맞장구쳤다.

어른들이 옥신각신하든 말든 사치는 개의치 않았다.

"몇 번이에요?"

레이지에게 물었다.

"음, 글쎄……."

레이지는 예전에 이미 답을 정했지만, 사치 앞에서 짐짓 고민하는 시늉을 했다. 사치가 이런 과정을 좋아하는 까닭이다.

그때, 레이지의 눈이 맞은편에 앉은 선글라스 남자를 포착했다. 동시에 남자는 수상쩍게 두 손으로 얼굴을 가렸다.

"하야시다 씨?"

레이지가 중얼거렸다.

"아, 음……."

"개그 콤비 포론도론의 하야시다 씨 아니세요?"

"아뇨, 전 지나가던 아메리카 장수입니다."

곧이어 남자는 "앗." 하고 외마디 소리를 던졌다.

남자의 이름은 하야시다 고타. 최근 몇 년 사이에 인기가 급상승 중인 개그맨이었다. 레이지의 질문에 무심코 대답한 이유는 그들의 만담 중 토씨 하나까지 똑같은 대사로 시작하는 것이 있었기 때문이다.

"그 묘하게 이해될락 말락 한 보케! 틀림없어요! 포론도론의……."

레이지는 여기까지 말하더니 목소리를 낮추었다. 주변에 다른 손님이 많았기 때문이다.

"……하야시다 고타 씨예요."

레이지는 나나코와 사키에게 바싹 다가가서 조용히 속삭였다.

그러나 두 사람은 레이지가 무엇 때문에 이렇게 흥분하는지 이해가 가지 않았다. 게다가 나나코는 노골적으로 고개를 갸우뚱거렸다. 왜 갑자기 '아메리카 장수'라는 단어가 튀어나왔는지 모르는 눈치였다.

그런 나나코의 마음을 알아챘는지 레이지가 설명하기 시작했다.

"미국을 한자로 '米国(쌀 미, 나라 국. 일본은 미국을 '米国'으로 표기한다)'이라고 쓰니까, '米'라는 글자를 '아메리카'라고 읽을 때도 있잖아? 그래서 지나가던 '쌀장수입니다.'를 '아메리카 장수입니다.'라고 엉뚱하게 말한 거야."

설명을 듣고, 이해를 해야 웃음이 터지는 종류의 개그였다.

"아하."

"아, 듣고 보니 그러네."

나나코와 사키가 겨우 이해됐다는 표정을 지었다.

"왠지 낯이 익은 것 같긴 했어……."

누군지 알고 나니 관심이 생겼느냐 하면 꼭 그렇지만은 않았다. 만약 파트너인 도도로키였다면 반응이 달랐을지도 모른다. 둘 중 인기가 있는 사람은 도도로키였기 때문이다.

하지만 레이지에게는 하야시다 역시 동경의 대상이었

다. 흥분을 감추지 못하고 계속 들떠 있었다.

"개그맨 그랑프리 우승 축하드려요! 5년 전에 도도로키 씨가 반드시 개그맨 그랑프리에서 우승하겠다고 선언하셨잖아요. 정말 대단해요! 아, 맞다, 사인! 사인 부탁드려도 될까요?"

"아, 그게……."

"앗, 죄송해요! 제가 좀 흥분했나 봐요. 개인적인 일로 오셨을 텐데……. 죄송합니다. 저도 개그맨 지망생이다 보니 너무 신기해서 그만……."

눈을 반짝반짝 빛내는 레이지와 두 여자의 온도 차는 컸다. 만약 요즘 잘나가는 멋진 아이돌이었다면 반대였겠지만…….

"아, 근데……."

나나코가 무언가 생각났다는 듯 중얼거리며 고개를 갸웃했다.

"포론도론이면……. 그랑프리에서 우승하고 지난달인가부터 도도로키 씨가 행방불명됐다고 하지 않았어?"

"아!"

그 순간 레이지도 외마디 소리를 터뜨렸다.

"맞습니다······."

남자가 모기만 한 목소리로 답했고, 이는 자신이 포론도론의 하야시다임을 인정한다는 뜻이기도 했다.

선글라스에 가려져 얼마나 충격을 받았는지는 모르나, 이전의 유쾌함은 온데간데없이 사라졌다. 레이지는 레이지대로 자신의 경솔한 행동이 부끄러워 쥐구멍에라도 숨고 싶었다.

포론도론 도도로키의 실종이 보도된 것은 약 보름 전이었다. 그러나 뉴스는 사흘 정도 보도됐을 뿐 곧바로 새로운 화제에 묻혀 잠잠해졌다. 언론에서는 금전 문제를 실종의 가장 유력한 원인으로 꼽으며, 개그맨 그랑프리 우승 상금 천만 엔을 들고 종적을 감춘 것 아니냐고 떠들썩하게 다루기도 했다.

다만, 그 진상을 아는 사람은 아무도 없었다.

"뭔가 사정이 있어서 여기에 오신 것 아닌가요?"

질문한 사람은 카즈였다.

최근 사흘간 하야시다가 아무런 목적도 없이 이 찻집에 왔을 리는 없었다. 목적은 분명 과거로 돌아가는 것이리라. 그리고 과거로 가려는 이유가 도도로키의 실종과 관련이 있다는 것은 쉽게 상상할 수 있었다.

하야시다는 체념한 듯이 한숨을 내쉬고는 선글라스를 벗었다.

"전 그 녀석이 이곳에 올지도 모른다고 생각해서 기다렸습니다."

"그 실종된 분 말인가요?"

"네."

하야시다는 시선을 떨군 채 카즈가 묻는 말에 대답했다.

"왜죠?"

이번에는 사키가 물었다.

어째서 실종된 도도로키가 이곳에 올지도 모른다고 생각했느냐는 것이다.

"세츠코를 만나기 위해서요."

"그게 누구죠?"

이번에도 사키였다.

"5년 전에 죽은, 그 녀석 아내입니다."

말하자면, 하야시다는 실종된 도도로키가 5년 전에 죽은 아내 세츠코를 만나러 올 거라 생각하고 이곳에서 기다린 것이다.

그렇다고 해도 몇 가지 의문이 남았다.

'도도로키도 이 찻집에 얽힌 전설을 알고 있을까?'

'만약 알고 있다면, 왜 하야시다는 도도로키가 이곳으로 올 거라 생각했을까?'

'애초에 도도로키의 실종과 5년 전에 죽은 아내는 무슨 관련이 있을까?'

'그리고 하야시다는 무슨 이유로 도도로키를 기다리는 것일까?'

사키와 레이지가 막연히 느낀 의문이었다.

하야시다는 그 의문을 해소해 줄 만한 이야기를 천천히 풀어놓기 시작했다.

"저와 도도로키, 그리고 세츠코는 이 동네에서 초등학교부터 함께 다닌 친구였습니다."

즉, 이곳 현지인이라는 말이다. 그렇다면 이 찻집에서 과거로 돌아갈 수 있다는 사실과 이에 따른 규칙도 자세히 알고 있을 확률이 높다. 어쩌면 지금은 미국으로 건너간 찻집 주인 도키타 유카리와도 안면이 있을지 모른다.

하야시다의 이야기는 이어졌다.

"어렸을 때부터 세츠코는 만담을 좋아했어요. 저희한테 도쿄로 가서 개그맨이 되라고 등을 떠민 사람도 바로 세츠코였죠."

사치도 하야시다의 이야기에 잠자코 귀를 기울였다. 마치 책을 읽을 때처럼 꼼짝도 하지 않았다.

"아무런 연줄이 없었으니 정말 말도 못 하지 생활이 어려웠습니다. 처음엔 셋이 작은 아파트를 빌렸어요. 저와 도도로키는 만담을 짜서 오디션을 보고, 떨어지고는 작은 콩트 공연에 출연해서 아주 적은 일당을, 일당이라고 할 수도 없는 푼돈을 버는 나날이 반복됐지요……"

하야시다가 말하는 도중에 난로 근처에 앉은 손님이 "저기요……!" 하며 손을 들자 레이지가 아쉬워하며 그 자리를 떠났다.

하야시다는 그런 레이지를 눈으로 좇았으나, 이야기는 중단하지 않았다.

"세츠코는 그런 저희를 먹여 살리려고 낮에는 과외 교사로, 밤에는 긴자에서 호스티스로 일하면서 생활을 책임졌어요. 그건 다 저희가, 아니 도도로키가 개그맨으로 자리 잡도록 하기 위해서였고요……."

세츠코의 헌신적인 모습이 머릿속에 그려졌다. 그리고 그 헌신은 결코 강요된 것이 아니라, 아마도 세츠코가 자진해서 한 일이었으리라. 하야시다의 말을 빌리자면, 도도로키를 위해서.

"그러니 개그맨으로 성공하는 건 세츠코와 도도로키 두 사람의 꿈이었어요."

물론, 하야시다의 꿈이기도 했을 것이다.

"5년 전, 저희는 드디어 포론도론이란 이름을 내걸고 심야 정규 방송 자리를 얻었고, 도도로키는 세츠코에게 청혼했어요. 정규 방송에 출연하게 됐어도 여전히 형편이 어려워서 결혼식도 올리지 못했지만, 당시 세츠코의 행복한 얼굴은 지금도 잊지 않아요. 그런데……."

하야시다는 말끝을 흐렸다.

말하지 않아도 알았다.

세츠코의 죽음이다.

"세츠코는 기가 막힐 정도로 허망하게……."

나나코가 눈을 감았다.

"다음은 개그맨 그랑프리 우승……. 이것이 세츠코의 마지막 말이었어요."

일을 마친 레이지가 조용히 돌아왔다. 자리에서 벗어나 있는 동안에도 계속 신경을 썼는지, 내용을 전부 파악하지는 못한 듯했으나 엄숙한 표정으로 귀를 기울였다.

"그랬군요……."

사정을 전부 알게 된 사키가 짧게 중얼거렸다.

사랑하는 아내가 남긴 유언. 두 달 전 개그맨 그랑프리에서 우승한 도도로키에게는 자신을 지탱하던 끈이 끊어진 셈이다. 아내를 잃은 슬픔이 깊으면 깊을수록, 그리고 아내의 소원을 이루어야겠다는 마음이 강하면 강할수록 그 상실감은 클 터였다.

하야시다의 이야기를 듣고 있던 모든 이가 상상할 수 있었다.

"번아웃 증후군(Burnout Syndrome)이라고 하나요……? 개그맨 그랑프리에서 우승하기 전까지 그 녀석은 소름 끼칠 정도로 진지했는데, 세츠코의 마지막 꿈을 실현하고 나니 그야말로 폐인처럼 변해서 매일 술을 퍼붓듯이 마시는 지경이 됐어요."

번아웃 증후군을 우울증의 일종으로 보기도 하는데, 우울증은 스트레스나 과로, 사고나 상실 등 큰 충격에서 비롯되는 데 반해, 번아웃 증후군은 의욕적으로 일에 몰두했던 사람이 스스로 기대한 결과를 얻지 못했을 때 그동안 해 온 일이 부질없었다고 생각하면서 발병한다.

하지만 일반적으로 큰 대회를 끝낸 스포츠 선수의 심리상태를 일컬을 때 쓰이는 경우가 많다. 인생 최대의 목표를 달성한 후, 그다음에 몰두할 대상을 발견하지 못하고 허탈감에 빠지는 것이다.

하야시다는 도도로키가 후자에 해당한다고 생각했다. 개그맨 그랑프리가 도도로키 인생의 목표이자 전부였음은 파트너인 하야시다가 제일 잘 알았다. 그랑프리 우승이 번아웃 증후군을 일으킨 방아쇠가 됐고, 그것이 실종의 원인이라 추측한 것이다.

다만, 힘들어하는 도도로키를 보면서도 하야시다는 어떻게 손쓸 방법이 없었는지, 지금은 슬프다기보다는 분하다는 표정으로 얼굴을 일그러뜨렸다.

"그건 그런데, 어째서 도도로키 씨가 이 시점에 여기로 올지도 모른다고 생각하셨나요?"

"그러게요."

나나코의 질문에 사키가 맞장구를 쳤다.

하야시다는 그런 질문도 예상했는지 곧바로 보조 가방에서 사진엽서를 한 장 꺼내 나나코에게 내밀었다.

"나흘 전에 도착한 엽서예요."

엽서에는 미국 모뉴먼트 밸리(Monument Valley)의 거대한 사암 덩어리들을 배경으로 서 있는 한 여자의 사진이 인화되어 있었다.

"앗, 이거 혹시⋯⋯."

나나코는 엽서를 들어 다른 사람들에게 보여 주었다.

"유, 유카리 씨?"

레이지의 목소리는 순간 가게 손님들의 시선을 집중시킬 정도로 컸다.

"죄, 죄송합니다."

"으이구⋯⋯."

움츠러든 레이지의 어깻죽지를 나나코가 탁 때렸다.

"진짜네. 활짝 웃고 있어. 즐거운가 봐."

사키였다. 참으로 느긋한 소감이었다.

유카리가 미국으로 간 목적은 어떤 소년의 행방불명된 아버지를 찾는 것이었는데, 카메라를 향해 웃으면서 브이 자를 그린 모습은 여행을 만끽하고 있는 듯 보였다.

사진만 보면 건강하게 지내는 듯해서 다행이지만, '이렇게 태평하게 브이 자를 하고 찍은 사진, 나가레 씨한테 보여 주면 안 되겠는데⋯⋯.'라고 생각한 사람은 레이지만이 아니었다.

하지만 하야시다가 보여 주고 싶었던 것은 유카리의 근황이 아니라, 엽서에 적힌 문구였다.

제2화 "행복하니?"라고 묻지 못한 남편의 이야기 157

개그맨 그랑프리 우승! 1등상! 축하해! 최고!
세츠코도 분명 기뻐할 거야.

 그랑프리에서 우승한 지는 두 달가량 지났지만, 어디선가 그 소식을 듣고 엽서를 보냈는지 하야시다에게 도착한 날짜는 나흘 전이라고 했다. 세츠코를 호칭 없이 부르는 점으로 보아 유카리와 세 사람은 가까운 사이였던 것이 틀림없다.
 하야시다는 잠시 눈을 감고 묵묵히 있다가 불쑥 말문을 열었다.
 "그 엽서를 보고 기억났어요. 이 찻집이……."
 하야시다의 집으로 엽서를 보낼 정도이니, 세 사람은 지금까지 유카리와 교류를 해 왔을 것이다. 그렇다면 기억났다는 것은 '과거로 돌아갈 수 있다.'라는 전설을 의미한다.
 "분명 그 녀석 집에도 엽서가 갔을 거예요. 그래서……."
 "도도로키 씨도 이 찻집을 떠올리고, 그, 돌아가신 아내분을 만나러 오지 않을까 생각하신 건가요?"
 "네."
 카즈의 물음에 하야시다가 단호하게 대답했다.

아마도 '분명히 온다.'라고 확신하는 것이리라.

딸그랑딸그랑.

"어서 오세요."
카우벨 소리에 재빨리 반응한 사람은 레이지였다. 거의 무의식에 가까웠다.
"레이코 씨……."
말없이 입구로 시선을 돌리기만 했던 카즈가 들어온 사람을 보고는 중얼거렸다.
누노카와 레이코는 가끔 이 찻집에 얼굴을 내미는 손님이다. 레이코의 여동생이 작년까지 관광 성수기마다 이곳에서 아르바이트를 했기 때문이다. 피부가 희고 어딘가 몽환적인 분위기를 띠는 레이코는 입구에서 가게 안을 천천히 둘러보기단 할 뿐, 자리에 앉으려고 하지 않았다.
"레이코 씨?"
레이코의 거동을 살피며 레이지가 말을 걸었다. 물론 레이지도 그녀가 누군지 잘 알았다.
레이코는 방금 말을 건 레이지에게 아무런 대꾸도 하지 않은 채 사그라질 것 같은 목소리로 속삭였다.

"유키카는요?"

누구에게 물었는지 알 수 없었다. 초점을 잃은 눈은 창 너머 단풍을 넋 놓고 관망하는 듯 보였다.

"네?"

나나코가 화들짝 놀라며 레이지를 돌아보았다.

레이지는 곤혹스러운 표정으로 레이코에게 몇 걸음 다가갔다.

"어……, 그게……."

하지만 더 이상 말을 잇지 못하고 관자놀이만 긁적였다.

그때였다.

"오늘은 아직 안 왔어요."

불쑥 카즈가 대답했다.

레이코의 시선이 카즈를 향했다.

긴 듯하면서도 짧은 침묵의 순간…….

"다시 올게요."

레이코는 천천히 발을 돌려 가게를 뒤로했다.

딸그랑……, 딸그라앙…….

아주 잠깐 사이의 일이었지만, 레이지와 나나코는 어리

둥절한 표정으로 얼굴을 마주 보았다.

사키만 재빨리 일어나 카운터 위에 점심값 750엔을 올려두고 "고마워."라는 말을 남긴 후, 레이코의 뒤를 쫓듯 가게를 나섰다.

딸그랑딸그랑.

카즈는 아무 일도 없었다는 듯, 떠나는 사키의 뒷모습을 향해 "아니에요." 하고 대답했다.

"카즈 씨, 유키카 씨는 분명 두 달 전에……."

나나코가 의아한 표정으로 속삭였다. 뒤의 내용은 들리지 않았다.

"맞아요."

"그럼 왜 '오늘은 아직'이라고 거짓말하셨어요?"

카즈의 말을 물고 늘어진 사람은 레이지였다.

카즈와 사키의 행동에 의문을 느낀 것이다.

"지금은……."

카즈는 레이지의 질문에 대답하는 대신 하야시다를 쳐다보았다. 이야기를 하던 도중이었다.

"아, 죄송합니다."

레이지는 죄송하다는 듯 하야시다에게 머리를 숙였다.

"아니에요. 신경 쓰지 마세요."

하야시다는 더 이상 할 말이 없었다. 아침부터 밤까지 선글라스를 쓰고, 수상한 사람처럼 종일 앉아 있으면서 가장 스트레스를 받았던 사람은 다름 아닌 본인이었다. 언제 나가라고 통보받을지 몰라 마음 졸였는지도 모른다. 다 털어놓자 오히려 마음이 편해졌다.

"오늘은 이만 실례하겠습니다."

하야시다가 일어섰다.

이제 점심시간이 가까워졌다. 곧 가게가 붐빌 것을 의식했으리라.

"만약 도도로키가 여기에 오거든, 나가기 전에 연락해주실 수 있나요?"

계산을 끝낸 하야시다가 명함을 두고 떠났다.

배웅하러 나간 사치가 서운한 듯 하야시다의 모습이 시야에서 사라질 때까지 손을 살랑살랑 흔들었다.

하야시다가 떠난 후, 가게 안은 순식간에 분주해졌다. 하지만 나나코가 계산 업무를 거들어 홀은 그리 힘들지 않았다. 주방에서 홀로 분투하는 나가레를 위해 사치가 "힘내라, 힘내라!" 하며 쉬지 않고 응원했다.

관광지에서의 점심시간은 짧다. 길어 봐야 한 시간 반 남짓. 그 시간이 지난 지금은 여유롭게 창밖을 바라보며 차를 마시는 몇 커플만 남았다.

카운터에서 한숨 돌리고 있는 레이지와 나나코에게 카즈가 갑자기 말문을 열었다.

"선생님 말씀을 들어 보니……."

선생님이란 정신과 의사인 사키를 뜻했다.

두 사람도 점심때 증단됐던 레이코에 관한 얘기라는 것을 직감했다.

카즈는 레이코가 여동생의 소재를 물었을 때, 오늘은 아직 오지 않았다고 대답했다. 그러나 레이코의 여동생 유키카는 두 달 전에 세상을 떠났다. 아르바이트 동료였던 레이지는 물론이고 나나코도 아는 사실이었다. 두 사람은 카즈가 왜 그런 거짓말을 했는지 이유가 궁금했다.

카즈가 일손을 멈추고 설명하기 시작했다.

"레이코 씨는 아직 여동생의 죽음을 받아들이지 못하고 있다더군요."

즉, 레이코는 죽은 동생을 찾으러 정처 없이 헤매고 다닌 것이다.

"그랬군요."

레이지가 슬픈 목소리로 중얼거렸다.

나나코는 손을 입에 가져다 댄 채 말을 잇지 못했다.

"그러니 선생님께서 레이코 씨가 오면 말 좀 맞춰 달라고 부탁하셨어요."

카즈는 여기까지 말하고, 다시 일손을 바삐 움직이기 시작했다.

저물녘.

가게 안의 시야에 들어오는 모든 것이 오렌지빛으로 물들었다. 이 찻집은 분주한 점심때를 지나면 이 시간대에는 한가했다.

"⋯⋯뭐?"

한숨 돌리고 있던 나가레가 놀란 목소리를 내질렀다.

레이지가 한 말 때문이었다.

"사모님 말이에요. 한 번 더 만나고 싶지 않으셨어요?"

어쩌다가 이런 이야기로 흘러갔는지 나가레는 아리송했다.

"전에 나나코도 똑같이 물어봤는데………."

"그래요?"

"그게 그렇게 궁금한 얘긴가?"

"그렇잖아요. 도쿄에 있으면 14년 만에 사모님과 재회할 수 있었는데……."

여름이 끝나 갈 무렵의 일이었다.

나가레의 아내 케이는 출산 후 얼마 살기 힘들다는 선고를 의사에게 받은 후, 자신의 딸을 만나기 위해 과거에서 찾아왔다. 마침 그 시기에 유카리가 갑자기 미국으로 떠나는 바람에 나가레는 대신 가게를 운영하러 하코다테로 왔다. 물론 시기가 겹치긴 했지만, 레이지는 14년 만에 재회할 기회이니 그날만이라도 도쿄에 갔어도 되지 않느냐고 말하고 싶었다.

그러나 나가레는 태연하게 입을 열었다.

"아내는 내가 아니라 딸 미키를 만나러 온 거니까……."

기분이 상한 것은 아니었다. 말 그대로였다. 다른 뜻은 전혀 없었다. 나가레는 그런 사람이었다.

"그래도……."

레이지는 여전히 이해되지 않는 모양이다.

"뭐가?"

"14년 만에 만날 수 있었다고요."

"뭐, 그렇지……."

"만나고 싶다는 생각, 안 드세요?"

"음……, 그러니까, 아내는 내가 아니라 미키를 만나러 온 거고……."

대화가 원점으로 돌아왔다.

나가레는 진심으로 그렇게 생각했다. 따라서 그 말밖에는 할 수 없었다. 14년 만이니까 만나고 싶은 게 당연하다고 몰아붙이는 레이지를 이해하지 못했다.

"그럼, 나가레 씨가 과거로 돌아가서 만나고 싶은 사람은 있으세요?"

레이지는 화제의 방향을 바꿔 보았다.

"내가?"

"네."

나가레는 팔짱을 끼고 가느다란 눈을 더욱 가늘게 뜬 채 생각에 잠겼다.

"음……, 없는데."

잠시 고민하다가 중얼거렸다.

"그건 왜죠?"

"왜냐고?"

나가레는 오히려 '왜 이런 걸 묻지?'라는 듯 고개를 갸웃했다. 하지만 그뿐이었다. 레이지의 의도는 모르지만, 성실히 대답하려 애썼다.

"흐음……."

나가레가 앓는 소리를 냈다.

"그럼, 마음만 먹으면 과거로 돌아갈 수 있는데 아내를 만나고 싶다는 생각은 한 적 없으세요?"

"아, 그 뜻이야?"

"네."

"음……, 생각해 본 적 없어."

"그렇구나……."

아무래도 레이지가 듣고 싶었던 대답이 아닌 듯했다.

"왜 그래?"

이번에는 레이지가 곤잡한 표정으로 고개를 갸웃거렸다.

"아까 낮에 하야시다 씨의 얘기를 듣고 나서, 그분은 왜 도도로키 씨가 여기로 올지도 모른다고 생각했을까 의아했어요……."

"무슨 말이야?"

나가레는 그 자리에 없었지만, 낮에 있었던 일을 나중에 들어 알고 있었다.

그런데도 레이지가 하고 싶은 말이 이해되지 않았다. 가느다란 눈을 연신 깜빡였다.

"도도로키 씨가 돌아가신 사모님을 만나고 싶어 하는 건 이상한 일이 아니죠?"

"음, 그렇지."

"그런데 어째서 하야시다 씨는 그런 도도로키 씨를 여기까지 와서 기다렸을까요?"

"응?"

점점 혼란스러워졌다.

"어떻게든 행방불명된 도도로키 씨를 찾으려고 그런 거 아니야……?"

나가레는 머릿속이 복잡한 와중에도 자기 생각을 말해 보았다.

"그럴까요?"

"에엥?"

"그렇다면, 도도로키 씨 집 앞에서 기다리면 되는 거 아니에요?"

"왜? 행방불명된 상태잖아."

"자, 그럼 하야시다 씨는 무슨 근거로 도도로키 씨도 엽서를 봤을 거라 생각했을까요?"

"아……."

레이지의 추리는 계속됐다. 약간은 탐정 놀이에 취했는지도 모른다.

"아마도 뉴스에서 보도한 행방불명이라는 것은 도도로키 씨가 일을 전부 때려치운 걸 의미할 거예요. 그렇게 유명한 사람이 갑자기 사라질 리는 없잖아요? 경찰이 움직이면 쉽게 찾을 수 있고요. 그렇다면 이해가 안 가는 점은 한 가지."

"뭔데?"

급기야 나가레는 셜록 홈스의 왓슨처럼 레이지의 추리를 귀 기울여 듣고 있었다.

"하야시다 씨의 행동이에요."

"하야시다 씨의 행동?"

"잘 생각해 보세요. 도도로키 씨를 찾는 게 유일한 목적이었다면 집 앞에서 기다리면 되지, 일부러 하코다테에 있는 우리 가게까지 와서 기다릴 필요가 있었을까요?"

"그건……. 도도로키 씨가 과거로 돌아가서 아내를 만나려고 해서 그런 거 아니야?"

"겨우 그런 이유로 여기서 사흘이나 잠복하는 사람처럼 기다렸을까요?"

"……뭐? 그럼 설마……."

"맞아요."

레이지의 눈이 반짝반짝 빛났다.

"하야시다 씨는 도도로키 씨를 과거로 보내고 싶지 않은 이유가 있었던 거예요."

"과거로 보내고 싶지 않은 이유? 그게 뭔데?"

"그건……."

나가레는 가느다란 눈을 최대한 크게 뜨며 레이지의 다음 말을 기다렸다.

"……저도 모르죠."

"뭐야!"

나가레는 마치 촌극이라도 하듯이 무릎을 털썩 꺾으며 주저앉았다.

"죄송합니다."

"싱겁기는……."

레이지는 머리를 긁적이며 입을 열었다.

"만약에 카즈 씨가 과거로 가려는 나가레 씨를 막는다면 어떤 이유 때문일까요?"

"카즈가 날 막을 이유?"

"뭐, 어디까지나 가정이지만요."

"그럴 이유는 없을걸."

"없어요?"

"없지. 그 녀석은 과거로 가려고 찾아오는 손님을 막은 적이 없어. 더구나 널 막을 만한 이유라……. 생각이 안 나는데."

"그런가요……."

레이지는 아쉬운 듯 어깨를 축 늘어뜨렸으나, 얼굴에는 아직 하고 싶은 말이 남았다고 쓰여 있었다. 심지어 나가레까지 눈치챌 정도였다.

"뭔데?"

나가레가 레이지의 얼굴을 들여다보았다.

"아니, 이건 정말 저의 주관적인……, 뭐랄까, 속물 같은 추측입니다만……."

'속물'이라는 말이 나왔다.

"뭐?"

"만약 도도로키 씨, 하야시다 씨, 그리고 세츠코 씨가 삼각관계였다던요……?"

"서, 설마……."

나가레가 숨을 꼴깍 삼켰다.

"아니라고 확신할 수 있으세요?"

레이지의 말투가 어쩐지 위협적이었다. 특히 나가레는 이런 남녀 간의 정사라든가 끈적끈적한 이야기에는 숙맥이었다. 그저 이마에서 땀만 흘릴 뿐이었다.

레이지가 말을 이었다.

"어쩌면 도도로키 씨와 세츠코 씨 두 사람만 만나면 곤란해지는 비밀이라도 있었던 거 아닐까요?"

"비, 비밀?"

"네."

"……그게 뭔데?"

"그건……."

딸그랑딸그랑.

"어서 오……."

'으악!'

카우벨을 울리며 들어온 손님을 보고 레이지는 숨이 멎을 뻔했다. 지금까지 화제로 삼았던 포론도론의 도도로키였기 때문이다.

"……세요."

가까스로 놀란 가슴을 쓸어내리고 영업용 미소로 도도

로키를 맞이했다.

도도로키는 고급 잿빛 양복을 입고 있었다. 호리하고 키가 큰 하야시다에 비해 옆으로 떡 벌어지고 허우대가 좋았다. 머리도 TV에서 봤을 때처럼 말끔히 정돈되어 있었다.

'훨씬 초췌할 줄 알았는데…….'

레이지는 하야시다의 이야기를 듣고 헝클어진 머리와 너저분한 옷 심하게는 한 손에 술병을 들고 밤낮으로 나발을 불고 있는 모습을 상상했다.

레이지가 자리를 안내하려고 하자, 도도로키는 손으로 막으며 혼자 카운터석으로 걸어가서 앉았다.

"크림소다."

눈앞에 서 있는 나가레에게 말을 툭 건넸다.

'크림소다?'

역시 레이지의 상상에서 벗어났다.

"알겠습니다."

나가레가 고개를 숙이고 주방으로 들어가는 찰나에 레이지에게 슬쩍 눈짓을 보냈다.

'생각보다 멀쩡한데……?'

나가레의 눈빛이 그렇게 말했다.

서서히 땅거미가 졌다.

해는 아직 완전히 기울어지지 않았으나, 하늘은 이미 남빛으로 물들기 시작했다.

붉은 단풍과 남빛 하늘.

서글프고도 아름답다…….

어둑해지기 시작한 가게 안은 그 나름의 정취가 있었다.

손님이 하나둘, 계산을 마치고 떠났다.

그동안 도도로키는 말없이 크림소다를 홀짝이며 창밖을 지그시 바라보았다.

"유카리 씨는?"

도도로키가 불쑥 레이지에게 물었다.

"네?"

무방비 상태에서 갑자기 질문이 날아오자 제대로 알아듣지 못했다.

"점장 유카리 씨 말이네……."

레이지는 주방에서 바깥 상황을 살피던 나가레와 서로 마주 보았다.

"쉬는 날인가?"

사정을 모르는 도도로키는 유카리가 나오기를 기다린 모양이었다.

레이지가 도도로키 쪽으로 한 걸음 다가갔다.

"유카리 씨는 지금 귀국에 계세요."

"미국? 왜?'

도도로키가 눈을 굴렸다. 아마도 놀랐을 때 나타나는 습관이리라.

"실은 이곳 소문을 듣고 미국에서 찾아온 소년이 있었는데, 그 소년의 실종된 아버지를 찾아 주겠다고 갑자기 떠나 버려서 ……."

그 소년은 과거로 돌아가서 실종된 아버지를 만나려고 했으나, 안타깝게도 소년의 아버지는 이 찻집을 방문한 적이 없어 만나지 못했다. 희망을 잃고 낙담한 소년을 유카리는 그냥 내버려 둘 수 없었다고 한다.

그때 함께 있었던 리이지는 도도로키에게 자세한 상황을 설명했다.

"그래서 미국으로 갔다고?"

"네."

"하하하. 역시 유카리 씨답네."

도도로키의 웃음소리가 가게 안에 울려 퍼졌다.

실종이니 행방불명이니 하는 소문이 도는 사람한테서는 상상할 수 없는 호쾌한 웃음이었다.

"이런 엽서가 와서 만나러 온 건데……."

하야시다가 갖고 있던 것과 똑같은 엽서를 꺼냈다. 미국의 광활한 모뉴먼트 밸리를 배경으로 유카리가 어엿이 찍혀 있었다.

"이거 여행이 아니었나 보군. 어려운 사람을 보면 그냥 지나치지 못하는 성격이라니까……."

도도로키가 쓴웃음을 지었다. 하지만 악의는 없었다. 순수한 웃음이었다.

"그렇죠."

레이지도 동의했다.

"언제 오나?"

"모르겠어요. 연락도 어쩌다 한 번 전보를 부치는 게 다예요."

"전보? 요즘 세상에 전보라고……?"

"네."

"그렇군. 그럼 과거로는 못 가겠네……."

도도로키는 아쉬운 듯 마지막 말을 중얼거렸다.

'역시…….'

레이지가 생각했다. 도도로키는 과거로 돌아가기 위해 찾아왔다. 하지만 진의는 알 수 없다. 도도로키는 엽서를 카운터 위에 올려놓은 채 전표를 들고 자리에서 일어났다.

댕…….

오후 5시 반을 알리는 종이 울렸다.
도도로키는 종이 울린 괘종시계를 잠깐 쳐다봤으나, 그대로 말없이 계산대로 향했다.
"과거로 돌아갈 수 있어요."
도도로키의 등에 대고 말한 사람은 나가레였다.
야간 경관 조명이 켜진 단풍을 뒤에 두고 고개를 돌린 도도로키의 눈에는 크고 시커먼 그림자로 보였을 것이다.
"돌아갈 수 있다고 했나?"
도도로키가 진지한 표정으로 물었다.
"돌아갈 수 있습니다."
"유카리 씨 말고 도키타 집안의 사람이 있다는 건가?"
"잘 아시네요."
"어렸을 때부터 이 찻집에 다녔으니까."
"그렇군요."
유카리 대신 누가 커피를 내리는지는 묻지 않았다. 도도로키에겐 과거로 돌아갈 수만 있다면 누구든 상관없었다.

"오늘은 아직 화장실에 안 갔겠지?"

그러면서 예의 그 자리에 앉은 검은 양복의 노신사를 보았다.

노신사는 여전히 소설책을 읽느라 여념이 없었다.

"네."

"알겠네."

도도토키는 천천히 카운터 자리로 돌아가서 크림소다를 또 한 잔 주문했다.

도도로키를 알아본 몇몇 손님이 말을 걸고 사인을 요청해 왔는데, 도도로키는 싫은 내색 없이 주특기인 개그를 던지며 화기애애한 분위기를 만들었다.

'정말 실종됐던 거 맞아?'

레이지가 의아하게 여겼을 정도다.

그러는 동안 손님이 한 사람, 또 한 사람 떠나고 해가 완전히 저물어 가게 안에 도도로키만 남자, 레이지는 가게 조명을 야간 영업용으로 바꾸었다.

"오호."

도도로키가 감탄을 터뜨렸다.

바깥에는 경관 조명이 불을 밝히고, 가게 안은 높은 천장에서 길게 내려온 펜던트 조명이 드문드문 엷은 빛을 뿜었다. 여름에는 바다에 뜬 어화가 분위기를 돋우고, 가을 행락철에는 울긋불긋한 단풍이 불빛과 함께 환상적인 공간을 선사한다. 이 찻집은 계절마다 색다른 얼굴을 뽐냈다. 몇 년 전에 처음 시작한 연출이라 도도로키는 처음 보는 광경이었다.

"돌아가신 사모님을 만나러 가시는 건가요?"
레이지는 드도로키가 혼자 남을 때까지 기다렸다가 입을 열었다.
도도로키의 얼굴에 당황한 기색이 살짝 비쳤다. 하지만 곧 표정을 되찾은 도도로키가 조용히 반문했다.
"어떻게 그걸 알지?"
"낮에 하야시다 씨가 오셔서……."
설명은 그것으로 충분했다.
"그랬군."
도도로키는 상황을 다 파악했는지 레이지가 설명하는 도중에 말을 막았다.
그리고 잠시 침묵이 이어졌다.
몇 분간 고개를 숙이고 가만있던 도도로키가 계속 얼굴을 들지 않은 채 물었다.

"그 녀석……, 뭔가 말했나?"

"어쩌면 도도로키 씨가 사모님을 만나러 이곳에 올지도 모른다고요……."

"……그것 말고는?"

"아뇨, 특별히 없었어요."

"그래?"

"네."

그리고 또다시 얼마간 침묵이 흘렀다.

그동안 도도로키는 레이지나 나가레와 눈을 마주치지 않고 창밖을 넋 놓고 바라보았다.

"오랜 목표였네."

도도로키가 불쑥 중얼거렸다.

다른 손님이 있었다면 들리지 않았을 것이다. 그 정도로 작은 목소리였다.

"개그맨 그랑프리 말인가요?"

"응."

도도토키는 왼손 약지에 낀 반지를 천천히 소중하게 어루만졌다.

"우리보다도 아내의……, 세츠코의 꿈이었지……."

조금은 초라하고 수수한 반지였다.

"모처럼 우승했으니 아내가 기뻐하는 얼굴을 보고 싶었지. 도저히 견딜 수가 없었어. 사람들은 실종이니 행방불명이니 야단이었지만, 그렇게라도 하지 않으면 일이 바빠서 여기 오지두 못했을 테니까……."

그러면서 도도로키는 혼자 수줍어했다.

그 말을 듣고 레이지는 방금까지 속물 같은 생각을 했던 자신의 경박함이 부끄러워졌다.

'삼각관계는 무슨…….'

나가레의 얼굴조차 똑바로 볼 수 없었다.

"그랬군요……. 죄송합니다……."

레이지는 기어들어 가는 목소리로 사과하며 머리를 숙였다.

도도로키는 레이지가 왜 사과하는지 몰랐지만, 특별히 신경 쓰지 않았다. 그냥 가볍게 고개를 끄덕였다.

그런 다음 윗주머니에서 눈부시게 빛나는 금메달을 꺼냈다.

개그맨 그랑프리 우승자에게 수여되는 메달이었다.

"아내한테 소식을 전하면 다시 복귀할 생각이네. 그러니까……."

과거로 돌아가게 해 달라는 말이었다.

"……알겠습니다."

레이지가 결정할 문제는 아니었지만, 과거로 돌아가게 해 주고 싶다는 마음이 그대로 입 밖으로 튀어나왔다. 물론 옆에서 듣고 있던 나가레도 같은 마음이라 이견을 내놓진 않았다.

'그런데 왜 하야시다 씨는 도도로키 씨가 오는 걸 일부러 기다렸을까?' 하는 의문이 남았을 뿐이다.

하지만 별 이유가 아니었을지도 모른다. 어쩌면 단순히 도도로키 씨의 행방을 쫓았을 뿐, 다른 뜻은 없었는지도 모른다. 속물 같은 이야기를 한 자신이 부끄럽기도 해서, 레이지는 순간 머리에 스친 의문을 털어 버렸다.

"하야시다한테도 메시지 보내 두겠네."

레이지는 도도로키가 그 자리에서 휴대폰을 꺼내 문자판 두드리는 것을 확인했다. 하야시다도 도도로키가 오면 연락을 달라고 부탁했지만, 본인이 직접 연락했으니 괜찮으리라 생각했다.

'다행이다.'

레이지는 혼자서 가슴을 쓸어내렸다.

그때…….

탁.

책 덮는 소리가 들렸다.

소리가 난 곳은 검은 양복을 입은 노신사 쪽이었다.

노신사는 덮은 책을 옆구리에 끼고 소리 없이 일어섰다. 등을 쭉 펴고 턱을 살짝 당긴 올곧은 자세로 화장실을 향해 걸어갔다. 발소리는 들리지 않았다. 화장실 앞에 서자 문이 소리 없이 저절로 열리더니 그 안으로 스르륵 사라지듯 들어갔다. 문이 닫혔다.

그 일련의 모습을 도도로키, 레이지, 나가레가 말없이 지켜보았다.

빈자리.

이 자리에 앉아 커피를 따라 달라고 하면 과거로 돌아갈 수 있다.

그러나 도도로키는 입을 다문 채 움직이려 하지 않았다.

"삿짱을……."

레이지가 침묵을 깼다.

"불러올게요."

레이지는 나가레에게 말한 후 아래층으로 이어지는 계단으로 향했다.

"카즈도 불러와."

나가레가 레이지의 뒤에 대고 말했다.

레이지는 말없이 고개를 끄덕인 후, 타박타박 발소리를 내며 아래층으로 모습을 감췄다.

그제야 도도로키가 겨우 정신을 차렸다.

레이지가 자리를 비웠다는 사실도 지금 막 알아차렸으리라.

'앉아도 되겠나?'

도도로키가 눈빛으로 물었다.

"앉으세요."

나가레가 대답했다.

나가레는 텅 빈 자리를 앞에 두고 긴장한 도도로키의 모습에서 낯익은 무언가를 느꼈다.

그것은 바로,

죽은 동생을……,

죽은 친구를……,

죽은 어머니를……,

죽은 아내를……,

이제 막 만나러 가려는 사람의 머뭇거림이었다.

그리고 그 머뭇거림은 상대방이 소중하면 소중할수록

강해진다. 그 이유인즉, 과거로 돌아가서 사랑하는 사람을 만나더라도 죽은 그 사람이 살아 돌아오지 못하는 까닭이다. 어떠한 노력을 해드 현실을 바꾸지 못한다는 규칙 탓이다.

하물며 도도로키는 생전의 아내에게 들어 주지 못했던 비원, 즉 개그맨 그랑프리에서 우승했다는 소식을 전하러 가는 것이었다.

아내를 기쁘게 해 주고 싶어서였다.

사랑하는 아내 세츠코의 기뻐하는 얼굴을 보는 것은 도도로키에게 그 무엇보다 행복한 일이리라. 세츠코도 도도로키에게 소식을 들으던 큰 행복을 느낄 것이다.

그러나 이를 공유할 수 있는 시간은 고작 커피가 식기 전까지뿐이다 도도로키는 반드시 돌아와야 한다. 그렇지 않으면 이번에는 도도로키가 유령으로 변해 계속 이 자리에 앉게 된다.

과거로 돌아간다는 말은, 이러한 전제를 모두 받아들이고 그 자리에 앉는다는 뜻이다.

그 자리를 향해 걸어가는 발걸음이 가벼울 리 없었다.

뚜벅뚜벅 소리와 함께 아래층에서 레이지가 올라왔다.

"……금방 을 거예요."

레이지는 이미 자리에 앉아 있으리라 생각했던 도도로키가 아직 카운터 자리에서 일어나지 않은 것을 보고 부자연스럽게 눈동자를 굴렸다.

하지만 그것이 계기가 되었는지 도도로키는 그제야 카운터석에서 일어나 천천히 과거로 돌아가는 자리로 걸어갔다.

카즈와 사치가 아래층에서 모습을 드러냈다.

카즈는 긴팔 데님 셔츠와 검은 바지 차림에 앞치마는 매지 않았다. 사치는 옷깃과 소매에 귀여운 주름이 달린 꽃무늬 원피스에 하늘색 앞치마를 하고 있었다.

"얘기는 들었습니다."

카즈가 예의 그 자리 앞에 서 있는 도도로키에게 말을 건넸다.

"그럼 당신이 유카리 씨 대신 커피를 내리나요?"

도도로키는 커피를 내리는 사람이 자신에게 말을 건 여자라고 생각했다.

"아뇨."

카즈의 대답에 도도로키는 당황했다.

"네? 그럼 누구죠?"

"커피를 내리는 사람은 제 딸이에요."

그러면서 카즈가 옆에 있는 사치를 보았다.

"도키타 사치입니다."

사치는 예의 바르게 도도로키에게 고개 숙여 인사했다.

도도로키는 순간 여우에 홀린 듯한 표정을 지었으나, 예전에 유카리에게 들은 '도키타 집안의 여자는 일곱 살이 되면 커피를 내릴 수 있다.'라는 말을 금방 떠올렸다.

'과연…….'

지금은 이 아이가 커피를 내리는 것이다.

"잘 부탁한다."

도도로키는 사치에게 미소를 지었다. 사치도 방긋 웃는 얼굴로 화답했다.

"준비하고 오렴."

카즈의 말에 사치는 "네." 하고 대답한 후, 주방으로 총총총 모습을 감췄다. 나가레가 자연스럽게 그 뒤를 따라갔다.

사치가 주방으로 들어가는 것을 확인한 도도로키가 마침내 테이블과 의자 사이로 들어가 앉았다. 어렸을 때부터 자주 놀러 온 곳이었지만, 이 자리에 앉는 것은 처음이었다. 도도로키는 신기한 듯이 가게 안을 둘러보았다.

"아내분도 이 찻집에 자주 오셨나요?"

카즈가 물었다.

카즈는 도도로키와 처음 대면했지만, 세츠코를 화제로 삼음으로써 대략적인 얘기는 들어서 알고 있다는 뜻을 전했다.

도도로키도 상황을 이해하고 입을 열었다.

"네. 아내가 죽기 직전인 5년 전 정초에, 귀성한 김에 유카리 씨에게 신년 인사를 하러 들렀다고 들었습니다."

돌아갈 날도 머릿속에 확실히 그려 두었다.

"그럼 그날로 가실 건가요?"

"네, 그럴 생각입니다."

세츠코는 5년 전에 세상을 떠났다. 그 직전인 정초, 아마도 세츠코가 이곳을 들른 시간도 정확히 알고 있으리라. 카즈가 설명할 것은 아무것도 없었다.

사치가 쟁반을 들고 나타났다. 최근 몇 달 동안 카즈와 레이지에게 배우며 매일 연습한 덕분에 쟁반은 제법 능숙하게 들었다.

하지만 새하얀 커피 잔을 도도로키 앞에 내려놓는 모습은 아직 서툴렀다.

"규칙은 아시나요?"

사치가 정중하게 물었다.

사치의 긴장한 얼굴을 보고 도도로키가 부드럽게 미소 지었다.

"괜찮아. 아저씨도 옛날에 이 찻집에서 일한 적이 있거든. 그러니 괜찮단다………."

진실인지 거짓인지는 알 수 없다. 어느 쪽이든 눈앞의 소녀를 안심시키려고 마음을 썼다는 것만은 누가 봐도 빤했다.

'정말 괜찮아?'

사치는 카즈를 뒤돌아보며 눈으로 물었다.

카즈는 웃으며 그렇다고 대답했다.

사치의 표정이 부드러워졌다. 역시 아직 일곱 살이었다. 긴장하는 것도 무리는 아니다.

"그럼……."

사치는 천천히 은주전자에 손을 올린 뒤 운을 띄웠다.

"커피가 식기 전에……."

그 말이 가게 안에 조용히 울려 퍼지고 사치가 커피를 잔에 따르기 시작했다.

그동안 열심히 연습한 성과인지, 커피가 은주전자의 가느다란 부리에서 흘러 천천히, 그리고 고요히 잔으로 채워졌다.

도도로키는 잔에 채워진 커피를 바라보며 어렸을 적 처음 이 찻집에 대한 소문을 들었던 날을 떠올렸다.

"과거로 돌아갈 수 있다고? 거짓말이지? 게다가 현실을 못 바꾼다고? 그럼 의미 없잖아?"

이것이 도도로키의 첫 말이었다. 설마하니 그런 말을 했던 자신이 실제로 과거로 돌아가게 될 줄은 꿈에도 생각지 못했다.

'그러고 보니 그때 함께 있던 세츠코는 "멋지다!" 하며 눈을 반짝반짝 빛냈었지……'

그리움과 아이러니함이 교차하면서 도도로키의 입에서 무심코 "큭큭큭." 소리가 터져 나왔다.

그 소리를 마지막으로 한 줄기 기체로 변한 도도로키의 몸이 상승하더니, 이내 천장으로 빨려 들어가듯 사라졌다. 눈 깜짝할 사이에 벌어진 일이었다.

딸그랑, 딸그랑!

그때 카우벨이 요란하게 울리면서 하야시다가 뛰어 들어왔다. 하야시다는 들어오자마자 도도로키가 사라진 그 자리로 달려가서 소리쳤다.

"겐!"

도도로키의 이름이었다.

"하야시다 씨?"

레이지와 사치가 눈을 동그랗게 떴다.

"그 녀석은요? 겐은?"

"네?"

겐이 도도로키의 이름인 줄은 알았지만, 혼비백산한 하야시다의 모습에 놀란 레이지는 말을 더듬었다.

"도, 도도로키 씨라면, 방금……, 돌아가신 사모님을 만나러 과거로……."

"왜 보냈어!"

끝까지 듣지도 않고 하야시다가 레이지의 멱살을 움켜잡았다.

"하, 하야시다 씨?"

사치는 하야시다의 모습에 겁을 먹고, 카즈의 뒤로 숨었다.

'아…….'

겁에 질린 사치를 보고 하야시다는 바람 빠진 풍선처럼 움츠러들며 멱살 잡은 손을 놓았다.

그렇지만 빠르게 고동치는 가슴을 금방 진정시킬 수는 없었다. 하야시다는 어깨를 들썩이며 호흡을 골랐다.

"무, 무슨 일이세요……?"

당황한 레이지가 쭈뼛쭈뼛 하야시다의 얼굴을 쳐다보았다.

"그 녀석은 돌아오지 않을 거야……."

하야시다는 그 자리를 망연히 바라보며 힘없이 중얼거렸다.

"네?"

나가레의 가느다란 눈이 휘둥그레졌다.

돌아오지 않을 거란 말을 듣고도 레이지는 하야시다가 무슨 말을 하는지 얼른 이해하지 못했다. 레이지의 눈에는 도도로키가 인생을 포기한 사람처럼 보이지 않았기 때문이다.

하나, 만약, 하야시다가 이 점을 염려하고 여기서 도도로키를 기다렸다면, 지금까지의 모든 행동이 설명된다. 하야시다는 도도로키의 자살을 막으려 했던 것이다.

"그, 근데 도도로키 씨는 개그맨 그랑프리 우승 소식을 전한 다음 돌아오겠다고 했는데……."

도도로키는 분명 그렇게 말했다.

레이지는 자신의 기억을 더듬으며 하야시다가 노파심에 괜한 소리를 했기를 바랐다.

그러나 하야시다는 레이지의 말을 듣고, 한숨을 푹 쉬었다.

"돌아올 리 없어."

"어째서죠?"

나가레가 이유를 묻자 하야시다는 주머니에서 자신의 휴대폰을 꺼내 화면을 보여 주었다.

휴대폰에는 이렇게 적혀 있었다.

미안하다. 뒷일은 부탁하마.

조금 전 레이지 앞에서 보낸 메시지였다. 문맥상 도도로키는 돌아올 생각이 없어 보였다.

"그럴 리가……."

레이지는 숨을 멈추고 아무도 없는 그 자리로 시선을 돌렸다.

도도로키는 하야시다, 세츠코와 같은 고등학교에 지원했다.

하야시다와 세츠코는 공부를 잘했지만, 도도로키는 그렇지 않았다. 그렇다고 공부를 아주 못하는 편도 아니었다. 도도로키의 성적은 중상위권. 다만 하야시다와 세츠코가 최상위권이었을 뿐이다.

세 사람이 지원한 학교는 하코다테 공업 고등 전문학교였다. 하코다테 시내에 있는 국립 고등 전문학교로서, 통칭 '고전(高專)'이라 불렸다. 주로 공업 및 기술계 전문 교육을 시행하는 5년제 교육 기관이다.

이때는 도도로키와 하야시다가 개그맨이 되겠다고 마음먹기 전이었다. 하코다테 공업 고등 전문학교는 학풍이 비교적 자유롭고 취업률이 높으며, 홋카이도 내의 고등학교 486곳 중 21위, 국공립 15곳 중 1위를 차지할 정도로 우수한 성적을 자랑했다.

수험 전 면담 때, 선생님은 도도로키만 떨어질 거라고 장담했다.

하지만 승부욕이 강한 도도로키는 "난 한다면 하는 남자야."라며 주눅 들지 않았다.

하야시다는 세 사람이 같은 고등학교에 다니려면 "우리가 겐한테 맞추면 되잖아." 하고 이성적으로 말한 반면, 세츠코는 "겐은 무조건 붙을 거야!" 하고 도도로키를 격려했다.

이로써 얘기는 끝났다.

도도로키는 필사적으로 노력했다. 세츠코가 응원하고, 하야시다가 학습을 도와주며, 수험일 한 달 전부터 하루 7시간 이상 공부에 몰두했다.

고등학교 수험일, 하코다테에는 큰 눈이 내렸다.

하지만 이곳은 눈의 고장이므로 수험이 중지되는 일은 없었다.

바람 없이 소록소록 눈이 내려 쌓였다.

새하얀 세상.

세 사람은 함께 수험장으로 향했다. 만반의 준비를 끝냈다.

도도로키도 기출 문제를 풀었을 때, 거의 합격 점수를 얻는 수준까지 올라갔다.

"이렇게 했는데도 떨어지면 신이 널 엄청 싫어한다는 뜻이야."

세츠코는 그러면서 도도로키에게 합격 기원 부적을 건넸다.
　"이 정도야 식은 죽 먹기지."
　도도로키는 가슴을 쫙 폈다. 전에 없을 정도로 공부에 힘을 쏟았다.
　'혹시, 나 공부에 소질 있는 거 아니야?' 하고 자아도취에 빠지는 날도 있었다.
　그러나 결과는 불합격.
　도도로키만 하코다테 공업 고등 전문학교에 떨어졌다.
　응원해 준 두 사람에게는 미안했지만, 후회는 없었다. 할 만큼은 했다는 성취감도 있었다. 더구나 불평해 봐야 불합격한 현실이 바뀌는 것도 아니었다.
　합격 소식을 듣고 기뻐해야 할 세츠코가 오히려 분해서 눈물을 흘리자, 도도로키는 "신에게 뇌물 주는 걸 깜빡했더니 이렇게 됐네." 하고 웃어넘겼다.
　다른 공립 고등학교에는 합격해서 도도로키 혼자 그곳으로 가게 되었다.
　그리고 봄.
　입학식 날 도도로키는 자기 눈을 의심했다.
　같은 반에 세츠코가 있었다.

"너 어떻게 된 거야……."

세츠코는 하코다테 공업 고등 전문학교 입학을 거부하고 도도로키와 같은 공립 고등학교에 진학하기로 한 것이다. 게다가 우연히 같은 반에 배정되었다.

"신에게 뇌물을 잔뜩 줬더니 이렇게 됐네."

세츠코는 득의양양한 얼굴로 미소 지었다.

"우린 앞으로도 계속 함께할 거니까."

'그래, 우린 앞으로도 계속 함께할 거야…….'

창밖 가득 설경이 펼쳐졌다.

해가 막 저문 시간대에는 하늘의 푸르스름한 빛이 눈 위로 반사되어 세상이 크발트블루색으로 물든다.

그리고 베이 지구의 거리마다 오렌지색 조명이 총총 밝혀진다.

겨울 하코다테의 가장 아름다운 시간이다.

5년 전 1월 3일.

한겨울 폐점 시간은 오후 6시.

정초이기도 해서 이미 손님들의 발길은 끊어지고, 가게 안에는 유카리와 세츠코, 그리고 노신사뿐이었다.

그 자리에는 늘 예고 없이 사람이 나타난다.

찻집 손님 중에는 관광객이 많기 때문에 이곳에서 과거로 돌아갈 수 있다는 사실을 모르는 이도 있다.

그런 와중에 입구 근처에 앉은 노신사의 몸이 별안간 기체에 휩싸이고 그 밑에서 다른 사람이 나타나는 것이다.

당연히 손님들은 "무슨 일이지?" 하고 놀라지만, 유카리는 당황하지 않는다.

"여러분, 재미있으셨나요?"

손님들에게는 마술쇼인 양 설명한다. 교묘한 연출이라고 손뼉을 치는 사람도 있다. 비법을 알려 달라고 해도, 알려 줄 수가 없는 노릇…….

이날도 갑자기 노신사가 기체에 휩싸였다.

유카리는 물론 세츠코도 여러 번 목격한 광경이었다. 그러나 기체 밑에서 나타난 사람을 보고는 세츠코가 소리를 질렀다.

"겐?!"

"어이."

손을 살짝 올리며 도도로키가 인사했다.

세츠코는 도도로키가 느닷없이 왜 나타났는지 어리둥절해서 유카리에게 눈으로 도움을 청했다.

유카리는 표정을 수습하고 도도로키가 앉은 자리까지 걸어갔다.

"어머, 겐! 얼굴 좋아 보이네. TV로 잘 보고 있어. 정말 기뻐."

유카리가 손을 잡으며 반가워했다.

"감사합니다."

도도로키도 고마워하며 유카리가 말을 건넬 때마다 두던하게 대답했다.

그렇게 도도로키와 유카리가 안부를 주고받고 있으니, 그제야 세츠코가 두 사람 사이에 끼어들었다.

"어떻게 된 일이야?"

"뭐가?"

"뭐가라니. 갑자기 나타나서 깜짝 놀랐잖아!"

세츠코가 뾰로통하게 뺨을 부풀렸다.

"그렇다고 미리 알릴 수도 없잖아."

"그건 그렇지만……."

도도로키의 말이 맞았다. 세츠코는 반박할 말이 없자 입술을 내밀었다.

"미래에서 왔어?"

유카리가 물었다.

"네."

"……무슨 일 있었어?"

짧은 대화였지만, 어렸을 때부터 함께 지낸 세츠코는 도도로키에게서 어두운 기운을 느꼈는지, 걱정스러운 표정으로 도도로키의 얼굴을 들여다보았다.

도도로키의 입장에서는 죽은 아내가 눈앞에 서 있는 것이다. 태연한 척하기가 힘들어 제대로 얼굴도 쳐다보지 못했다.

'세츠코…….'

긴장이 풀리자 눈시울이 뜨거워졌다.

하지만 세츠코가 자신의 죽음을 눈치채게 만들 수는 없었다.

"요즘 들어 네가 자꾸 너무 늙어 보이는 것 같다고 타령하길래……."

도도로키가 재빨리 둘러댔다.

"내가?"

"그러면 내가 과거로 가서, 예전보다 정말 늙었는지 아닌지 보고 오겠다고 했지."

"그거 확인하려고 일부러 온 거야?"

"네가 하도 집요하게 늙었다고 하니까 그렇지."

"엥? 그래? 왠지 미안한데……."

"여기 있는 네가 사과해도 소용없잖아."

"아, 그런가?"

"못 말려.'

두 사람은 웃었다. 세츠코에게는 일상적인, 그리고 도도로키에게는 5년 만에 나누는 담소였다. 그런 두 사람을 유카리가 가만히 지켜보았다.

"……그래서 어떤데?"

"뭐가?"

"확인하러 온 거잖아."

"아, 그렇지."

"어때? 진짜 늙었어? 잘 봐."

세츠코는 허리를 숙이고 도도로키에게 닿을락 말락 할 거리까지 얼굴을 들이밀었다.

"어때?"

"안 늙었어."

"정말?"

"응."

도도로키의 기억 속 세츠코는 그해 봄에 세상을 떠났다. 늙었을 리가 없다.

"오, 예!"

세츠코는 순수하게 기뻐했다.

"근데 몇 년 후 내가 그랬어?"

"응?"

"늙었다고 신경 쓴 건 몇 년 후 냐야?"

"5, 5년 후."

세츠코는 팔짱을 끼고 "흐음." 소리를 냈다.

"……그렇담 지금 젠은 마흔세 살이라는 건가?"

"응."

"젠은 조금 늙었네?"

"시끄러워."

"아하하."

세츠코만 행복한 듯이 소리 내어 웃었다.

그러고 보니…….

도도로키가 심야 정규 방송 자리를 얻은 후, 세츠코에게 청혼한 날은 이로부터 아흐레 전인 12월 25일 크리스마스였다.

"얼굴에 안 맞게 로맨틱한 프러포즈네."

세츠코가 놀리자 도도로키는 "시끄러워." 하며 얼굴을 붉혔다.

"지금 당장 대답할 수도 있지만, 아무래도 부모님께 먼저 겐한테 프러포즈 받았다고 말씀드리고 싶어. 그러니까 내 대답은 조금만 보류할게. 알았지?"

세츠코는 행복한 미소를 지으며 도도로키를 달래고는 곧바로 하코다테행 비행기 표를 끊었다.

세츠코가 도도로키의 청혼을 승낙한 것은 도쿄로 돌아오고 난 1월 4일. 즉, 이다음 날이었다.

"세츠코……."

조금 떨어진 곳에서 두 사람을 지켜보던 유카리가 세츠코의 뒤에서 말을 걸었다.

그 순간, 세츠코의 얼굴에서 웃음기가 사라졌다.

"……알고 있어요."

세츠코는 그렇게 대답한 뒤 잠시 입술을 깨물고 고개를 숙였다가 숨을 크게 후 내쉬었다.

"이제 사실대로 말해. 무슨 일로 온 거야?"

세츠코가 도도로키에게 웃으며 물었다.

갑작스러운 질문에 도도로키는 눈을 깜빡였다.

"무슨 소리야……."

"무슨 소리냐니? 모르는 척해도 소용없어."

"그니까, 무슨 말을 하는지……."

"나 기쁘게 해 주려고 온 거지?"

세츠코는 팔짱을 끼고, 만족스러운 얼굴로 도도로키를 내려다보았다.

"엥?"

"뭐야? 내 말이 틀렸어?"

"아, 아니. 안 틀렸어."

"그럼, 얼른 말해 봐."

시종 세츠코가 대화를 주도하는 느낌이었다. 도도로키가 무슨 생각을 하는지 손바닥 들여다보듯 다 안다는, 자신감 넘치는 얼굴이었다. 그러나 으레 있는 일이었다. 도도로키는 세츠코의 말에 거역하지 못했다.

"개그댄 그랑프리에서……."

도도로키는 체념한 듯 우물우물 말하기 시작했다.

"뭐? 설마……."

"……우승했어."

"꺄————————악!"

세츠코의 즐거운 비명이 가게 안에 울려 퍼졌다.

다른 손님이 없어 다행이었지만, 혹시 있었더라도 세츠코는 지금처럼 소리 질렀을 것이다.

"시끄럽잖아!"

"꺄————악!"

"시끄럽다니까!"

"꺄—————악!"

"조용히 좀 해!"

가게에서 뛰어다니며 기뻐하는 세츠코와 자리에서 일어나지 못하고 소리만 치는 도도로키. 그 자리에서 일어나면 도도로키는 원래 있던 시간으로 강제 소환되고 만다. 이는 도도로키도 바라는 바가 아니었다.

뛰어다니다 지친 세츠코가 도도로키의 맞은편 자리에 앉을 때까지 두 사람의 실랑이는 계속됐다.

세츠코는 숨을 헉헉 몰아쉬며 도도르키의 얼굴을 정면에서 쳐다보았다.

"왜 그래?"

"축하해."

세츠코의 눈동자가 반짝였다.

"……그, 그래."

"나 진심으로 기뻐. 이렇게 행복한 건 처음이야."

"너무 호들갑이다."

"정말이야……."

"그래?"

"응."

도도로키는 세츠코가 청혼했을 때보다 더 기뻐하는 모습을 보자 다행이라고 생각했다.

'마지막으로 세츠코가 이렇게 기뻐하는 모습을 봤으니 이제 여한이 없어.'

과거로 돌아온 도도로키가 처음으로 행복한 표정을 지었다.

'이제…….'

"나 안심하고 죽을 수 있겠어."

말한 사람은 도도로키가 아니었다. 세츠코였다.

"뭐?"

도도로키는 세츠코가 무슨 말을 한 건지 어리둥절했다. 세츠코가 한 말의 의미를 이해한 사람은 그 말을 한 당사자와 그리고……,

"세츠코……."

어느새 눈에 눈물이 한가득 고인 유카리였다.

"무, 무슨 말 하는 거야?"

"나……, 죽었지?"

도도로키는 숨을 삼켰다.

"그렇지 않았다면 겐이 일부러 과거의 나를 만나러 올 리 없잖아."

"아니야!"

"괜찮아. 그런 거짓말 안 해도 돼……."

"나는……."

"나, 병에 걸린 거 알고 있어. 그리고 얼마 남지 않았다는 것도……."

"세츠코……."

"그래서 프러포즈 받았을 때 엄청 기뻤는데, 어떻게 해야 할지 고민되더라고……. 부모님이랑 상의도 못 했어. 슬퍼하시는 모습이 눈에 보이니까. 그래서 유카리 씨한테……."

도도로키는 자신이 이 자리에 나타났을 때 흠칫 놀란 두 사람의 표정이 떠올랐다.

그 후 유카리가 도도로키의 말 상대를 해 주는 동안 세츠코는 잠시 등을 돌리고 있었다.

자신의 죽음을 안 세츠코는 그때 마음의 결정을 내리고 있었던 것이다.

"소식 전해 줘서 고마워. 진심으로 기뻤어. 정말, 정말 이렇게 행복할 순 없어."

"……."

"에이, 울지 마……."

그러면서 세츠코는 아이를 달래듯 도도로키의 눈에서 흐르는 눈물을 손가락으로 훔쳤다.

"커피 식겠어."

도도로키는 고개를 절레절레 저었다.

"왜 그래?"

세츠코는 마치 엄마 같았다.

"다시 돌아갈 생각 없어."

"무슨 소리야. 이제 막 개그맨 그랑프리에서 우승했잖아. 앞으로 일이 물밀 듯이 들어올 텐데 힘내야지. 도쿄까지 왜 간 건데."

"네가 있었으니까……."

고개를 숙인 채 도도로키가 중얼거렸다.

"네가 기뻐하는 모습을 보고 싶었으니까……."

테이블 위로 눈물이 뚝뚝 떨어졌다.

마흔세 살 된 남자가 마냥 어깨를 들썩거리며 울었다.

수도 없이 포기하고 싶었다.

삼십 대 중반 무렵, 보수도 제대로 못 받는 자기들 처지에 화가 나서 주변 동료들과 싸움만 벌이던 시기가 있었다. 일을 얻기 위해 만담을 짜고 머리를 숙이던 날들. 자기들보다 나중에 데뷔한 후배들이 속속 앞질러 TV에 출연하기도 했다.

불안과 초조함으로 지친 날들.

그런 하루하루를 버틸 수 있었던 건 세츠코 덕분이었다. 도도로키가 어두운 얼굴을 하고 있으면 언제나 웃는 얼굴로 격려해 주었다.

그리고 깨달았다. 떠올렸다.

'난 세츠코를 기쁘게 해 주기 위해 열심히 노력해 왔어.' 라고…….

하나, 이제 세츠코는 없었다.

"난 네가 있어서 버틸 수 있었어……."

'그러니, 이젠…….'

"알아."

'뭐?'

"겐이 나 많이 좋아하잖아."

여느 때처럼 해맑게 웃는 세츠코.

"그래서 내가 죽은 후에도 열심히 한 거지?"

"내가 개그맨 그랑프리에서 우승하는 게 네 꿈이었으니까……."

"응."

"그러니까 개그맨 그랑프리에서 우승할 때까지는 버티자고 다짐하면서 살았어."

"앞으로도 힘내서 하는 거야!"

도도로키는 고개를 저었다.

"왜?"

"네가 없으면 살아갈 의미가 없어……."

이제는 완전히 응석받이였다.

그러나 세츠코는 그런 도도로키를 보며 흐뭇하게 미소 지었다. 사랑스러운 것이다.

"있어."

세츠코가 단호하게 말했다.

"난 늘 겐 옆에 있어."

망설임이 없었다.

"내가 죽어도 겐이 날 잊지 않는 한, 난 늘 겐의 마음속에 있어. 내가 죽은 후에도 겐이 힘낼 수 있었던 건, 네 마음속에 내가 있었기 때문이잖아."

'내 마음속에……?'

"난 죽더라도 겐이 활약하면 무척 기쁘고 행복할 거야. 이 세상에 없는 날 행복하게 해 줄 수 있는 사람은 너뿐이라고."

'죽은 널……?'

"난 내 인생 전부를 걸고 겐을 사랑해."

'난…….'

"죽으면 끝이라는 말, 하지 마."

'죽으면 끝이라고 생각했어.'

"그러니까. 다시 일어서. 응?"

세츠코가 다정하게 웃으며 바라보자 도도로키는 아이처럼 흐느껴 울었다.

죽어도 끝나지 않는다.

생각해 보니 이런 세츠코의 마음에 비하면 자신은 얼마나 부족했는지 모른다.

10분의 1, 아니 100분의 1…….

감히 인생의 전부라 말할 수 없다…….

나는 그 인생을 도중에 내팽개치려고 했다.

세츠코와의 인생을 내팽개치려 했던 것이다.

세츠코가 꺼우쳐 주었다.

그리고 깨달았다.

죽은 세츠코를 행복하게 하려면, 인생 전부를 걸고 노력해야 한다는 것을…….

"그러니까, 커피……."

세츠코는 눈앞에 놓인 커피를 쓱 밀었다.

커피는 곧 식을 것이다.

도도로키는 눈물로 범벅된 얼굴을 들고 커피 잔으로 손을 뻗었다.

"내일, 청혼 승낙할게. 사실, 나만 먼저 죽는 걸 알면서 승낙해도 될지 고민했는데, 하고 싶은 말은 전부 다 했으니까……."

"으응……."

세츠코는 가슴과 등을 쭉 폈다.

"죽을 때까지 날 행복하게 해 줘야 해. 알겠지?"

"알겠어."

도도로키는 대답하고 커피를 단숨에 들이켰다.

"……응."

세츠코의 눈에서 한줄기 눈물이 흘렀다.

도도로키의 시야가 흐물흐물 일그러지고, 주변 풍경이 위에서 아래로 흐르기 시작했다.

기체로 변해 상승하는 도도로키의 모습을 세츠코가 올려다보았다.

작별의 시간이었다.

"다음 생에서도 날 잊지 마."

"다음 생이라니……."

"내 사랑은 원념보다 깊다는 거 기억해!"

"그래, 알았어."

"만나러 와 줘서 고마워."

"세츠코……."

도도로키가 천장으로 빨려 들어갔다.

"사랑해, 긴!"

세츠코는 목소리가 갈라질 정도로 크게 외쳤다.

그리고 가게 안에는 또다시 정적이 감돌았다.

도도로키가 사라진 후에는 검은 양복을 입은 노신사가 나타났다. 노신사는 아무 일도 없었다는 듯 조용히 책을 읽었다.

세츠코는 검은 양복을 입은 노신사를 바라보며 도도로키와 처음 만났을 무렵의 기억을 떠올렸다.

초등학교 5학년 반 배정을 받은 직후였다. 어느 날 갑자기 같은 반 남자아이에게 '세츠코균'이라고 불리며 따돌림을 당했다. 친구들에게 말을 걸어도 아무도 상대해 주지 않았다. 세츠코가 만진 물건은 더럽다고 버리는 아이도 있었다. 그저 괴롭고 슬픈 나날이었다.

그러던 때, 도도로키가 세츠코의 반으로 전학을 왔다. 도도로키는 사람들을 웃기는 재능이 있어 어느새 반의 인기 스타가 됐다. 물론 세츠코는 여전히 따돌림을 당하는 아이였다.

한 남자아이가 도도로키에게 귀띔했다.

"쟤 만지면 '균'이 옮으니까 조심해."

세츠코는 반박할 수도 없었다. 이렇게 따돌림의 굴레는 커져만 갔다. 누군가를 제물로 삼음으로써 결속력을 다지는 것이다. 세츠코는 전학생도 다를 바 없으리라 생각했다. 거역하면 그 굴레 밖으로 튕겨 나가니까.

하지만 도도로키는 달랐다.

"이렇게 예쁜 균이면 못생긴 내 얼굴도 낫겠는데?"

아이들은 까르르 웃음을 터뜨렸다. 그 후로도 따돌림은 계속됐지만, 세츠코의 세계는 크게 달라졌다. 도도로키만큼은 세츠코에게 호의적이었다. 균이 묻었다고 야단을 떨거나 물건을 버리는 아이가 있으면 "나한테 들혀.", "나한테 넘겨." 하며 웃음으로 승화시켰다. 어느새 세츠코도 균이니 뭐니, 주변에서 시끄럽게 떠들어도 신경이 쓰이지 않았다. 그때마다 도도로키가 구해 주었기 때문이다. 세츠코가 그런 도도로키를 좋아하게 되기까지는 그리 오래 걸리지 않았다.

그 무렵, 스물을 들고 둘이서 이 찻집에 놀러 오게 됐다. 여기서 만난 사람이 다른 반 하야시다였다.

세츠코에게는 소중한, 아주 소중한 추억이었다.

"유카리 씨……."

세츠코는 뒤에 서 있는 유카리를 불렀다.

"응?"

"저, 잘한 거죠?"

어깨를 떨며 세츠코가 중얼거렸다.

"저……."

"잘했어."

"……."

"잘했고말고."

"네……."

창밖에는 소복소복 눈이 계속 내리고 있었다.

소리도 없이, 그저 소복소복…….

☕

경관 조명을 받은 단풍이 마치 타오르는 모닥불처럼 보였다.

하야시다에게 도도로키가 돌아오지 않으리란 말을 듣고 레이지의 얼굴은 창백해졌다.

"설마 도도로키 씨가 과거로 갔다가 안 올 거란 생각은 못 했어요. 죄송합니다……."

잘못을 빈다고 해결될 문제가 아닌 줄 알면서도 가만히 있을 수 없었다.

"아니네. 나도 제대로 설명해야 했는데……."

레이지의 마음이 어떤지는 창백한 얼굴을 보면 알 수 있었다. 하야시다도 제대로 설명하지 않은 점이 후회돼서 더 이상 남을 탓할 수 없었다.

"괜찮아."

무거운 분위기 속에서 카즈가 레이지에게 나긋한 목소리로 말했다.

그러고는 자신의 생각을 말하기 시작했다.

"낮에 얘기를 듣고, 하야시다 씨가 도도로키 씨를 과거로 보내지 않으려고 이곳에 왔다는 것도, 도도로키 씨가 과거로 갔다가 돌아올 생각이 없다는 것도 알고 있었어요."

"네?"

레이지는 카즈의 말을 듣고 무심코 소리쳤다.

도도로키가 과거에서 돌아오지 않으리란 것을 예상했다는 말이다.

"그럼 왜 보낸 겁니까!"

하야시다가 무심코 언성을 높였다.

그러나 카즈는 차분했다.

"하나 물어볼게요……."

카즈가 여전히 태연한 표정으로 하야시다의 눈을 똑바로 바라보며 입을 열었다.

"세츠코라는 분도 이곳의 규칙은 잘 아시겠죠?"

"그야 물론……."

"그럼 그 세츠코라는 분은 사랑하는 사람이 이 찻집에 나타났는데, 눈앞에서 커피가 식어 가는 걸 그냥 보고만 있을 분인가요?"

"그, 그건……."

세츠코가 가만히 보고만 있을 리 없었다. 그러나 만에 하나의 경우도 있는 법이다. 도도로키가 커피를 일부러 엎지르거나 억지로 버티거나 하면 어떻게 될지 모르는 일이다.

"하지만……."

"괜찮아요. 보세요……."

카즈가 그렇게 말하며 예의 그 자리로 시선을 돌리자 한 줄기 기체가 휙 피어올랐다. 그것은 마치 수조에 떨어진 한 방울의 물감처럼 의자 위에서 뭉게뭉게 퍼지더니 사람의 형상으로 변했다. 그 형상이 도도로키의 모습으로 바뀌었다.

"겐!"

하야시다가 소리쳤다.

"바보 같은 녀석, 목소리가 너무 크잖아."

도도로키는 하야시다가 부르는 말에 대답하는 대신 면박을 주고는 어깨를 떨었다.

잠시 후, 화장실에서 노신사가 돌아왔다.

"실례합니다. 여긴 제 자리입니다만……."

노신사가 정중하게 말했다.

"죄송합니다……."

도도로키는 코를 세게 훌쩍이며 서둘러 자리에서 일어났다.

노신사는 만족스러운 듯 생긋 웃고는 소리 없이 테이블과 의자 사이로 들어갔다.

"겐……."

하야시다가 다시 불렀다.

"돌아왔어."

도도로키는 쑥스러운 듯이 중얼거렸다.

"그래."

하야시다가 대답했다.

"죽으면 끝이라는 말……, 하지 말라더군."

누가 그런 말을 했는지 묻지 않아도 알 수 있었다. 세츠코였다.

"……그랬군."

하야시다는 굳은 표정을 풀었다.

'역시 세츠코야.'라고 생각하는지도 모른다.

"그러니까 아까 보낸 메시지 삭제해 줘."

도도로키는 하야시다에게서 눈을 돌리고 멋쩍게 말을 내뱉었다.

"제멋대로군."

"미안."

그러고 나서 두 사람은 여러모로 소란 피운 점을 사과한 후, "만약 유카리 씨가 돌아오면 안부 전해 주세요."라는 말을 남기고 가게를 떠났다.

조만간, 다시 포론도론이 활약하는 모습을 볼 수 있으리라.

카즈는 아무 일도 없었다는 듯 레이지와 나가레에게 폐점 준비를 맡기고, 저녁 준비를 하러 사치와 아래층으로 내려갔다.

도도로키를 과거로 보냈다는 죄책감 때문에 창백해졌던 레이지의 얼굴도 지금은 원상태로 돌아왔다.

"카즈 씨는 뭐든 다 알고 계시네요."

정리를 하면서 레이지가 조금 전 일을 떠올리며 한숨을 쉬었다.

여름의 끝 무렵에는 사진 한 장을 보고 과거로 돌아간 야요이의 심정을 간파했다. 카즈가 이 찻집에 온 지 여러 달. 레이지는 카즈라는 사람의 통찰력에 감탄하고 있었다.

그런데 나가레는 나가레대로 얼이 빠져 있었다. 주변을 보니 정리도 별로 진척되지 않았다.

"무슨 일 있으세요?"

이상하게 여긴 레이지가 나가레의 얼굴을 들여다보며 물었다.

"계속 생각하고 있었어……."

나가레는 다소 진지한 표정으로 레이지를 돌아보며 혼잣말처럼 중얼거렸다.

"뭘요?"

레이지가 고개를 갸웃했다.

"내가 아내를 만나러 가고 싶다고 생각하지 않은 진짜 이유……."

그날 저녁 레이지의 질문에서 시작된 이야기였다.

레이지는 나가레에게 "14년 만의 기회인데 사모님을 만나러 가고 싶지 않으셨어요?" 하고 물었다.

사실 질문을 한 레이지의 마음속에선 일단락된 이야기였다.

하지만 나가레는 계속 그 이유를 찾고 있었다.

"아까 도도로키 씨가 말했지?"

"네? 어떤 말이요?"

"죽으면 끝이라는 말, 하지 말라고 했다는……."

"아, 네네. 그러셨어요."

"나도······."

나가레는 불쑥 중얼거렸다.

"죽으면 끝이라고 생각하지 않았어."

그리고 그 말의 의미를 곱씹었다.

나가레는 말을 이었다.

"아내는 항상 내 안에 있어. 우리 안에 있으니까······."

'우리'란 나가레와 딸 미키를 말하는 것이리라.

댕, 댕, 댕, 댕······.

때마침 괘종시계가 오후 6시를 알리는 종을 쳤다.

나가레의 말에 무어라 대꾸하면 좋을지 막막했던 레이지의 심정을 대변해 주는 듯했다.

"왠지 민망한데?"

종소리가 끝나자 나가레는 가느다란 눈을 더욱 가늘게 떴다.

"그러게요."

레이지가 대답했다.

"못 들은 거로 해."

"알겠습니다."

나가레와 레이지는 중간에 하다 만 정리를 끝내기 위해 손을 움직였다.

모닥불 같은 단풍이 쏴쏴 소리를 냈다.

두 사람의 일손을 저촉하는 듯이…….

제3화

"미안해."라고 말하지 못한 여동생의 이야기

"꼭, 무슨 일이 있어도······."

"행복해져야 해."

잠깐 가게 좀 부탁할게.

　도키타 나가레에게 짧은 편지를 남기고 도키타 유카리는 미국으로 떠났다. 이 찻집을 방문한 소년의 아버지를 찾기 위해서였다. 유카리는 다른 사람 뒤치다꺼리를 좋아하는 성격이라 곤경에 처한 사람을 보면 그냥 지나치지 못했다.

　수년 전, 오키나와에 사는 여자 손님이 하코다테에 놀러 왔다가 우연히 이 찻집이 과거로 갈 수 있는 곳이라는 사실을 알게 됐다. 그녀는 과거로 돌아가서 어렸을 때 말없이 전학을 가 버린 친구를 만나고 싶어 했다. 이유를 물어

보니, 전학 가기 전 친구와 싸워 상처를 준 것이 못내 후회스럽다는 것이다.

하지만 그녀는 이 찻집의 규칙은 알지 못했다. 규칙에 따르면 찻집을 방문한 적이 없는 사람은 만나지 못한다. 게다가 앉은 자리에서 이동할 수 없을뿐더러 '커피가 식기 전'이라는 시간제한도 있었다. 규칙을 들은 여자 손님은 어깨를 축 늘어뜨렸다. 오랜 세월 후회하고 힘들어했던 것이다.

유카리는 이런 사연에 약했다. 유카리는 그녀의 연락처를 물은 뒤 나중에 오키나와로 여러 번 건너가서 각종 네트워크를 이용해 옛 친구를 찾아 주겠다고 약속했다.

유카리가 생각한 작전은 SNS에 올리는 방법이었다.

정작 유카리는 SNS와 거리가 멀었지만, 도쿄의 찻집 푸니쿨리 푸니쿨라에는 세계적으로 유명한 게임 회사에서 활약했던 가타다 고로와 시스템 엔지니어였던 후미코가 있었다.

게다가 후미코는 예전에 과거로 돌아간 경험이 있었다. 유카리는 이 둘에게 어떻게 찾으면 좋을지 아이디어 제공과 협조를 부탁했다.

그 아이디어 중에서 오키나와 출신 유튜버 '하이타이 판정단'의 영상 투고 팀에 사람 찾기 프로젝트를 기획해 달라고 요청한 것이 큰 도움이 됐다. 하이타이 판정단은 다양한 연령층의 100만 명이 넘는 구독자를 보유했다. 그 영상을 통해 행방을 모르던 그녀의 옛 친구가 히로시다에 거주한다는 정보를 입수하여 십수 년 만에 재회할 수 있었다.

옛 친구 역시 집안 사정 때문에 어쩔 수 없기는 했지만, 싸운 채로 떠난 것이 계속 후회되었다고 한다. 하지만 아무 말 없이 전학을 가 버린 일까지 포함하여 친구가 아직도 화가 나 있을까 봐 연락을 못 했던 모양이었다.

사람의 마음은 눈에 보이지 않는다. 상대방은 아무렇지 않은데 그 사람의 기분을 마음대로 상상하고 말을 꺼내지 못하는 경우도 있다.

그러므로 유카리는 아무리 주제넘은 참견으로 보일지라도 우선은 행동하고 보는 성격이었다.

상대방이 싫다고 거절하더라도 진심으로 싫은지는 알 수 없다. 유카리는 '삼고초려'에 빗대어 '상대방에게 세 번 거절당하면 그때 포기한다.'라는 자기만의 규칙을 세웠다. 즉, 세 번 거절당하지 않으면 싫다는 말은 진심이 아니라는 논리다.

이번에 미국에서 온 소년 때도 마찬가지였다. 다만, 이번에는 오키나와 손님의 친구를 찾은 방법과는 달리 하나하나 탐문해 가며 행방불명된 아버지를 찾는 길을 택했다. 그러므로 '잠깐'이 얼마나 될지는 유카리 본인도 가늠할 수 없었다.

그런 유카리에게서 엽서가 도착했다.

한동안 못 돌아가.

"달랑 이게 다야?"

병원 일을 마치고 사복 차림으로 들른 무라오카 사키가 놀란 목소리로 물으며 나가레가 들고 있는 엽서를 들여다보았다.

"네."

나가레가 무표정하게 대답했다.

"와, 한편으론 진짜 대단하다고 해야 하나, 뭐라 해야 하나……."

가족이 아닌 사키가 도리어 유카리의 무책임함에 넌더리를 내는 듯했다.

"유카리 씨답긴 하죠."

태평하게 대답한 사람은 오노 레이지였다.

사실 유카리의 막무가내식 행동에 나가레브다 더 많이 휘둘린 사람은 이 찻집에서 오랫동안 아르바이트를 한 레이지인지도 모른다. 케이지는 이제 익숙하다는 말투였다.

오후 5시가 넘은 시각. 가게 안에는 사키 외에 커플 한 팀과 누노카와 레이코가 있었다.

레이코는 여동생이 성수기마다 이곳에서 일하면서 자주 오게 된 단골이었다.

"선생님……."

레이지가 사키에게 조용히 말을 걸었다.

"응?"

"오늘은 어쩐 일로 레이코 씨를 데려오신 거예요?"

"뭐?"

"그렇잖아요, 유키카 씨는……."

레이지는 끝까지 말을 맺지 못하고 우물거리며 말끝을 흐렸다.

레이코의 여동생 유키카는 네 달 전 여명이 얼마 남지 않았다는 선고를 받고, 한 달 후 세상을 떠났다. 들은 적 없는 병명에 원인도 불명이었다. 국내 사례가 적어 구체적인 치료법도 아직 발견되지 않은 병이었다.

그 충격으로 잠을 이루지 못하게 된 레이코는 가끔 죽은 유키카를 찾으러 이 찻집에 왔다. 그런 레이코를 레이지도 근무 중 여러 번 목격했다.

유키카가 살아 있을 때는 언제나 웃음이 끊이지 않는 사이좋은 자매였는데, 지금의 레이코에게는 그 흔적조차 남아 있지 않았다. 그런 레이코를 데리고 와 봐야 그녀를 위해 할 수 있는 일은 아무것도 없다. 일하는 도중에 레이코가 눈에 들어올 때마다 레이지는 먹먹한 기분이 들었다. 그 정도로 지금 레이코의 모습은 보기만 해도 애처로웠다.
"오늘은 일이 좀 있어서."
사키는 레이지의 질문에 이 한마디로 일축했다.
창밖에는 땅거미가 지고, 경관 조명을 받은 단풍이 붉은 빛을 발했다.
카운터에 앉은 사키의 옆에는 《100가지 질문》 책을 든 도키타 사치가 있었다. 이 책에 푹 빠진 사치는 틈만 나면 질문을 던졌다. 나가레와 사키가 유카리한테서 온 엽서 얘기를 시작하고부터는 잠시 중단한 상태였다.

딸그랑딸그랑…….

"저 왔어요."

들어온 사람은 마쓰바라 나나코였다.

"앗, 나나크 언니!"

사치의 눈동자가 빛났다. 질문할 상대가 늘어나자 순수하게 기뻐했다.

"어서 와."

나가레가 맞이했다.

"삿짱, 안녕!"

나나코가 인사하며 카운터의 사치 옆자리에 앉았다. 사치를 가운데 끼고 나나코와 사키가 양옆에 앉은 형태였다.

"크림소다요."

"오케이."

나나코가 주문하자 나가레가 주방으로 들어갔다

나나코는 레이지의 어릴 적 친구이자 하코다테 대학에 다니는 학생이었다.

레이지도 나나코와 같은 대학에 다녔으나, 요즘에는 수업은 뒷전으로 미루고 거의 매일 이곳에서 아르바이트를 하고 있다. 도쿄로 개그맨 오디션을 보러 가려면 상경 자금이 필요했기 때문이다.

나나코는 수업이 끝난 후, 관악 동아리에 얼굴을 내밀었다가 거의 매일같이 이곳에 들렀다.

"흠……."

레이지가 나나코의 얼굴을 보며 미간을 찌푸렸다.

"……왜 그래?"

당황한 표정으로 나나코가 고개를 돌렸다.

"아니, 뭔가 평소랑 좀 다른 것 같아서."

레이지는 자세히 좀 보자는 듯 얼굴을 들여다보았다.

"뭐가 다른데?"

"모르겠어."

"참나."

"근데 왠지 평소랑 분위기가 달라……."

레이지의 눈에는 나나코의 얼굴이 평소와 달라 보이기는 했지만, 무엇이 다른지까지는 알 수 없었다.

"뭐, 한 거야?"

"하긴 뭘 해?"

레이지의 질문에 나나코가 반문했다.

레이지는 나나코의 분위기가 평상시와 달라졌다고 자기 마음이 술렁이자 당혹스러웠다. 그 감정이 낯설었다.

하지만 나나코의 무엇이 달라졌는지 제대로 알지 못한 사람은 남자인 레이지뿐이었다.

"립스틱이잖아."

사키는 아주 쉽게 맞췄다.

"보통 때랑 다른 색."

일곱 살 사치까지 콕 집어냈다.

"아……."

무심코 레이지의 입에서 탄식이 흘러나왔다.

"새로 나온 색이야?"

사키는 나나코의 얼굴을 훑어보듯 관찰하며 고개를 갸웃했다.

"네, 뭐."

나나코는 평상시에도 화장을 했다. 하지만 여자는 입술 색 하나만 바꿔도 인상이 확 달라진다. 그런데도 레이지는 그 변화를 정확히 알아채진 못했다.

"뭔가 평소랑 다르다고 생각하긴 했는데, 아, 립스틱이었구나……."

레이지는 조금 전에 느낀 위화감의 정체가 립스틱 색깔 때문이었다는 사실을 알고 가슴을 쓸어내렸지만, 마음이 술렁이는 원인은 아직 깨닫지 못했다.

"예쁘네."

"정말요?"

사키에게 칭찬을 받고 나나코가 싫지 않다는 표정으로 웃었다.

"좋아하는 남자라도 생겼어?"

레이지가 카운터에서 상체를 내밀었다.

"신경 쓰여?"

"신경 쓰이는 건 아닌데, 궁금하긴 해."

"그게 무슨 말이야?"

"네가 어떤 남자랑 사귀든 상관없지만, 어떤 남자랑 사귀는지는 궁금해."

무슨 뜻인지 이해가 안 갔다.

"그게 그거잖아?"

나나코가 고개를 갸웃거리며 지적했다.

"다르지!"

"어떻게 다른데?"

"말 그대로야. 어떤 남자랑 사귈지 결정하는 건 네 마음이지만, 네가 고른 상대가 어떤 성격인지, 너의 어떤 부분이 맘에 들어 사귀는지는 궁금하다고."

"그러니까, 그게 그거잖아."

"미묘하게 달라."

"모르겠는데?"

"그럼 몰라도 돼."

끝없는 반복이었다.

티격태격하는 두 사람을 사치가 멍하니 바라보았다.

"오, 몇 번까지 했어?"

나나코는 사치가 손에 든 《100가지 질문》을 발견하고 재빨리 화제를 바꿨다.

"86번!"

사치가 기쁜 표정으로 대답했다. 혼자서 묵묵히 읽을 수 있는 책과는 달리, 나나코나 사키에게 질문하고 대답을 들어야만 즐거운 책이었기 때문이다. 물론, 매일 할 수 있는 것도 아니고 기껏해야 하루에 두세 질문밖에 하지 못하는 터라, 1번부터 시작한 지 어느덧 두어 달이 지났다.

"이제 얼마 안 남았네."

"응. 얼마 안 남았어."

"나머지 질문, 해 볼까?"

"응!"

다른 책이라면 하루에 두 권은 거뜬히 읽는 사치에게, 이렇게 책 한 권을 다른 사람과 천천히 읽어 나가는 여정도 신선하고 즐거웠다.

레이지는 그런 두 사람의 모습을 곁눈질로 바라보며 입

을 삐죽 내밀고 주방으로 들어갔다.

"자, 여기."

그와 스치듯 나가레가 주방에서 나와 나나코에게 크림소다를 내밀었다. 산뜻한 에메랄드그린빛 소다수에 나가레가 엄선한 생크림과 달걀, 그리고 사탕수수당을 넣은 수제 아이스크림이 올라가 있었다.

"감사합니다!"

나나코는 눈을 반짝이며 빨대를 집었다. 나나코는 나가레가 만드는 이 크림소다를 아주 좋아했다.

"만약 내일 세상이 멸망한다면? 100가지 질문."

나나코가 크림소다를 음미하는 동안 사치가 질문을 읽었다.

"응."

나나코는 다시 사치를 쳐다보았다.

사치는 진지한 얼굴로 계속 읽었다.

"87번째 질문. 현재 당신에게는 열 살짜리 아이가 있습니다."

"이거 또 난처한 질문이군."

사키가 말했다. 괴로운 듯이 인상을 찌푸렸다.

"열 살이라고?"

나나코가 묻자 사치는 고개를 살짝 끄덕였다.

"애매한 나이네."

나나코가 '애매'하다고 말한 이유는 어린아이지만, 어른이 하는 말도 이해할 줄 아는 나이라는 의미였다. 요즘 같은 시대에 열 살이면 컴퓨터로 무엇이든 검색해서 찾아낼 수 있으므로 적당한 설명은 통하지 않는다.

"자, 해 볼까?"

나나코는 사치에게 질문을 마저 읽으라고 재촉하듯 말했다.

만약 내일 세상이 멸망한다면? 100가지 질문.
87번.
현재 당신에게는 열 살짜리 아이가 있습니다.
만약 내일 세상이 멸망한다면, 당신은 어떤 선택을 하겠습니까?
① 내일 세상이 멸망한다는 사실을 비밀로 한다.
② 내일 세상이 멸망한다고 솔직히 말한다.

나나코는 듣자마자 망설임 없이 "①번." 하고 대답했다.

"말 안 한다고?"

사키가 물었다.

"열 살이잖아요. 안 해요. 말해 봤자 괜히 무서워만 할 텐데요."

"그렇구나."

"선생님은 말하실 거예요?"

"음……, 열 살이랬지?"

사키는 천장을 올려다보며 잠시 생각에 잠겼다가 "……말 안 하려나." 하고 중얼거렸다.

"그렇죠?"

"그럼 만약 나나코가 열 살이라면?"

"제가요?"

"알고 싶어? 아니면 알고 싶지 않아?"

"흠……."

이번에는 나나코가 천장을 올려다보았다.

그런 두 사람의 행동을 사치가 반짝이는 눈으로 바라보았다.

"알고 싶을 것 같아요."

"그거 모순 아니야?"

"저라면 알고 싶어요. 근데 제 아이에게는 가르쳐 주고 싶지 않다고요."

"왜?"

"제가 슬픈 건 상관없지만, 제 아이가 슬퍼하는 모습은 보고 싶지 않으니까……, 그렇겠죠?"

"……그러네."

분명 모순되긴 하지만, 그 나름대로 납득할 만한 대답이라고 생각한 사키는 동의한다는 뜻으로 고개를 크게 끄덕였다.

"나가레 삼촌은?"

"음……, 난 ②번."

"왜?"

"마음에 걸리기도 하고, 완전히 숨길 수가 없으니까."

나가레의 대답을 듣고 나나코가 한마디 덧붙였다.

"하긴, 나가레 씨 거짓말 못하게 생기긴 했지."

"뭔가 숨기고 있지? 하고 물으면 술술 다 털어놓는 유형이구나?"

이번에는 사키였다.

"맞아요."

나가레가 대답하며 머리를 긁적였다.

그런 모습을 창가 테이블에 앉은 레이코가 멍하니 바라보고 있었다.

댕…….

오후 5시 반을 알리는 괘종시계 소리가 울렸다.

그 소리가 계기가 됐는지 커플이 자리에서 일어나자 레이지가 계산대로 달려갔다.

그리고 아래층에서 또각또각 발소리가 울리며 도키타 카즈가 올라왔다. 이 찻집의 아래층은 나가레와 사치, 카즈의 주거 공간이었다.

"사치."

카즈가 불렀다.

"왜?"

"저녁 먹을 시간이야."

"알겠어."

사치는 《100가지 질문》을 탁 덮었다.

"그럼 나머지는 다음에 또 하자."

나나코가 말하자 사치가 "응." 하고 대답하며 책을 카운터 위에 두고 아래층으로 내려갔다.

카즈도 나가레에게 눈짓한 후, 사치의 뒤를 쫓았다. 뒷일은 부탁할게요, 하고.

딸그랑딸그랑.

계산을 마친 커플이 가게를 나갔다.
가게 안에 손님은 나나코와 사키 외에 레이코뿐이었다.
"……아, 맞다."
레이지가 문득 손뼉을 쳤다.
"선생님, 다음 오디션에서 새로 선보일 만담 보여 드릴 테니 평가해 주세요."

이처럼 레이지는 친한 단골손님에게 자신의 만담을 보여 주곤 했다. 대형 연예인 기획사의 오디션에 합격해서 개그맨이 되는 것이 꿈이었다.

바로 얼마 전, TV에서 활약 중인 개그 콤비 포론도론의 도도로키와 하야시다가 하코다테 출신에, 이 찻집의 단골이었다는 사실을 알고 갑자기 의욕이 솟구쳤다.

"재미없어."

그런 꿈에 가득 찬 청년의 의욕을 사키가 한마디로 단칼에 잘랐다.

"재미없어. 썰렁해. 박자가 별로야. 아니, 어디서 웃어야 할지를 모르겠어. 땡! 애초에 개그맨 되겠다는 생각부터가 잘못됐어. 포기해."

그것도 모자라 독설이 쏟아졌다.

"사, 사키 씨. 그건 말이 좀 심한 것 같은데요……."

나가레는 레이지가 상처받을까 걱정되어 두둔했지만, 레이지는 의외로 태연하게 "아니거든요!" 하고 대수롭지 않은 얼굴로 반박할 뿐 결코 주눅 들지 않았다. 남이 뭐라 하든 레이지는 자신을 굳게 믿는, 꿈꾸는 청년이었다.

"다 네 생각해서 말해 주는 거야. 나중에 돌이킬 수 없는 곳까지 가서 후회하면 늦는다고."

"괜찮아요. 후회 같은 거 안 하니까."

'쇠귀에 경 읽기'라 해야 하나, '밑 빠진 독에 물 붓기'라 해야 하나……. 사키는 한숨을 내쉬었다.

"내가 봐줄까?"

나나코가 끼어들었다.

"사양할게."

"왜?"

"네 의견은 참고가 안 돼."

오랜 친구인 데다 남에 대한 평가가 후하다는 점을 레이지는 염려했다.

"내 의견은 꼭 참고하고 싶은 거야?"

곧바로 사키가 끼어들었다.

레이지는 사키의 말은 흘려듣고, "좋았어!" 하고 기합을 넣더니 천천히 주방으로 들어갔다. 주방 끝에는 직원용 로커가 있었다. 그곳으로 향하는 것이리라.

"레이지?"

나가레가 주방을 들여다보았다.

"?"

나나코와 나가레가 눈빛을 주고받으며 고개를 갸웃했다.

잠시 후 '개그 소재 모음집'이라고 적힌 노트와 큰 가방을 들고 레이지가 돌아왔다.

"나가레 씨, 나머지는 부탁드려도 될까요?"

"응? 어, 괜찮긴 한데……."

이 시기의 영업시간은 오후 6시까지인데, 조금 전 5시 반을 알리는 종소리가 울렸으니 새로운 손님이 오더라도 이미 주문은 마감된 시각이다. '나머지'란 폐점 준비를 뜻했다.

"어디 가는데?"

나나코는 근무 중에 갑자기 자리를 뜨려는 레이지를 추궁했다.

"길거리에서 게릴라 공연."

"이 시간에? 벌써 깜깜해졌어."

"가네모리 홀 앞은 럭키피에로 햄버거 가게도 있고, 아직 지나다니는 관광객도 있을 거야!"

베이 지구의 중심에 위치한 가네모리 홀은 하코다테항을 따라 이어지는 붉은 벽돌 창고에 있는 시설이다. 음악 홀로 사용되는 경우가 많은데, 그밖에 각종 이벤트나 무대 공연을 할 때도 쓰인다.

가네모리 홀 주변에는 벽돌로 지어진 쇼핑몰과 레스토랑이 즐비하다. 레이지 말대로 가네모리 홀 앞은 이 시간에도 조명이 밝아 행인이 있었다.

한 가지 걱정되는 점은 날씨였다. 조금 전부터 먼 하늘에서 우르르르 천둥 치는 소리가 들렸다.

그러나 지금 레이지에게는 비바람이 몰아치든 천둥이 치든 관계없었다.

"다녀오겠습니다!"

설레는 마음을 주체하지 못한 채, 레이지는 쏜살같이 나가 버렸다.

딸그랑딸그랑.

"레이지!"

말릴 새도 없었다.

"가 버렸네."

사키가 턱을 괴고 중얼거리며 '역시 청춘은 좋구나.'라는 듯이 히죽히죽 웃었다.

"죄송해요."

나나코는, 폐점 준비는 나 몰라라 하고 밖으로 나가 버린 레이지를 대신해서 나가레에게 머리를 숙였다.

"아, 괜찮아, 괜찮아. 게다가 오늘은……."

나가레는 방싯방싯 웃는 얼굴로 대답하고는 레이코를 힐끔 쳐다보았다가 사키와 눈빛을 주고받았다.

"아, 그렇지."

사키가 손목시계로 시간을 확인하더니 중얼거렸다.

"꿈을 포기하지 않는 재능만큼은 누구에게도 지지 않을 걸요……."

나나코는 흔들리는 문을 바라보며 한숨 섞인 목소리로 말했다.

'그런 레이지를 좋아하면서?'라는 말이 입 밖으로 나오려는 것을 간신히 참고 사키는 히죽히죽 웃으며 나나코의 얼굴을 들여다보았다.

"왜 그러세요?"

"아니야……."

사키는 대답하면서 사치가 두고 간 《100가지 질문》으로 손을 뻗었다. 책을 보려는 의도는 아니었다. 무언가 다른 대상에 집중하지 않으면 저도 모르게 괜한 말이 튀어나올 것 같아서였다.

나나코와 사키 사이에 미묘한 공기가 흐르던 그때였다.

"얼마인가요?"

레이코가 불쑥 일어났다.

"네? 아니, 그게……, 네?"

나가레가 눈에 띄게 동요했다.

가게 문 닫을 시간이 가까워졌으니 레이코가 일어나는 건 지극히 자연스러운 상황이었다. 그런데 웬일인지 나가레는 횡설수설했다.

"하, 한 잔 더 드시려고요?"

결국 엉뚱한 말을 던졌다.

"아뇨, 계산이요……."

레이코가 조용히 대답하며 전표를 들었다.

"네? 근데 방금 오셨잖아요."

이번에 한 말도 적절하지 않았다. 레이코는 사키를 따라 이곳에 온 지 거의 한 시간은 지났다. 주문한 홍차도 다 마셨으니 레이코가 더 이상 머물 이유는 없었다.

하지만 레이크도 아직 미련이 남은 모양이었다.

"유키카가……, 안 오니까……."

레이코는 조용히 찻집 입구를 바라보며 들릴락 말락 한 목소리로 중얼거렸다.

"아, 그건……."

이마에 땀이 송골송골 맺힌 나가레. 자신의 말솜씨에 당황하는 기색이 역력했다.

그런 나가레 대신 사키가 나섰다.

"유키카랑 만나기로 했어?"

사키는 레이도의 말에 반박하지 않았다. 다정하고 차분한 목소리였다.

"네."

레이코가 그 자리에 못 박힌 듯 서서 대답했다.

"유키카가 저한테 자기 남자 친구 소개해 준다고 약속했는데……."

"오, 그래? 기더되겠다."

"근데, 제가 날짜를 착각했나 봐요……."

레이코의 표정이 어두워졌다.

착각이라 했지만, 사실 레이코의 여동생 유키카는 세 달 전에 세상을 떠났다. 레이코는 결코 올 리 없는 여동생을 하염없이 기다린 것이다.

오늘만이 아니었다. 레이코는 가끔 이 찻집에 찾아와서 같은 말을 반복했다.

사키도 유키카가 죽은 것을 알았다. 입원한 유키카의 심리 치료를 담당했기 때문이다.

그런데도 사키는 레이코의 말에 맞장구를 쳐 주었다.

"좀 더 기다리지? 혹시 남자 친구랑 늦게 만났을지도 모르잖아."

레이코의 공허한 눈에 아주 작은 빛이 깃들었다.

"딱히 급한 일도 없잖아?"

"네, 그건 그런데……."

"그럼 기다려 봐."

레이코가 또다시 찻집 입구로 시선을 던졌다.

"내가 커피 사 줄게."

사키는 말하면서 나가레에게 눈짓했다.

"앗, 네."

나가레는 서둘러 주방으로 들어갔다.

"그럼, 조금만 더……."

기다려 보겠노라 하면서 레이코는 천천히 자리로 돌아갔다.

☕

"잘 생각하셨습니다!"
아르바이트 중인데도 유키카의 목소리가 가게 안에 쩌렁쩌렁 울려 퍼졌다.
"쉿, 목소리가 너무 커!"
카운터 자리에 앉은 리이코가 다른 손님의 시선을 신경 쓰며 몸을 움츠렸다.

관광철이 되면 유키카는 이 찻집에서 임시로 아르바이트를 하곤 했다. 온종일 자리가 꽉 차는 날도 있어서 유카리와 레이지만으로는 일손이 턱없이 부족했다. 가끔은 나나코도 거들어야 할 정도였다.

유키카가 입원하기 몇 주 전, 마침 골든 위크 기간이라 고료카쿠 성곽과 하코다테 공원에서 벚꽃 축제가 열려, 이 찻집도 종일 손님으로 북적였다. 그래도 가장 바쁜 점심때를 지나, 가게도 안정을 찾은 시간이었다. 한가한 정도는 아니지만, 언니 레이코와 대화를 나눌 여유는 있었다.

"휴, 드디어 승낙했군."

유키카는 옆에 앉으며 기쁜 표정으로 레이코의 얼굴을 들여다보았다.

"드디어라니……."

"마모루 씨 입장도 좀 생각해 보라니까."

레이코의 몸을 의자째 자기 쪽으로 휙 돌리더니 유키카는 설교 모드에 돌입했다.

"뭐가 불만이었는지는 모르겠지만, 프러포즈 받고 반년이나 기다리게 하는 사람은 언니밖에 없다고."

"여러 가지 생각할 게 있었어."

"여러 가지가 뭔데?"

"……여러 가지가 여러 가지지."

레이코와 유키카는 서로가 유일한 가족이었다. 두 사람이 어렸을 때 부모님이 모두 돌아가신 후 이곳 하코다테의 친척 집에 맡겨졌으나, 레이코가 일을 시작하고 나서는 둘이 아파트를 빌려 오순도순 지냈다.

즉, 레이코가 말한 '여러 가지'란, 여동생만 혼자 남기고 자신이 먼저 결혼하는 것에 대한 고민이었다.

"뭐야, 그게."

"상관없잖아. 너한테 피해 준 것도 아니고."

"기가 막혀."

"왜?"

"난 이래 봬도 언니가 먼저 시집가기를 기다렸다고."

"뭐? 너 남자 친구 있어?"

"당연하지, 그럼 없겠어?"

유키카에게 남자 친구가 있다는 말은 그야말로 청천벽력 같은 소리였다. 언제까지나 어린아이라고 생각했던 동생이었다. 아니, 그렇게 생각하고 싶었는지도 모른다.

"뭐야? 그 뜻밖이라는 얼굴은?"

'어린애 취급하지 마.'라며 유키카는 입술을 내밀었다.

"아, 그게 아니라……. 설마, 결혼할 거야?"

"그야 뭐, 프러포즈 받으면?"

유키카는 의미심장하게 턱을 치켜들어 보였다.

"그럼 아직 프러포즈는 안 받았다는 거네?"

"아직은."

"하아……."

조금 서운한 마음은 들었지만, 레이코는 내심 안도했다. 여동생을 혼자 내버려 두고 자기만 결혼한다는 죄책감도 있었지만, 그보다도 레이코는 유키카가 행복하기를 바랐다. 늘 여동생에게 소중한 동반자가 생기기를 빌었다.

그리고 분명 유키카도 똑같은 마음이었으리라.

"휴, 다행이다. 앞으로 언제 프러포즈 받든 바로 승낙할 수 있겠어."

언니보다 먼저 시집가지 않아 다행이라는 마음을 표현하기 위해, 유키카는 짐짓 레이코 앞에서 크게 기지개를 켜 보였다.

하지만 레이코는 그런 유키카의 몸짓은 본체만체하고, 이번에는 유키카의 몸을 의자째 자기 쪽으로 휙 돌렸다.

"일단 소개 먼저 해."

"싫어."

"뭐?"

"절대로 안 해."

"소개 안 해 주면 결혼 못 하지."

"왜?"

"왜라니……. 당연하지. 가족이라고는 나 하나뿐이니까."

"그건 그렇지만, 언니한테 꼭 허락받아야 할 의무는 없잖아?"

"있어."

"없어."

"소개해."

"싫어."

"그러니까 왜 싫은데?"

"왜긴 왜야."

계속 티격태격했지만, 두 사람은 내심 즐기고 있었다.

"뭐야? 설마 날라리야?"

"아니거든요?"

"백수야?"

"아니거든요?"

"알겠다. 3B구나?"

"그게 뭔데?"

"매력적이지만, 사귀면 고생하는 바텐더, 발레리노, 밴드맨!"

"아니거든요?"

"그럼, 3S!"

"3S?"

"쇼호스트, 스타일리스트, 스포츠 강사?"

"뭐야, S로 시작하는 직업 대충 갖다 붙인 거잖아."

"얼른 말해!"

"싫어."

"연극배우?"

"그건 진짜 싫다……."

"개그맨 지망생?"

"무조건 싫어!"

두 사람의 대화를 듣고, 뒤에 있던 레이지가 "다 들려요." 하고 끼어들었다. 개그맨을 지망하는 장본인이었다.

"소개해! 소개해! 소개해! 소개해!"

"네, 네! 알겠습니다! 근데, 다음에!"

"언제?"

"언제가 될진 모르겠지만, 아무튼 다음에……."

"꼭이야. 약속이다?"

"네, 네."

"자, 여기."

레이코는 새끼손가락을 내밀었다.

"뭐야?"

유키카가 눈살을 찌푸렸다.

"새끼손가락 걸자고."

"뭘 그렇게까지……."

"잔말 말고 얼른 해."

유키카가 머뭇머뭇 내민 새끼손가락을 레이코의 새끼손가락이 홱 낚아챘다.

"약속, 도장 꾹! 약속 어기면······."

"어, 언니, 목소리 너무 커!"

"엉덩이에 뿔 난다."

약속을 주고받은 그날······,

여동생이 살아 있는 것만으로도······,

꿈만 같은, 행복한 시간이었다······.

그런 유키카가 이제 없다.

약속만 남기고 떠났다. 입원한 날로부터 한 달. 순식간이었다. 너무나도 빠르고, 갑작스러운 이별이었다.

유키카의 죽음은 레이코의 인생을 크게 뒤틀어 놓았다.

유키카가 죽은 뒤 레이크는 수면 장애에 시달렸다. 밤에 잠 못 이루는 날이 이어지면서 낮에도 마치 꿈을 꾸는 듯한 감각에 휩싸이기 시작했다. 그러다가 점점 꿈과 현실을 분간하지 못하게 되더니, 깨어 있는 동안에도 문득문득 그날 이 찻집에서 유키카와 약속했던 꿈을 꾸었다······.

백일몽(白日夢)이었다. 정신 장애로 봐야 할 정도로 증상이 심각해서 사키의 상담을 받아야 했다.

그리고 유키카가 그렇게 기뻐했던 레이코와 마모루의 결혼도, 지금은 레이코가 일방적으로 거절하여 취소된 상태였다.

레이코는 소중한 동생이 죽었는데 '나만 행복해질 수 없어.'라는 생각에 사로잡혔다.

사키는 수면 장애도 그대로 방치하면 더욱 심해져 몸이 쇠약해지는 것은 물론, 의식이 흐릿해지고 정확한 판단이 불가능해진 나머지 '나도 여동생만큼 불행해져야 해.'라는 강박 관념에 사로잡혀 자살까지 생각할 수 있다고 판단했다.

여동생 유키카는 레이코의 전부라 할 만큼 소중한 존재였다.

지금은 그 누구도 레이코의 마음을 구원해 줄 수가 없었다…….

번쩍.

"깜짝이야!"

나나코가 무심코 소리쳤다.

순간 새하얀 빛이 가게 안을 가로지르더니 몇 초 후 '우르르 쾅!' 하는 소리가 울렸다.

"꽤 가까운 데서 쳤네."

나가레가 말했다.

창밖에서 빗소리가 솨솨 들리기 시작했다.

"레이지, 괜찮을까?"

나갈 때 우산 같은 건 들고 있지 않았다. 이 정도 비라면 지금은 어디서 비를 피하고 있더라도, 돌아오는 길에 흠뻑 젖을 터였다.

10월도 거의 지나갔다. 이 무렵의 비는 차갑다.

"……할 수 없지."

나나코가 중얼거리면서 카운터 자리에서 일어났다.

"저 우산 빌려도 될까요?"

나나코가 우산꽂이를 가리켰다.

"아, 응."

나가레가 대답했다.

나나코는 레이지를 데리러 가려는 것이었다.

나나코는 이런 상황을 대비해서 유카리가 찻집에 구비해 둔 우산이 있다는 것을 알고 있었다.

"조심해."

밖은 어둡고, 번개도 가까운 곳에서 쳤다. 설마하니 벼락을 맞을 일은 없겠지만, 나가레는 만에 하나의 일을 걱정해서 말했다.

"그럴게요."

귀찮은 듯이 한숨을 쉬면서도 나나코의 행동은 민첩했다. 마치 레이지를 쫓아갈 이유를 찾고 있었다는 듯이.

나나코는 우산꽂이에 꽂혀 있던 예비 우산을 두 개 꺼내 빠른 발걸음으로 가게를 나섰다.

딸그랑딸그랑.

나나코가 나가자 가게 안은 정적에 휩싸였다.

창밖의 빗소리와 째깍째깍 괘종시계가 움직이는 소리만 들렸다.

괘종시계를 쳐다보던 나가레와 사키가 눈빛을 주고받았다.

시간은 오후 6시 45분.

"오늘은 꼭 만날 수 있을 거야. 유키카를……."

사키가 레이코를 향해 중얼거린 그때였다.

다시 창밖에서 플래시가 터지 듯 섬광이 번쩍였다.

치직.

가게 안의 불이 꺼졌다.
"아……."
정전이었다.
잠시 후 쾅 하고 요란한 천둥소리가 들렸다.
전기가 복구되려면 벼락이 떨어진 위치에 따라 짧게는 몇 분, 길게는 몇 시간 소요된다.

"정전인가……."
"깜깜하네."
어둠 속에서 나가레와 사키가 여유롭게 말을 주고받았다. 마치 정전이 되기를 기다렸다는 듯했다.
갑자기 어두워진 실내에 눈이 적응되지 않아 서로의 모습은 거의 보이지 않았다. 다만, 옷 스치는 소리나 발소리로 다른 사람의 인기척을 느낄 수는 있었다.
그런데 불쑥, 사람의 기척이 하나 더 늘었다.
엄밀히 말하면 나타났다.
나나코가 돌아온 것은 아니었다.

그 기척은 조금 전까지 검은 양복의 노신사가 앉아 있던 자리예서 느껴졌다.

  노신사에게는 인간으로서의 기척은 없었다. 화장실에 갈 때, 자리에서 일어날 때도 옷깃 스치는 소리가 들리지 않았다. 심지어 움직일 때조차 발소리 하나 들리지 않았다. 노신사는 유령이었기 때문이다.

  지금은 노신사가 앉아 있던 자리에서 분명히 인기척이 느껴졌다.

  누군가가 과거나 미래에서 찾아왔다는 뜻이다.

  "……언니."

  "?"

  레이코는 목소리를 듣고 황급히 소리가 난 곳으로 얼굴을 돌렸다.

  그 순간, 불이 탁 켜졌다.

  "켜졌군."

  나가레가 나지막한 목소리로 중얼거렸다.

  "언니."

  레이코의 눈은 그 목소리의 주인에게 못 박혀 있었다.

"유키카……?"

예의 그 자리에서 나타난 사람은 죽은 레이코의 여동생 유키카였다. 창백한 얼굴의 레이코와는 달리 유키카의 표정은 밝았다. 등을 곧게 펴고 레이코를 똑바로 바라보는 눈에는 생기가 흘렀다.

"유키카……, 맞니?"

레이코가 말하면서 천천히 의자에서 일어났다. 목소리가 떨렸다.

"응, 맞아."

그에 비해 유키카의 목소리는 경쾌했다. 두 사람 사이에 확연한 온도 차가 있었다. 레이코 앞에 나타난 여동생은 백일몽 속에서 나타난 모습 그대로 순수하고 해맑았다.

"기다렸어? 늦어서 미안……."

유키카는 혀를 쏙 내밀 듯 쑥스러워했다.

그 말투는 마치 그날의 연속인 듯했다.

"언니?"

"정말 유키카야……?"

"왜 그래? 놀란 토끼처럼 눈 동그랗게 뜨고?"

유키카는 이상하다는 듯이 고개를 갸웃거리며 레이코의 얼굴을 들여다보았다.

'이건 꿈인가?'

레이코는 머릿속이 혼란스러워 말을 잃었다.

"언니?"

유키카가 걱정스러운 표정으로 말을 걸었다.

"유, 유키카구나."

레이코는 얼른 웃는 얼굴로 대답했다. 아니, 제대로 웃지 못했을지도 모른다.

"우와! 바깥 풍경 멋지다! 단풍 엄청 예뻐!"

유키카는 당황스러워하는 레이코는 안중에도 없다는 듯이 창 너머로 야간 조명이 비추는 새빨간 단풍을 보고 흥분했다.

"예쁘다. 그렇지?"

"그, 그러게."

레이코는 가까스로 그렇게 대답했다. 레이코의 머릿속은 왜 그 자리에서 갑자기 여동생이 나타났는지 얼떨떨하고 혼란스러웠다.

"대답에 영혼이 없는데?"

유키카가 입술을 내밀었다.

"아, 아니야."

레이코는 혼란스러우면서도 애써 침착한 척하며 유키카

의 옆으로 걸어갔다.

손을 뻗으면 닿을 거리까지 왔을 때였다.

"……언니?"

유키카가 레이코의 얼굴을 들여다보였다.

"왜?"

"안색이 안 좋아. 괜찮아?"

"그, 그러니?"

"응."

"여기가 어두워서 그래 보이는 거겠지."

"그런가?"

아무것도 변하지 않았다. 그날과 다름없는 여동생이 있었다.

활발하고 사랑스럽고 싹싹했다.

그뿐 아니라 다정하고, 남을 배려할 줄 알고, 늘 밝게 웃는 여동생이었다.

그 모습을 가만히 지켜보던 레이코는 마침내 한 가지 사실을 깨달았다.

'유키카는 과거에서 온 거야.'

도대체 무엇 때문에? 이유는 알 수 없다.

유키카의 표정에서는 아무것도 읽을 수 없었다.

제3화 "미안해."라고 말하지 못한 여동생의 이야기

"아, 쓰다……."

유키카는 잔으로 손을 뻗어 커피를 홀짝이더니 표정을 찌푸리며 혀를 내밀었다.

하지만 이유가 무엇이든 간에 눈앞에 죽은 여동생이 있었다.

씁쓸한 커피 맛에 얼굴을 찌푸리는, 그런 사소한 몸짓 하나까지 사랑스러웠다.

이제 두 번 다시 볼 수 없으리라 생각했는데…….

"저기요……."

유키카는 나가레를 향해 손을 들었다.

"네?"

나가레가 대답했다.

"우유 있나요?"

"아, 네. 지금 가져다드릴게요."

나가레는 그렇게 말하며 잠시 주방으로 들어갔다.

레이코는 생각했다.

'유키카는 분명 죽었는데…….'

이 생각은 수면 부족과 피로로 인해 꿈처럼 몽롱한 세계에 있던 레이코를 단숨에 현실로 돌려보냈다.

'분명 죽었지만…….'

믿고 싶지 않았다. 인정하고 싶지 않았다.

시련에 부딪힌 사람이 술을 찾듯, 레이코는 잠을 거부함으로써 고통스러운 현실에서 도피하려 했다. 자기 자신을 괴롭힘으로써 여동생을 잃은 마음의 상처를 무마해 온 것이다.

그러나 지금, 눈앞에 나타난 유키카는 꿈이나 환상이 아니었다. 이것만은 확실했다. 진짜 여동생을 못 알아볼 리 없었다.

여동생을 잃고 실의에 빠져 혼탁해졌던 의식이 점점 윤곽을 되찾았다.

'어쩌면……'

레이코의 머릿속에 한 가지 가설이 스쳤다.

유키카는 살아 있을 때 모습 그대로였다.

그 말은 곧, '자신이 죽는다는 사실을 모른 채 이곳에 있다.'라는 것이다.

충분히 가능했다. 미래의 일 따위 아무도 알 수 없다. 여기에 있는 유키카가 입원 전의 유키카라면, 자신이 병으로 입원하게 되는 것은 물론이고 그 병으로 죽는다는 사실도 모르리라.

"여기 있습니다."

나가레가 밀크 포트를 들고 돌아왔다.

"우와······."

앞에 놓인 밀크 포트에는 눈길도 주지 않고, 유키카는 눈앞에 서 있는 나가레를 올려다보며 눈을 동그랗게 떴다.

유키카는 나가레가 하코다테로 오기 전에 세상을 떠났기 때문에 이번이 두 사람의 첫 대면이었다. 키가 2m나 되는 나가레가 내려다보자 유키카는 심장이 두근두근 뛰었다.

"고, 고맙습니다."

호기심 가득한 눈을 반짝이며 유키카는 고개를 꾸벅 숙였다. 이렇게 커다란 남자는 처음 보았다.

레이코는 평소와 다를 바 없는 천진난만한 유키카를 보고 확신했다.

'이 아인 자기가 죽는다는 걸 모르고 있어.'

자신의 죽음을 알면서 이처럼 밝게 행동할 수는 없기 때문이다.

'그렇다면 유키카는 왜 과거에서 왔을까······?'

레이코의 머릿속에 의문이 남았다.

이유는 알 수 없다.

하지만 딱 한 가지만은 분명했다.

'유키카가 자신의 죽음을 깨닫게 해선 안 돼.'

탁.

레이코의 머릿속에 불이 번쩍 들어왔다.
'나도 유키카처럼 평소대로 행동해야 해.'
자신의 임무를 깨닫자 레이코의 눈에 생기가 돌아왔다.
"유키카."
"응? 왜?"
유키카는 우유와 설탕을 넣은 커피를 저으며 대답했다.
"네 남자 친구는?"
그날의 연속이라면, 이렇게 흘러가야 했다. 이런 대화가 자연스러웠다…… .
"어? 음, 그게……."
유키카는 눈을 말똥말똥 뜨고 말끝을 길게 늘어뜨렸다.
"그 반응은……."
유키카가 무언가를 얼버무릴 때 나오는 버릇이었다.
"너, 설마 헤어졌다고 하는 거 아니지?"
"어떻게 알았어?"
"알지, 당연히!"

'이건가? 이 말 하려고 과거에서 온 건가? 근데, 이거 때문에 굳이 미래로 올 필요는 없지 않나?'

레이코가 이런 생각을 하고 있는지도 모르고 유키카는 괜히 어깨를 움츠리며 능청을 부렸다.

"역시, 우리 언니야!"

"뭐야. 내가 얼마나 기대했는데."

'아닌가?'

"됐어. 그런 녀석 따위."

"그렇게 쉽게 헤어지면 안 되지."

"쉽게 헤어진 거 아니거든요?"

유키카는 뺨을 부풀려 보였다.

레이코는 아직도 유키카가 무슨 이유로 왔는지 감이 잡히지 않았다.

하지만…….

'이런 사소한 대화를 나누는 시간이, 이렇게나, 이렇게나 큰 행복이었을 줄이야…….'

그리고 깨달았다.

이는 유키카에게도 마찬가지라는 사실을…….

'유키카는 내가 마모루와 헤어졌다는 얘기를 들으면 분명 슬퍼할 거야. 내가 이 아이의 행복을 바라는 것처럼……. 마

모루와의 결혼 소식을 듣고 가장 기뻐한 사람도 이 아이였으니까…….'

"글쎄다……."

그러면서 레이코도 뺨을 부풀려 보였다. 어렸을 때부터 수도 없이 반복해 온 자매의 장난이었다.

하지만 이미 엎질러진 물이었다.

'미안해, 유키카. 난 마코루와 이미…….'

레이코는 유키카 앞에서 울지 않기 위해 천천히 눈을 감았다.

유키카는 커피가 완전히 식기 전에 과거로 돌아가야 한다. 레이코도 이 찻집의 규칙을 잘 알았다.

'그렇다면, 그때까지는, 마지막 이별의 순간까지는 언니로서 행동하고 싶어. 이 아이에게, 유키카에게 걱정 끼치고 싶지 않아. 설령 거짓말을 하더라도…….'

레이코는 주먹을 꽉 쥐었다.

그리고 조심스러 심호흡을 크게 했다. 유키카가 알아채지 못하도록.

"난 너랑 달리 마모루와 잘 지내고 있는데……."

숨을 천천히 내뱉은 후, 가능한 한 목소리가 떨리지 않도록 애쓰며 말했다.

'괜찮아. 잘 말한 것 같아…….'
"정말?"
'눈치채게 해선 안 돼.'
"정말이지. 다음 달에 결혼식 올리기로 했다고. 그러니까 너도……."
'눈치채게 할 순 없어…….'
"너도 와야지?"
'울면 안 돼.'
하지만 시야가 흔들렸다.
'왜! 도대체 왜 죽은 거야!'
"결혼식 안 오면 평생 미워할 거야."
레이코는 그렇게 말하며 유키카를 향해 있는 힘껏 웃어 보였다…….
"……응."
……웃었다고 생각했다.
리이코의 눈을 바라보던 유키카의 눈에서 한 줄기 눈물이 떨어졌다.

치직…….

그 순간, 가게 안이 또다시 암흑에 잠겼다. 아무것도 보이지 않았다.

"또 꺼졌군······."

나가레가 중얼거렸다.

전봇대에 벼락이 떨어져서 정전이 된 경우, 낙뢰한 지역과 해당 전봇대를 찾아내기 위해 고의로 여러 번 정전을 일으키는 경우가 있다.

"······유키카?"

'방금 눈물을 흘린 것 같은데?'

"아······, 안 되겠다. 언니, 거짓말 진짜 못한다."

유키카의 토라진 목소리가 암흑 속에서 울렸다.

"결국, 이렇게 된 건가."

"응? 뭐가? 무슨 소리야?"

"언니, 마모루 씨랑 헤어졌지?"

'뭐?'

"아니야, 안 헤어졌어. 왜 그런 말을 해?"

"거짓말."

"진짜야!"

"그럼 왜 우는데?"

"나, 안 울어."

"울잖아."

"무슨 말이야. 깜깜해서 내 얼굴도 안 보이는 주제에."

"다 보여."

"뭐?"

"언니 얼굴 안 봐도 난 다 알아. 언니의 마음이……."

"유키카……."

"미안해. 나 때문에……. 내가 죽어서……."

'얘가 무슨 말을 하는 거야?'

"유키카……?"

이름을 불렀지만, 깜깜해서 아무것도 보이지 않았다.

"<u>흐흐흑</u>……."

정적이 감도는 가운데, 괘종시계의 시곗바늘이 돌아가는 소리에 섞여 유키카의 흐느끼는 소리가 들려 왔다.

"절대로, 절대로 안 울려고 했는데……. 다 틀렸네……."

"유키카……."

"나, 병에 걸렸대……. 한 달도 못 산대……. 이렇게 건강한데 안 믿기지? 근데, 죽는대……."

뭐가 어떻게 된 건지 머리가 복잡했다.

레이코의 감정은 무너질 대로 무너져서 아무 생각도 들지 않았으나, 이것만큼은 확실히 이해했다.

'이 아이는 자기가 죽는다는 걸 알고 있어.'

"왜? 왜 네가 죽어야 하는데?"

"그렇지? 나도 그렇게 생각했어."

"유키카……."

"근데, 이상해. 죽는 건 별로 무섭지 않아……."

'그럴 리 없잖아! 그럼 왜 넌 울고 있는데?'

하지만 그 말은 나오지 않았다. 그 말 대신 레이코의 눈에서 하염없이 눈물만 흘렀다.

"내가 무서운 건……."

유키카는 그렇게 말하면서 코를 크게 한 번 훌쩍였다.

"내가 죽고서 언니가 웃지 않게 되는 거야……."

"수술해도 살 확률이 희박합니다……."

유키카가 의사에게 병에 관해 설명을 들은 건 올해 초여름의 일이었다.

하코다테치고는 드물게 두더운 날의 저녁 무렵이었다.

"전혀 가망이 없는 건 아니지만, 워낙 희귀한 병이다 보니 저희도 최선을 다하겠다는 말씀밖에는…….."

"……알겠습니다."

"가족분께는……."

"알리지 말아 주세요."

"그래도……."

"알릴 때가 되면 제가 직접 얘기할 테니, 지금은……."

"알겠습니다."

레이코에게는 폐 사진에 음영이 찍혀 검사를 해야 하니 병상이 비는 즉시 입원할 거라고 설명하기로 했다.

"괜찮아, 걱정하지 마."

유키카는 웃으면서 말했지만, 레이코는 생각보다 훨씬 불안해했다. 몸 상태가 좋은지 안 좋은지 집요하게 물어보고, 조금이라도 피곤한 기색을 보이면 도리어 레이코가 아픈 사람처럼 창백해졌다.

이상을 감지한 사람은 사키였다.

"범불안 장애?"

유키카는 처음 들어보는 병명에 미간을 찌푸렸다.

사키는 매일 아침 출근 전 이 찻집에서 아침 식사를 하고, 일이 끝나면 커피를 마시러 올 정도로 단골이었으므로 유키카와는 꽤 오래전부터 알고 지냈다. 물론 레이코와도 안면이 있었다. 그런 사키가 레이코의 행동에 이상을 느끼고 유키카에게 말을 건넨 것이다.

"확실히 저희 언니가 예전부터 걱정이 많은 편이긴 했는데, 그런 거랑 다른가요?"

"명확히 구분하기는 어렵지만, 불안 정도가 치료 대상인지 아닌지를 기준으로 판단해."

"치료 대상이라고요?"

"외출했을 때, 문을 제대로 잠갔는지 아닌지 걱정하는 건 누구나 다 그렇지?"

"네."

"하지만 이 병은 주변에서 일어난 일에 큰 불안을 느끼고, 그게 본인에게 심한 고통으로 다가오거나, 잠을 못 자고 밥을 못 먹는 등 영향이 나타난다는 점이 문제야."

유키카의 심박 수가 빠르게 뛰었다.

"원인이나 계기는 다양한데, 레이코 씨의 경우 부모님의 사고사가 원인이 아닐까 싶어."

"무슨 말씀이세요?"

"그러니까, 언제, 어디서 사람이 어떻게 죽을지 모른다는 막연한 불안감이 레이코 씨를 늘 따라다니는 거지. 게

다가 책임감이 강한 레이코 씨에게는 유키카를 부모 대신 길러야 한다는 강한 사명감이 있어."

사키의 말 하나하나가 정곡을 찔렀다.

"이번에도 단순 검사로 입원하는 거잖아? 근데 '죽으면 어쩌지?', '내가 뭘 할 수 있지?' 하고 지나치게 걱정한 나머지 심신에 지장이 생기면 치료가 필요해져."

유키카는 아직 사키에게 자신의 병에 대해 얘기하지 않았다. 하지만 레이코의 상태를 이렇게 정확히 맞추는 것을 보자 더 이상 감출 수 없었다.

"저, 선생님……. 실은……."

유키카는 모두 사실대로 털어놓았다. 수술이 실패할 경우 채 한 달도 살지 못한다는 것을…….

"레이코 씨한테는……."

"말 못 해요."

"마음은 이해하지만……."

"죽지 않을 수도 있지만, 만약 제가 죽을지도 모른다고 말하면 아마 저희 언니는……."

얼마나 슬퍼하고 힘들어할지 상상만 해도 유키카의 마음은 미어졌다. 자기 때문에 가장 소중한 사람이 괴로워하는 모습을 보고 싶은 사람은 없으리라.

하물며 '죽을지도 모른다.'라는 말은 자신과 상대방의 마음을 갈기갈기 찢어 놓을 것이다.

"죽는 게 무섭지 않다고 하면 거짓말이지만, 그보다 더 무서운 건……, 언니가, 언니가……, 제가 죽고 나서 웃지 않게 되는 거예요……."

"유키카……."

"드디어 마모루 씨랑 결혼하기로 결심했는데, 언니는 이제부터 행복해질 일만 남았는데……, 내가 다 망쳤어……."

"그러니까, 웃어……."

정전으로 새카매진 암흑 속에서 울리는 유키카의 목소리에 비통함은 없었다. 언니의 행복만을 바라며, 떠나는 그 순간까지 여동생은 밝은 목소리를 들려주려 했다. 레이코는 그 목소리를, 그 마음을 무시할 수가 없었다.

"설마 그 말 하려고 과거에서 온 거니?"

"그래. 그거 말고는 할 말 없어."

"유키카……."

"난, 내가 죽어도 언니가 웃으면서 살아가면 좋겠어! 언니가 행복해하는 모습을 항상 지켜볼 테니까."

안간힘을 다해 참고 있겠지만, 유키카의 훌쩍이는 소리가 희미하게 새어 나왔다.

"나도 앞으로 남은 보름 동안……, 웃으면서 살게."

"유키카……."

"알았지?"

"유키카……."

"응? 알았지?"

"유키카……."

"대답해."

"아…….''

"응?"

"알았어."

"좋았어!"

목소리만 듣고도, 비록 아무것도 보이지 않는 암흑 속이지만, 레이코의 눈에는 활발하고 사랑스럽고 싹싹하고 다정하며, 또한 남을 배려할 줄 알고 늘 밝게 웃는 유키카의 얼굴이 선했다.

"유키카……."

그리고 레이코는 깨달았다.

'내가 잘못 생각했어.'

서로 입장이 바뀌었다면……

'내가 죽는 건 두렵지 않지만, 그로 인해 유키카가 슬퍼하는 모습은 절대 보고 싶지 않아.'라고 생각했을 터니까. 그리고 유키카의 마음도 완전히 똑같다는 사실을…….

레이코는 깨달았다.

'유키카가 죽은 현실은 바꿀 수 없어.'

'하지만 유키카가 슬퍼하지 않는 삶을 살 수는 있어.'

레이코의 눈에서 눈물이 뚝뚝 떨어졌다.

같은 마음의 자매.

레이코는 비로소 이해했다.

'서로 입장이 바뀌었다면?'

내가 죽고, 내 죽음이 여동생을 불행하게 했을 때 가장 슬퍼할 사람은……

'바로 나야.'

그러므로…….

'유키카가 기뻐했던 마모루와의 결혼도 깨뜨리는 게 아니었어…….'

'불행해져선 안 돼. 여동생을 위해서라도…….'

레이코는 유키카의 마음을 되새기기 위해 눈을 질끈 감았다.
그런데도 흐르는 눈물은 멈추질 않았다.
'유키카에게 이런 얼굴 보여 줄 수 없어. 내가 웃으면서 살기를 바라는 동생을 위해서라도 울어선 안 돼. 혹시 지금 불이 켜지더라도 당당할 수 있도록, 웃어야 해!'
레이코는 필사적으로 눈물을 훔쳤다.
그때였다.

달그락.

유키카가 앉아 있는 어둠 저편에서 잔을 받침 위에 내려놓는 소리가 울렸다. 그 소리가 무엇을 뜻하는지 레이코는 곧바로 알아챘다. 유키카가 커피를 다 마신 것이다.
'벌써 시간이 그렇게 됐나?!'
"유키카!"
내 동생…….
"언니."
순수하고, 사랑스럽고, 다정한 내 동생.
"유키카……."

"내가 정말 정말 사랑하는 우리 언니."

내 걱정만 하면서도…….

"꼭, 무슨 일이 있어도……."

끝까지 웃는 얼굴을 보여 준 동생.

"행복해져야 해."

유키카…….

"약속이다?"

"알겠어."

레이코는 있는 힘껏 웃으며 대답했다.

아무것도 보이지 않는 캄캄한 어둠 속. 눈물은 아직도 흘렀다. 그래도 있는 힘을 다해 유키코를 향해 웃어 보였다.

'난 괜찮아.'

이 마음을 담아서…….

레이코의 '마음'에 유키카의 웃는 얼굴이 보였듯이, 아무리 칠흑처럼 어두워도 유키카의 '마음'에는 분명 레이코의 웃는 얼굴이 보였을 것이다.

"……응."

마지막으로 유키카의 조용한 대답이 들리고, 인기척은 사라졌다.

또다시 정적이 감돌았다.

창밖의 빗소리와 괘종시계의 시곗바늘 돌아가는 소리만 남았다.
"……유키카?"
레이코가 불렀지만, 대답은 없었다.

팟.

잠시 후 불이 켜졌다.
하지만 그 자리에는 이제 유키카의 모습은 없었다. 그 대신 검은 양복을 입은 노신사가 앉아 있었다. 마치 계속 그곳에 앉아 있었다는 듯 미동도 하지 않았다.

"어머니가……."
나가레가 레이코의 뒤에서 조용히 말을 걸었다.
"이런 엽서를 보냈어요."
나가레는 뒤돌아본 레이코에게 메시지가 적힌 엽서를 건넸다. 그 엽서에는 이렇게 적혀 있었다.

오늘 10월 28일 오후 6시 47분.

> 누노카와 유키카라는 아이가 나타날 테니,
> 언니 레이코 씨를 대기시킬 것.
> 그리고 자세한 이야기는 무라오카 선생님께 들을 것.
> 7월 28일 유카리.

 날짜는 유카리가 미국으로 간 직후였다. 소인은 WEST HARTFORD.CT로 되어 있었다. 웨스트 하트퍼드는 미국 코네티컷주 하트퍼드 중부에 위치한 고급 주택이 밀집된 지역이다. 이 찻집을 찾아온 소년의 행방불명된 아버지를 찾는 여정 중에 보낸 것이리라.
 레이코는 엽서에 머물렀던 시선을 사키에게로 돌렸다. '어떻게 된 일인가요?' 하고 묻는 눈이었다.
 사키는 작은 한숨을 쉬었다.
 "미래로 가겠다는 말을 들었을 땐, 솔직히 좀 놀랐어."

☕

 "선생님 판단에 따를게요. 만약 제가 죽고 나서 석 달 후에, 언니가 마모루 씨와 헤어져 있다면 이곳으로 데려와 주세요."

폐점 후 찻집에서 유키카는 머리를 깊이 숙였다.

갑작스러운 부탁에 사키도 당혹감을 드러냈지만, 유키카의 단호한 표정에 고개를 끄덕일 수밖에 없었다. 옆에 있던 유카리는 그 표정을 보고 미래로 가려는 유키카의 마음을 이미 이해한 모양이었다.

그러나 불안 요소가 있었다.

"그건 도와줄 수 있지만, 정말 만날 수 있는 거야?"

사키도 이 찻집의 단골손님이라 규칙에 대해서는 잘 알았다. 기껏 유키카가 미래로 갔는데 그 자리에 레이코가 없으면 만나지 못한다. 더구나 유키카가 죽은 뒤 레이코의 정신 상태가 어떨지는 예측이 안 됐다. 사키는 최악의 경우, 유키카를 따라 자살할 가능성도 있음을 경험상 추측할 수 있었다.

"내 입장에서 말하자면, 사실 레이코 씨한테 유키카의 병에 대해 솔직히 얘기하고, 레이코 씨가 자기 병도 확실히 자각하도록 알려주는 게 좋다고 생각해……."

전문의 사키의 타당한 의견이었다.

이 찻집의 존재를 모르는 사람에게는, 미래로 가는 선택지란 없다.

또한, 잘만 말하면 유키카가 걱정하는 만큼 레이코의 정신 상태가 악화하지 않을지도 모른다. 사키는 많은 이들이 가족의 불행한 죽음을 극복하고 살아간다는 것을 알았다. 그러므로 도박이나 마찬가지인 '미래'에 희망을 거는 대신, 레이코의 현실을 바꾸는 방법이 최선이라고 말하고 싶었다.

하지만 유키카는 이미 사키가 이런 말을 하리라 예상했는지, 표정 하나 바꾸지 않고 고개를 가볍게 끄덕이며 입을 열었다.

"알고 있어요."

그러고는 자기 생각을 얘기하기 시작했다.

"이건 어디까지나 제 욕심이에요. 사실 언니를 생각하면 선생님이 말씀하신 방법이 가장 좋을지도 몰라요. 하지만 전, 제가 병으로 죽을지도 모른다는 말을 듣고 슬퍼하는 언니를 보며 죽고 싶지 않아요. 하루라도 더 언니와 웃으면서 지내고 싶어요. 언니에겐 정말 미안하지만, 언니가 제 병을 아는 게 싫어요. 알리고 싶지 않다고요. 근데 제 죽음으로 언니가 불행해지는 것도 견딜 수 없어요. 그러니 선생님, 만약 언니가 마모루 씨와 헤어지면 제가 지금 가려는 미래로 언니를 데리고 와 주세요. 제가 어떻게든 할게요! 어떻게든 할 테니까요! 네?"

유키카의 속마음을 듣고 사키는 말문을 잃었다.

"괜찮지 않아? 보내 주는 게 어때?"

그렇게 말한 사람은 이 찻집의 주인 유카리였다.

"유키카는 다 알고 있지? 자기가 죽으면 레이코 씨가 어떻게 될지. 자매인걸. 알고말고. 그럼 어떻게 하면 좋을지도, 다른 사람은 몰라도 유키카는 알 거야. 응? 그렇지?"

"네."

유키카는 고개를 크게 끄덕였다.

"……알겠어. 난 책임 안 질 테니 알아서 해."

사키가 체념한 듯 말을 내뱉었다.

그러나 유키카가 미래로 가서 원하는 결과를 얻지 못하더라도, 사키는 전력을 다해 레이코를 치료해 줄 것이다. 굳이 확인하지 않아도 유키카는 알고 있었다.

그래서 유키카는 "감사합니다." 하고 고개를 숙였다.

"자, 준비됐니?"

우카리가 은주전자를 가져왔다.

"네."

"그럼, 커피가 식기 전에……."

"난 반대하지 못했어."

사키는 미안한 듯이 중얼거렸다.

"네가 힘들어할 걸 알면서도……."

레이코의 눈을 똑바로 바라보며 눈물을 흘렸다.

사키에게도 어려운 선택이었을 것이다. 만약 정신과 의사가 아니었다면 그토록 망설이지 않았을지도 모른다. 이는 유키카의 '마음'과 레이코의 '병세'를 저울질한 데 대한 자책이었다. 결과적으로 힘들어할 레이코보다 유키카의 '마음'을 우선한 점에 대해 사과하는 눈물이었다. 레이코가 나무라도 할 말이 없었다.

"아니에요. 괜찮아요."

레이코는 사키에게 다정하게 말했다.

"소중한 유키카의 웃는 얼굴을 다시 한번 볼 수 있었으니까요……."

레이코의 눈에서도 눈물이 뚝뚝 흘렀지만, 그 눈에는 생기가 흘렀다. 최근 몇 달간 보였던 멍하고 초점이 풀린 눈은 이제 없었다. 이제부터 어떻게 살아가야 할지 깨달은, 희망이 비친 눈이었다.

어느새 비는 그쳐 있었다.

창밖으로 별도 총총 보이기 시작했다.

레이코는 사키와 나가레에게 정중하게 머리 숙여 인사한 후, 가게를 나섰다.

딸그랑, 딸그랑……. 딸그랑.

카우벨 소리가 조용히 울렸다.

"괜찮을까요?"

나가레는 떠나는 레이코의 뒷모습을 눈으로 좇으며 중얼거렸다.

"글쎄, 바로 좋아지지는 않겠지."

사키는 그렇게 말하며 창밖으로 시선을 던졌다.

"사실 유키카가 없는 현실은 바뀌지 않았고, 그로 인한 레이코의 슬픔이나 외로움도 없어진 건 아니잖아?"

"그렇죠."

나가레는 한숨을 길게 후 내쉬고 중얼거렸다. 자신이 걱정했던 부분을 사키가 정확히 지적했기 때문이다.

그러나 사키는 비관적인 의미로 그렇게 말한 것이 아니었다.

"그래도 유키카와 주고받은 약속은 어제까지 암흑 속에 갇혀 있던 레이코의 발밑을 비추는 빛이 된 것 같아. 그러니 유키카가 죽은 현실은 변함없더라도 레이코의 미래는 크게 달라지지 않을까?"

유키카의 밝은 빛이 레이코를 행복으로 이끌었다. 그리고 그 불빛은 죽은 유키카까지 행복으로 이끌 것이다. 레이코가 행복해지는 것이 곧 유키카의 행복이니까.

"……그렇죠. 맞는 말씀이에요."

나가레는 수긍하며 자신의 아내 케이를 떠올렸다.

케이는 선천적으로 몸이 약했다. 그래서 미키를 가졌을 때 의사는 몸이 출산을 견디지 못하리라고 경고했다. 아이를 낳으면 수명은 단축된다. 나가레도 입 밖으로 꺼내진 못했지만, 아이를 지우는 선택까지 염두에 두었다.

물론, 케이도 망설였다. 출산에 대한 의지는 흔들림이 없었고 죽음도 두렵지 않았지만, 자신이 엄마로서 해 줄 수 있는 유일한 일은 '낳는 것'뿐이었기 때문이다. 태어날 아이가 외롭고 슬플 때 곁에 있어 줄 수 없었다. 고민을 들어 주거나 도와줄 수도 없었다. 아이가 행복하기를 바랐다. 하지만 아이의 행복을 바라면 바랄수록 불안해졌다.

두려워졌다. 몸이 점점 한계에 다다르고 있어 더 무리하면 태아의 목숨도 위험했다.

이러지도 저러지도 못한 채 어쨌든 출산일까지만 무사히 버티고자 입원을 결심한 날, 케이의 눈앞에서 그 자리가 비었다. 마치 케이의 마음속 외침에 응답한 듯이……

개점 이래 그 자리는 '과거로 돌아가는 자리'라고 불려왔지만, 사실 미래로 가는 일도 가능했다. 다만, 실제로 미래로 가는 손님은 없었다. 원하는 날로 가더라도 그곳에 만나려는 사람이 있을지는 누구도 장담할 수 없는 까닭이다. 게다가 시간은 '커피가 식을 때까지'로 제한되어 있었다. 아무리 그날 만날 약속을 했더라도 사정이 생겨 늦을 수도 있다. 만날 확률은 상당히 낮았다.

유키카가 레이코를 만나기 위해 이동한 시간은 약 넉 달이다. 주변 사람이 협력하면 시간을 맞추는 건 그리 어려운 일이 아닐지도 모른다.

그러나 케이가 미키를 만나기 위해 지정한 시간은 10년 후였다. 실제로는 착오가 생겨 15년 후로 가 버렸지만, 어쨌든 그런 위험 요소도 있었다. 미래에서 만나고 싶은 사람을 만난다는 건 그만큼 예측 불가한 일이었다.

그런데도 나가레는 전화르 케이가 15년 후 미래에 와 있고, 눈앞에 있는 소녀가 우리 딸이라고 알림으로써 두 사람을 무사히 만나게 했다.

"난 태어나길 정말 잘했다고 생각해."

미키의 이 말 한마디는 낳는 것밖에 해 줄 수 없다고 자책하던 케이에게 큰 버팀목이 되었다. 만약 계속 불안한 상태로 있었다면 아마 케이의 체력은 출산 전에 한계에 다다랐을 것이다.

"날 낳아 줘서, 고마워……."

미키의 이 말 자체가 케이에게 '희망'이라는 이름의 힘을 주었다.

인간에게는 어떤 곤경도 극복할 수 있는 힘이 내재되어 있다. 이는 만인이 평등하게 지닌 힘이지만, 때로는 그 힘이 '불안'이라는 이름의 수문에 의해 통제된다. 불안이 커지면 커질수록 수문을 여는 손에 힘이 들어간다.

힘은 '희망'에 의해 강해진다. 미래를 믿는 힘이라 해도 좋을 것이다.

케이는 미키의 말에서 미러를 믿는 힘을 얻었다.

출산 후 몸은 급격히 쇠약해졌지만, 케이에게는 한시도 웃음이 떠나는 날이 없었다.

레이코 역시 유키카에게 '살아갈 희망'을 얻었을 것이다. 자신의 행복이 곧 여동생의 행복임을 깨달았으니까…….

☕

사키가 계산을 마치고 가게를 나섰을 무렵, 게릴라 공연을 하겠다고 뛰쳐나간 레이지와 우산을 갖다주러 간 나나코는 함께 가게로 돌아오는 중이었다. 레이지는 중간부터라도 폐점 일을 도울 생각이었고, 나나코는 가게에 가방을 두고 왔기 때문이다.

"예쁘다."

나나코가 중얼거렸다.

올려다보니 하늘 가득 별이 빛났다. 조금 전까지 내린 비로 공기도 상쾌했다. 이런 날에는 하코다테산 정상에서 내려다보는 야경이 무척 아름답다.

그 하코다테산에서 보는 야경과 관련하여 몇 가지 설이 전해져 내려왔다.

하나는 '하코다테산의 야경을 보면서 프러포즈하면 헤

어진다.'라는 징크스였다. 이런 종류의 징크스는 전국 각지에 있었다. 도쿄에서는 이노카시라 공원 연못에서 보트를 탄 커플은 머지않아 헤어진다는 이야기가 유명했고, 미야자키현에서는 연인이 마쓰시마에 있는 후쿠우치 다리를 건너면 헤어진다는 이야기, 가나가와현에서는 가마쿠라의 쓰루가오카하치만 신사에서 커플이 참배하면 이별한다는 이야기가 있었다. 하코다테산의 징크스 역시 이런 전설처럼 일종의 관광 요소가 되었다.

또 하나는 하코다테산에서 내려다보는 야경 중에 하트가 숨어 있다는 소문이었다. '하트를 세 개 찾으면 행복해진다.', '소원이 이루어진다.'라는 말도 뒤따랐다. 물론 출처는 불분명하다.

현지인인 레이지와 나나코라면 하코다테산에 얽힌 설에 대해 알고 있을 테지만, 레이지는 하코다테의 야경이나 아름다운 밤하늘에는 흥미가 없었다. 나나코와 나란히 걷지 않고 조금 앞서 걸어갔다.

찻집은 산 중턱에 있어, 뒤돌아보면 하코다테산 정도까진 아니지만, 시내 야경을 한눈에 조망할 수 있었다. 두 사람이 연인이었다면 낭만적인 데이트가 되었으리라…….

하지만 두 사람은 레이지가 《100가지 질문》을 정말로 다 외우고 있는지를 주제로 얘기하고 있었다. 낭만과는 한참 거리가 먼 주제였다.

"그럼 35번은?"

"빌린 물건을 돌려줄 것인가, 말 것인가."

"그럼 51번은?"

"천만 엔짜리 복권에 당첨됐는데 돈을 찾을 것인가, 말 것인가."

"95번!"

"결혼식을 올릴 것인가, 말 것인가."

"정말 다 외웠네?"

"뭐, 그런 셈이지."

"대단하다."

"만담 대사 외우는 거랑 똑같아."

"학교를 그렇게 열심히 다니는 건 어때?"

이 정도면 학점을 잘 받을 수 있으리라 생각한 것이었다. 어렸을 때부터 친구인 나나코는 레이지가 중학교, 고등학교 시절 내내 성적이 우수했다는 사실을 알았다. 개그맨은 대학 졸업 후 준비해도 되지 않느냐는 뜻도 포함되어 있었다.

"학교 다니는 건 의미 없거."

"왜?"

"오디션만 붙으면 곧바로 도쿄로 가고 싶어. 그러니까 지금은 힘닿는 만큼 일해서 돈을 벌어야지."

레이지의 대답을 듣고 나서 나나코는 아주 조금, 걸음을 늦췄다.

곧 있으면 찻집에 도착한다.

"레이지."

나나코가 발을 멈추고 불렀다.

밤바람이 기분 좋게 뺨을 스쳤다.

"······응?"

레이지가 뒤돌아보았다.

시내의 불빛과 붉은 단풍 사이로 평소와 다른 나나코의 입술 색이 눈에 띄었다.

또다시 레이지의 마음이 술렁이기 시작했다.

"저기······."

나나코가 무언가 말을 꺼내려던 그때였다.

삐리릭, 삐리릭······.

레이지의 휴대폰이 울렸다. 메시지 착신음이었다.

하지만 레이지는 휴대폰을 꺼내려 하지 않았다. 나나코의 다음 말이 신경 쓰여 가슴이 방망이질 쳤다.

"……왜?"

"괜찮아, 봐도 돼."

나나코는 레이지에게 휴대폰을 확인하라고 권했다. 내 얘기는 나중에 들어도 된다고.

두 사람의 대화 자체는 평소와 다름없었다. 레이지의 뛰는 가슴을 제외하면…….

레이지는 주머니에서 휴대폰을 꺼내 화면을 열었다. 나나코는 레이지가 메시지를 읽는 동안 하코다테 시내의 불빛을 내려다보았다.

단풍을 비추던 조명이 하나씩 툭툭 꺼졌다.

쓰르르르르, 나나코는 그제야 방울벌레가 조용히 울고 있는 것을 깨달았다. 무척이나 쓸쓸하고 스러질 듯한 울음소리였다.

'방울벌레가 이렇게 울었던가?'

나나코가 이런 생각을 하고 있을 때.

"헉."

레이지가 외마디를 터뜨렸다.

나나코의 마음이 어수선해지기 시작했다.

"무슨 일이야?"

나나코는 그 자리에서 움직이지 않았다. 그저 몇 미터 떨어진 레이지를 멀리서 바라보며 말을 걸었다.

"붙었어."

레이지의 목소리가 멀었다.

"뭐?"

"얼마 전 도쿄에서 본 오디션······."

레이지는 믿을 수 없다는 듯이 눈을 동그랗게 뜨고 중얼거렸다.

"내가 해냈어!"

제자리에서 뛰어오른 레이지가 나나코를 향해 무어라 재빨리 말하고는 찻집으로 달려갔다.

나나코는 그 후의 일은 잘 기억나지 않았다.

기억나는 것은 쓰르르르 우는 방울벌레의 울음소리와 축하한다는 말을 깜빡 잊었다는 사실뿐이었다.

제4화

"널 좋아해."라고 고백하지 못한 청년의 이야기

"……뭐?"

"넌, 나의, 아내가 돼."

올해 하코다테에 첫눈이 내린 날은 11월 13일, 평년보다 열흘 정도 늦었다.
눈은, 맑게 갠 하늘에서 나풀나풀 떨어졌다.
그런 눈을 흔히 '바람꽃'이라고 부른다.
말 그대로 바람에 춤추는 꽃잎처럼 떨어지는 눈이다.
찻집 창가에서도 푸른 하늘과 붉은 단풍과 흰 눈꽃이 어우러진 선명하고 아름다운 풍경을 감상할 수 있었다.

딸그랑, 딸그랑…….

카우벨을 울리며 들어온 사람은 누노카와 레이코였다.

레이코는 여동생의 죽음을 받아들이지 못하고 수면 장애에 시달리는 등 지난달까지 정신적으로 불안정한 상태에 있었다. 하지만 과거에서 온 여동생과 웃으며 살아가겠노라 약속한 뒤로 병세가 호전되었다. 지금은 좋아진 얼굴로 바퀴 달린 여행 가방을 덜컹덜컹 끌고 나타났다.

"어서 오세요."

레이코를 맞이한 사람은 도키타 사치였다.

이 찻집에서 일하는 도키타 카즈의 딸로, 올해 일곱 살이었다. 과거로 돌아가기 위해 찾아오는 손님에게 커피를 따르는 임무를 맡고 있다. 독서를 좋아해서 휴일에는 하루에 세 권 이상 책을 읽는다. 책의 장르를 가리지 않아 어른도 이해하지 못하는 어려운 책을 읽기도 한다. 여름 방학 중에는 우주와 철학에 관한 책을 즐겨 읽었으나 지금은 해외 미스터리와 경제학, 그리고 《만약 내일 세계가 멸망한다면? 100가지 질문》이라는 제목의 책에 빠져 있었다. 찻집에서 일하는 오노 레이지가 가져온 이 책은 현재 누적 판매 200만 부를 돌파한 베스트셀러였다.

내용은 제목처럼 내일 세계가 멸망한다는 가정하에 100가지 질문을 던지고, 두 가지 선택지 중에서 답을 고르는 것이다. 최근 몇 달간 사치는 이 책에 나오는 질문을 단골 손님에게 던지고 대답을 들으며 즐거운 시간을 보냈다.

그런 사치가 카운터석에 혼자 걸터앉아 있었다.

레이코는 가게 안을 둘러보더니 이상하다는 듯이 고개를 갸울였다. 평일 점심이 끝나갈 시간에 손님이 없는 건 드문 일이 아니었다. 하지만 손님뿐만 아니라 카운터 안에서 일을 하고 있어야 할 카즈도 없거니와 대리 점장인 도키타 나가레와 레이지의 모습도 보이지 않았다.

"삿짱 혼자 있니?"

여행 가방을 덜컹덜컹 끌며 레이코는 카운터에 앉아 있는 사치의 옆으로 다가갔다.

"……음, 네."

사치는 눈을 동그랗게 뜨고 대답했다.

"엄마는?"

카즈를 말하는 것이었다.

"장 보러 갔어요."

"나가레 삼촌은?"

"나가레 삼촌은 밑에서 전화해요."

이 찻집의 아래층은 나가레와 카즈, 사치의 주거 공간이라, 그곳에 있다는 의미로 손가락을 콕콕 가리켰다.

"……그럼 레이지 오빠는?"

"도쿄요."

"도쿄?"

"오디션 붙어서요."

레이지가 개그맨 지망생이라는 얘기는 죽은 여동생에게 자주 들었었고, 레이코도 그의 만담을 여러 번 본 적이 있었다. 하지만 레이코는 그가 선보이는 만담을 재미있다고 생각한 적은 한 번도 없었다. 유키카는 바로 그 "재미없는 점이 재미있다."라고 평했으나, 레이코는 이해가 가지 않았다. 매번 예의상 웃어 주며 그 자리를 넘기는 수밖에 없었다.

그런 레이지가 도쿄에서 본 오디션을 통과했다는 말을 들으니 기분이 복잡했다.

"그, 그렇구나……."

레이코는 레이지의 일을 더 이상 캐묻지 않고 사치 옆에 앉았다. 만약 얘기가 흘러가다 레이지의 만담이 재미있었느냐는 질문이 나오면 어떻게 대답해야 할지 막막했다.

때때로 아이들은 대답하기 곤란한 질문을 천진난만하게 던지곤 한다. 이 자리에 레이지가 없기는 하지만, 어설프게 대답했다가 나중에 레이지의 귀에 왜곡되어 들어가면 곤란하다. 아예 말을 아끼는 편이 나았다.

"어디까지 했어?"

"끝까지요."

"끝까지? 대단하다."

"그렇죠?"

수면 장애의 영향도 있어 과거에서 찾아온 유키카를 만나기 전의 기억은 뿌옇고 희미한 막에 싸인 듯 흐릿했다. 그런데도 사치와 찻집 사람들이 무라오카 사키, 마쓰바라 나나코와 함께 이 책을 즐기고 있었던 것은 또렷이 기억했다.

"재밌었어?"

"재밌었어요!"

"나도 같이했으면 좋았을 텐데."

레이코는 진심으로 그렇게 생각했다. 당시에는 다른 데 흥미를 느낄 여유가 없었다.

"할래요?"

사치의 순수한 목소리가 울렸다. 사치는 레이코가 얼마 전까지 여동생의 죽음을 받아들이지 못하고 범불안 장애를 앓았다는 사실을 알 리 없었다. 그러니 사치에게는 레이코도 그저 평범한 단골손님 중 하나였다.

"그럼 하나만 해 볼까?"

레이코는 시간을 신경 쓰며 대답했다. 떠날 시간이 얼마 남지 않았지만, 작은 추억을 하나 만들 정도의 짬은 있었다.

"아무거나 해도 돼요?"

"응, 사치한테 맡길게."

"알겠어요."

사치는 기쁜 듯이 책장을 팔랑팔랑 넘기다가 어느 페이지에서 손을 딱 멈췄다.

"그럼, 이거."

"네."

"할게요."

"부탁합니다."

사치는 질문을 읽기 시작했다.

현재 당신에게는 사랑하는 남자, 또는 여자가 있습니다.
만약 내일 세상이 멸망한다면, 당신은 어떤 선택을 하겠습니까?
① 일단 프러포즈한다.
② 프러포즈해도 의미가 없으므로 하지 않는다.

이 질문은 예전에 사치가 나나코와 사키에게 물어본 적이 있으나, 레이코에게는 처음이었다.

"자, 몇 번이에요?"

사치의 반짝이는 눈이 레이코를 향했다.

레이코는 당혹감을 감추지 못했다. 만약 그날 유키카가 만나러 오지 않았다면 틀림없이 ②번을 선택했을 것이다.

하지만 지금의 레이코는 달랐다.

"①번이려나."

레이코는 대답하며 자기 안에 명확한 이유가 있음을 깨달았다.

"왜요?"

사치의 물음에 레이코는 잠시 생각하는 시늉을 하다가 환한 얼굴로 입을 열었다.

"단 하루라도 행복하지 않으면 여동생한테 혼나거든."

레이코에게는 팔짱을 낀 채 '그렇지, 그렇지.' 하고 젠체하며 고개를 끄덕이는 유키카의 모습이 눈에 선할 터였다. 유키카는 레이코의 마음속에 살아 있는 까닭이다.

"그렇구나."

사치도 만족스러운 얼굴로 끄덕였다.

뚜벅뚜벅 나무 계단을 올라오는 발소리가 들리더니 아래층에서 나가레가 돌아왔다.

"아, 레이코 씨."

"안녕하세요."

"어쩐 일이세요?"

나가레는 레이코와 사치의 뒤를 돌아 카운터 안으로 들어갔다.

"여기 오면 선생님께 인사 드릴 수 있을까 해서요……."

"선생님이요?"

두 사람이 말한 선생님이란, 종합병원 정신과에서 근무하는 사키였다. 사키는 범불안 장애를 앓은 레이코의 담당 의사이자 유키카가 레이코를 만나러 과거에서 미래로 가는 계획을 뒤에서 도운 조력자이기도 했다.

"네."

"어라? 못 만나셨어요? 조금 전까지 여기 계셨는데……."

나가레는 지금 레이코가 앉아 있는 자리를 보며 고개를 갸웃거렸다.

"사치, 선생님은?"

"……나도 몰라."

웬일인지 사치는 어색하게 책으로 얼굴을 가리며 대답

했다.

"이상하네."

보아하니 카운터 위에는 사치의 오렌지즈스와 마시다 만 커피가 남아 있었다.

방금까지 사키가 이곳에 있었던 것은 분명했다. 사치가 무언가 숨기고 있었다.

"사치!"

나가레는 어깨를 웅크리고 오그라든 사치를 내려다보며 추궁하는 말투로 불렀다.

"아, 괜찮아요."

"그래도……."

"정말 괜찮아요."

레이코는 웃는 얼굴로 사치를 두둔했다.

레이코도 마시다 만 커피가 있다는 걸 눈치챘는지도 모른다. 사치가 무언가 알고 있다 해도 억지로 캐물을 정도의 이유는 없었다.

레이코는 나지막이 한숨 쉬는 나가레를 못 본 체하고 카운터 의자에 앉은 채 몸을 빙 돌려 노신사가 앉아 있는 그 자리를 바라보았다. 유키카와 재회한 그날의 기억이 되살아났다.

"뭐랄까, 아직도 믿기지가 않아요."

레이코는 독백하듯 중얼거렸다.

"그 아이가 날 만나러 와 주다니……."

무리도 아니었다. 이 찻집의 규칙은 알고 있었지만, 설마 죽은 여동생이 만나러 올 줄은 상상도 하지 못했다. 가게 주인인 나가레조차 별안간 눈앞에서 죽은 아내 케이가 나타나면 몹시 놀랄 것이다.

"하지만 그 덕분에 이곳을 떠날 결심을 할 수 있었어요."

그렇게 말하며 레이코는 자신의 여행 가방으로 시선을 떨어뜨렸다.

유키카와 재회한 후 레이코는 마모루와 재결합했다. 사실 갈은 재결합이지만, 둘 사이가 끝났다고 생각한 사람은 레이코뿐이었고, 마모루는 사키와 의논한 뒤 거리를 두었을 따름이다.

"축하드려요."

재결합 후, 곧바로 혼인 신고를 했다는 소식을 사키에게 들은 터라 나가레는 새삼 축하 인사를 했다.

딸그랑딸그랑.

카즈가 돌아왔다.

사치 말대로 장을 보고 왔는지 손에 장바구니 두 개가 들려 있었다.

"엄마!"

사치가 달려들었다.

"다녀왔어. 이거 부탁해도 될까?"

카즈는 손에 든 장바구니 중 하나를 사치에게 내밀었다. 사치에게 살림에 필요한 식재료와 생활용품이 들어 있는 바구니를 건네주며 아래층에 가져가 달라고 눈짓했다.

"네."

사치는 씩씩하게 인사한 후 아래층으로 잔달음질 쳤다.

'잘도 도망갔군.'

나가레가 콧김을 내뿜으며 씩씩댔다.

"아, 오늘이었죠?"

카즈가 레이코의 발밑에 놓인 여행 가방을 발견하고 말을 걸었다. 레이코가 마모루와 결혼하면서 하코다테를 떠나기로 했다는 사실을 알고 있었다.

"네."

"어디로 가세요?"

"도쿠시마요."

카즈는 가게에서 쓸 식재료가 든 장바구니를 카운터 너머의 나가레에게 건넸다.

"도쿠시마면, 우동이 유명하죠?"

장바구니를 받으며 나가레도 대화에 끼었다.

"네."

"좋은 곳으로 가시네요."

"……남편 고향이에요."

어색하게 '남편'이라는 단어를 쓴 레이코를 보며 나가레의 눈이 가늘어졌다.

'정말 다행이야.'

레이코의 마음속 변화가 말 곳곳에서 묻어났다.

나가레는 과거에서 유키카가 찾아오기 전까지 몽유병 환자 같았던 레이코를 보아 온 만큼 감회가 깊었다.

"곧 출발하시는 건가요?"

카즈가 흘깃 시계를 보며 물었다. 비행기 시간을 묻는 것이다.

"네."

"아쉽네요."

찻집 사람들과 레이코의 교류는 비록 몇 달뿐이었지만, 카즈는 입에 발린 소리가 아니라 진심으로 말했다.

타인과의 관계를 극단적으로 피했던 예전의 카즈라면 이런 말을 하지 않았을 것이다. 하지만 지난 15년 사이에 카즈도 엄마가 되었고, 여러 심경의 변화가 있었다.

나가레는 그런 갈 한마디에서 카즈의 변화가 느껴져 정말 다행이라고 생각했다. 사람은 아무리 힘든 상황에서도, 작은 계기 하나로 극복하고 일어설 수 있음을 나가레는 실감했다.

"정말 감사했습니다."

레이코가 카운터 자리에서 불쑥 일어나 고개 숙여 인사했다.

"아니에요."

직접 무언가를 해 준 것은 없었기에 카즈는 수줍은 미소로 대답했다.

"선생님께 전하고 싶은 말씀 있으시면 전해드릴게요."

결국 마지막 작별 인사를 하지 못한 점이 신경 쓰였던 나가레가 제안했다.

레이코는 잠시 생각하다가 입을 열었다.

"……그럼 부탁드려도 될까요?"

"물론이죠."

나가레는 등을 곧게 펴고 자세를 고쳤다. 책임지고 전달하겠다는 의사 표시였다.

"저도 행복해질게요."

레이코는 나가레에게가 아닌, 나가레의 뒤쪽 주방을 향해 분명한 어조로 말했다.

그러고는 "……라고 전해 주세요."라고 지나가는 말처럼 덧붙였다.

"저도?"

순간 나가레는 레이코가 누구를 가리키며 '도'를 붙였는지 긴가민가했다. 하지만 레이코의 다음 말을 듣자 곧바로 이해했다.

"저의 행복이 동생의 행복이라는 걸 깨달았으니까요."

죽은 여동생과 함께 행복해지겠다는 의미였다.

"그렇군요."

나가레는 가느다란 눈을 더욱 가늘게 뜨고 기쁜 표정으로 중얼거렸다.

카즈도 살포시 미소를 지었다.

"그럼……."

레이코는 정중히 인사한 후 아쉬운 듯이 가게를 떠났다.

딸그랑, 딸그라앙……, 딸그랑…….

카우벨이 한참을, 한참을 서글프게 울렸다.
"인사 안 하셔도 괜찮아요?"
레이코가 나간 모습을 지켜보다가 나가레가 주방 쪽을 향해 말했다.
"나 그런 거 잘 못해. 헤어지는 거……."
그렇게 말하며 사키가 주방에서 모습을 드러냈다. 레이코와 마주치지 않으려고 숨어 있는 사키를 나가레도 중간에 알아챈 모양이었다.
"그래도요."
"만나고 싶으면 언제든 만날 수 있겠지."
사키는 눈을 내리깔고 말하면서 원래 있던 카운터 자리에 앉아, 조금 전까지 마시던 커피로 손을 뻗었다.

물론 사키는 레이코가 싫어서 피한 것이 아니었다. 아마 레이코와의 이별이 가장 아쉬운 사람은 사키이리라. 그러나 하코다테를 떠나겠다는 결정은 레이코가 직접 내렸다. 웃으며 보내 주고 싶지만, 그러지 못한다는 걸 알고 몸을 숨기고 있었다.

"참, 미키는 잘 지낸대?"

사키는 다 식은 커피를 호로록 홀짝이고는 일부러 화제를 바꿨다. 이별 후의 쓸쓸한 분위기도 못 견디는 탓이다.

미키는 나가레의 딸이다.

"아……."

나가레의 가느다란 눈이 크게 벌어졌다.

"전화 왔었어?"

가게에서 쓸 재료를 주방 냉장고에 넣어 놓고 돌아온 카즈가 나가레의 얼굴을 들여다보았다.

"아, 응."

순식간에 나가레의 이마에서 진땀이 흘렀다.

"미키한테 무슨 일 생겼어?"

"아, 아니, 그게……."

카즈가 걱정스러운 목소리로 묻자 나가레가 머뭇머뭇 이야기하기 시작했다.

"미, 미키한테……."

나가레의 목소리는 거친 콧김 소리에 묻혀 잘 들리지 않았다.

"응? 뭔데?"

사키가 손을 귀에 가져다 댔다.

"미키한테, 나, 남자 친구……."

"남자 친구?"

"미키한테, 나, 남자 친구가 새, 생겼대."

만화에서처럼 오른쪽 눈썹을 움찔움찔하며 얘기하는 나가레의 말을 듣고 카즈와 사키가 얼굴을 마주 보았다.

사키가 픔 하고 웃음을 터뜨렸다.

"오, 축하할 일이네."

"축하할 일 아니거든요!"

나가레의 필사적인 대답에 사키는 배를 움켜쥐며 크게 웃었다.

"미키 몇 살이더라?"

"여, 열네 살이요."

"그래? 같은 학교 친구래?"

"안 물어봤어요.'

"누가 먼저 고백했으려나?"

"모릅니다."

"잘생겼을까?"

"잘생기면 다 되는 문제가 아니죠!"

"뭐 그렇게까지 화낼 건 없잖아."

"화 안 냈어요."

"그건 그렇고 미키도 제법이네. 아빠가 없는 사이에 남자 친구도 만들고……."

사키는 나가레를 대놓고 놀리며 즐거워했다.

"자, 잠깐 전화 한 번 더 하고 올게요."

나가레는 시뻘게진 얼굴로 발을 쿵쿵 울리며 아래층으로 모습을 감췄다.

몇 분 전에 전화할 땐, 자기 딴에 눈치 있고 개방적인 아버지인 척하느라 아무것도 묻지 않았다. 하지만 사키의 "아빠가 없는 사이에 남자 친구도 만들고……."라는 말을 듣자마자 개방적인 아버지로 있는 것이 불안해졌다.

"하하하, 나가레 씨 귀여운 구석이 있네……."

사키는 비꼬아 말한 것이 아니었다. 그렇게 가족이나 친한 친구 일에 일희일비하는 감정을 숨김없이 드러낼 수 있는 점이 부러웠다. 레이코가 떠날 때만 해도, 서운한 감정을 숨기지 않고 작별 인사를 하며, 솔직히 눈물을 흘렸어도 좋았을 것이다. 하지만 스스로 그렇게 하지 못한다는 것을 잘 알았다.

나가레가 귀엽다는 말은 사실 자신도 그렇게 되고 싶다는 마음의 반영이라고, 사키는 자기 입으로 내뱉고서 자각했다.

그래서 한숨을 푹 쉬며 "두럽네." 하고 중얼거렸다.

"그러게요."

카즈가 속삭이듯 맞장구를 쳤다.

댕…….

괘종시계가 오후 2시 반을 알리는 종을 쳤다.

"그러고 보니 오늘이었지? 레이지 한 번 내려왔다가 다시 올라간다고 했잖아."

오디션 합격 통보를 받은 레이지는 바로 다음 날 기획사와 계약을 맺고, 집을 구하러 상경했다. 그 행동에는 한 치의 망설임도 없었다. 그리고 레이지의 눈에는 이제 막 펼쳐진 꿈 외에는 아무것도 보이지 않았다.

"네."

"레이지 알고 있나? 나나코 일……."

"아마 모를 거예요."

레이지가 도쿄로 떠난 직후 카즈와 사키는 나나코가 몇 년 전부터 후천성 재생 불량성 빈혈이라는 병을 앓고 있다는 이야기를 들었다. 때마침 기증자가 나타나서 나나코는 급히 미국으로 떠났다.

"그렇겠지?"

사키는 사치가 깜빡 잊고 두고 간 《100가지 질문》을 들고 어느 페이지를 열었다.

만약 내일 세상이 멸망한다면? 100가지 질문.
87번.
현재 당신에게는 열 살짜리 아이가 있습니다.
만약 내일 세상이 멸망한다면, 당신은 어떤 선택을 하겠습니까?
① 내일 세상이 멸망한다는 사실을 비밀로 한다.
② 내일 세상이 멸망한다고 솔직히 말한다.

예전에 나나코가 대답한 적 있는 질문이었다.

나나코는 자기 아이를 무섭게 하고 싶지 않다는 이유로 ①번을 선택했다.

하지만 "그럼 만약 나나코가 열 살이었다면? 알고 싶어? 아니면 알고 싶지 않아?"라는 사키의 질문에는 "알고 싶다."라고 대답했다.

사키는 명백한 모순이라고 지적했지만, 그 이유를 듣고는 납득했다.

"제가 슬픈 건 상관없지만, 제 아이가 슬퍼하는 모습은 보고 싶지 않으니까요."라고 대답했기 때문이다.

'다른 사람을 배려할 줄 아는, 나나코다운 대답이었어.'

사키는 그 페이지를 보며 상기했다.

하지만 한편으론 정신과 의사 입장에서 볼 때 '상대방의 감정을 너무 생각한 나머지 자신의 감정을 억누르는 유형'이라고 판단했다.

"나나코는 꿈을 좇는 레이지에게 부담을 주고 싶지 않았겠지만, 레이지는 과연 받아들일 수 있을까……."

그렇게 말하면서도 사키는 레이지가 받아들이지 못하리라 생각했다.

왜냐하면, 사키는 두 사람이 서로 좋아한다는 것을 알고 있었기 때문이다. 그리고 아마 카즈도 눈치채고 있었을 것이다. 정작 본인들만 서로의 마음을 깨닫지 못하고 있을 뿐.

"병에 관해서는 우리가 직접 설명해도 되지만……."

사키는 그렇게 중얼거리며 책을 덮었다.

"그러게요."

카즈는 창밖을 가만히 바라보며 대답했다.

창밖의 '바람꽃'은 천천히, 천천히 나부끼고 있었다.

그날 저녁…….

"네?"

찻집 입구 앞에서 기념품이 담긴 종이봉투를 들고 있던 레이지의 입에서 희미한 탄식이 새어 나왔다.

나가레, 카즈, 사치, 그리고 사키가 폐점한 가게에서 레이지가 오기를 기다리고 있었다.

"후천성 재생 불량성 빈혈?"

사키에게 들은 병명을 레이지가 되뇌었다.

"오랫동안 기증자를 찾고 있었는데, 이제 드디어 나타났다나 봐……."

"기증자요?"

낯선 병명과 '기증자'라는 단어가 레이지에게 당혹감을 안겼다. 머릿속이 새하얘졌다.

'오랫동안……? 그 녀석 언제부터 그런 병이 있었던 거지? 아니, 왜 그런 중요한 일을 숨긴 거야?'

설명을 들어도 머리가 쫓아가지 못했다.

사키는 차분한 목소리로 천천히 설명을 이어갔다.

"후천성 재생 불량성 빈혈은 조혈 모세포 단위에서 생기는 혈액 생산 기능 저하, 그에 따른 범혈구 감소증이 나타나는 질환이야. 쉽게 말하면 새로운 혈액을 만들지 못해서 일상생활에 지장이 생기는 병이지. 나나코는 증세가 심하지 않아서 겉으로 볼 땐 티가 안 났는데, 중증인 경우 빈혈로 쓰러지거나 피로감과 권태감에 시달리고, 그대로 방치하면 합병증으로 사망하기도…….”

"그 병 고칠 수 있어요?"

"내 전문 분야가 아니라 확실히 말하긴 어려운데, 이식을 받아도 완치될 확률은 50%일 거야."

전문 분야가 아니라고 했지만, 사키는 제 나름대로 이 병에 대해 아주 자세히 조사했을 것이다.

"50%라……."

"그래. 수술이 성공해도, 아무래도 다른 사람의 조직이 자기 몸에 이식된 거니까, 수술 후에 합병증이 생기거나 거부 반응이 나타날 가능성도 배제할 순 없어. 국내에선 희귀 질환이라, 이식 수술도 해외에서 하는 편이 확실하겠지."

"그래서 미국으로 간 건가요?"

"맞아."

나나코의 부모님도 함께 미국으로 갔다고 한다. 미국으

로 간 후에는 사키나 카즈와도 연락이 닿지 않았다. 그럴 여유가 없을지도 모른다. 따라서 현재 나나코가 어떤 상태인지 전혀 짐작할 수 없었다.

"나한테도 말해 줬으면 좋았을 텐데……."
"걱정 끼치고 싶지 않았겠지."
"그래도……."
"방해하고 싶지 않기도 했을 거야. 오디션 합격해서 이제부터 본격적으로 꿈을 펼쳐 나갈 시기였으니……."
'하긴, 내가 좀 들떠 있었지.'
사키의 말을 듣고, 레이지는 이런 자각이 들었다.
자신의 기억을 되짚어 봐도, 합격 통지를 받은 이후 나나코와 무슨 대화를 했는지조차 떠오르지 않았다.
'도쿄에 집 구하러 갔다 올게.'라는 메시지를 보내기는 했지만, 역시 일방적인 통보에 지나지 않았다. 머릿속이 온통 자신의 일로만 꽉 차서 '힘내.'라고 돌아온 메시지 뒤에서 나나코가 어떤 마음으로 있었을지 생각조차 하지 않았다.
나나코의 성격을 고려하면 틀림없이 자기 일은 뒷전으로 미뤘으리라…….

말문을 잃은 레이지는 아랫입술을 꽉 깨물었다.

웬일인지 나나코가 새 립스틱을 바르고 온 그날 일이 계속 머리를 스쳤다.

일부러 빗속을 뚫고 데리러 와 준 나나코.

그런 나나코와 함께 찻집을 향해 걸었다. 생각해 보면 우리 둘뿐이라는 사실을 의식한 것은 그날이 처음이었다. 시내의 불빛과 새빨간 단풍 사이로 평소와 다른 나나코의 입술 색이 눈에 띄었던 기억이 선명했다.

그때 술렁이던 다음도…….

무심코 휴대폰을 꺼내 화면을 열어 봐도, 나나코에게서 온 연락은 없었다. 침묵하기로 작정한 듯한 화면을 보자 심술까지 났다.

정신을 차려 보니 어느새 카즈가 옆에 서 있었다.

"나나코가 맡겨 두고 간 거야."

카즈는 편지 한 통을 레이지에게 건넸다.

레이지는 들고 온 종이봉투를 근처 테이블 위에 올려놓고 편지를 받아들었다. 벚꽃잎이 박힌 고풍스러운 편지지에, 낯익은 나나코의 부드러운 글씨가 마치 시처럼 적혀 있었다.

레이지에게

오디션 합격 축하해.
한 번도 얘기한 적이 없었으니
깜짝 놀랐으리라 생각해.
3년 전에 재생 불량성 빈혈이란 병이 생겼어.
간단히 말하면 혈액이 잘 만들어지지 않아서
여러 가지로 생활이 불편해지나 봐.
그냥 두면 다른 병에 걸렸을 때
이겨내기 힘들어진대.
그래도 미국에서 기증자가 나타났으니
후딱 수술받고 올게.
레이지는 내 오랜 친구니까 직접 얘기하려고 했는데,
넌 지금 오디션 붙어서 중요한 시기니까
방해하고 싶지 않아서 말 안 했어.
난 세츠코 씨처럼 될 수 없을 것 같으니까‥‥‥.
미안해.
내가 사과할 일은 아닌가? 헤헤.

수술은 좀 무섭지만, 힘낼게.

그러니 걱정하지 마.
네 만담은 눈곱만큼도 재미없는데
오디션에 붙은 건
변덕쟁이 신이 어쩌다 한 번 준 기회니까
이 기회를 꼭 붙잡기를.

언제나 응원할거.
나나코가

레이지의 손에 들린 나나코의 편지가 파르르 흔들렸다.
"난 세츠코 씨처럼 될 수 없을 것 같으니까……."
레이지는 편지를 다 읽은 후 이 한 문장만 조용히 중얼거렸다.
'그건 당연하잖다…….'
레이지는 나나코가 그 문장을 남긴 이유를 생각하며 입술을 꽉 깨물었다.

요시오카 세츠코는 개그맨 그랑프리에서 우승한 개그 콤비 포론도론의 켐버 도도로키의 오랜 친구이자 아내였다. 세츠코가 어떤 사람이며, 어떻게 도도로키를 너조해 왔는지에 대해서는 파트너인 하야시다에게 다 같이 들었었다.

실제로 도도로키와 레이지는 처한 환경이 비슷했다. 둘 다 하코다테 출신이었고, 개그맨이 되기 위해 상경하려 했다. 이 찻집과 점장인 도키타 유카리와도 인연이 있고, 도도로키와 세츠코가 어릴 적부터 친구이듯 레이지와 나나코도 소꿉친구였다.

그렇다면 왜 나나코는 세츠코 씨처럼 될 수 없다는 말을 남겼을까.

세츠코는 도도로키의 개그맨으로서의 재능을 사랑하고, 신뢰하고, 그리고 언제나 헌신적으로 지지했다. 도쿄로 떠날 때도 동행할 정도로 행동력이 있는 여자였다. 그녀의 삶은 머뭇거리는 순간이 없고, 자신감에 차 있었다. 그런 삶의 방식은 같은 여자인 나나코가 봤을 때도 멋지고 동경할 만했다.

그에 비해 나나코는 레이지의 재능에 무덤덤했다. 그저 노력하는 모습을 지켜보며 오랜 친구로서 응원한 정도였다. 레이지를 위해 할 수 있는 일도 없거니와 도쿄에 함께 따라가야겠다고 생각한 적도 없었다.

사실 세츠코와는 타고난 성격이 다르니 비교하기는 힘

들었다. 하물며 서로를 사랑하고 그 마음을 알고 있던 도도로키와 세츠코와는 달리, 레이지와 나나코는 서로를 단순한 친구라고 생각했다.

그래서 "세츠코처럼 될 수 없다."라는 나나코의 자조적인 말이 더욱 뇌리에 박혔다.

나나코는 세츠코처럼 되고 싶었던 것이다.

만약 세츠코에 대한 얘기를 듣지 않았더라면 병에 대해서도, 미국으로 떠난다는 말도 지금까지처럼 솔직히 얘기할 수 있었을지도 모른다.

하지만 이미 듣고 말았다.

동경하고 말았다.

사랑하는 남자에게 인생을 걸고 다가간 세츠코의 삶을, 자신의 삶과 비교해 버리고 만 것이다.

비교하고 나서 비로소 레이지를 향한 마음을 깨달았다.

그것이 그날 립스틱 색을 바꾼 이유였다.

나나코가 두 사람의 관계를 한 걸음 진전시켜야겠다고 생각한 그날이었다.

그런데…….

인생을 살다 보면 '때가 안 좋았다.'라고 할 만한 일이 생긴다.

이 경우가 바로 그랬다.

나나코가 자기 마음을 확인하고자 용기 내어 한 걸음 내디디려고 한 바로 그 순간, 레이지의 휴대폰이 울렸다.

오디션 합격 통지였다. 만약 이 메시지가 그로부터 한 시간 후, 아니 몇 분만 늦게 왔더라면 두 사람의 관계는 어떻게 달라졌을지 알 수 없다. 그날 레이지의 술렁였던 마음도 합격 통지가 감쪽같이 지워 버렸다.

때가 안 좋았다고 할 수밖에 없었다.

두 사람은 서로의 마음을 확인하지 못한 채 한 사람은 도쿄로, 다른 한 사람은 미국으로 떠났다. 떨어진 거리는 멀고도 멀었다.

레이지는 다 읽은 편지를 손에 들고 팔을 축 늘어뜨린 채, 가까운 테이블 자리로 비틀비틀 걸어가 앉았다.

'연락만 닿는다면 지금 당장에라도 나나코의 목소리를 듣고 싶어. 날아갈 수만 있다면 당장 그렇게 하고 싶어. 하지만…….'

솟구치는 충동의 정체도 모른 채, 레이지는 마음이 흐트러진 자신에게 부아가 치밀었다.

'내가 간다고 뭘 할 수 있지? 지금은 이런 일로 주저할 때가 아니잖아? 오디션에서 수도 없이 떨어지고, 떨어질 때마다 가슴을 치고, 그런데도 포기하지 않은 덕에 겨우 찾아온 기회잖아?

지금은 내 꿈을 우선해야 할 때라고 자신을 타이르며 고개를 들었지만, 손에 들린 편지가 눈에 들어오자 또다시 마음이 흔들렸다.

'그런데 만약, 두 번 다시 만나지 못하면 어쩌지?'

'꿈을 이루려면 무언가 희생해야 할 때도 있잖아?'

'나나코가 죽으면 난 후회하지 않을까?'

'하지만 이미 계약서에 사인하고, 앞으로 살 집도 구했는걸. 인제 와서 되돌릴 순 없어.'

'왜 고민하지?'

'나나코가 보고 싶어.'

'뭘 고민하는 거지?'

'나나코와 꿈, 무엇이 소중한 거야?'

'모르겠어.'

'어떻게 해야 할지 도저히 모르겠어.'

끝이 없었다. 머릿속에서 생각이 끝없이 맴돌았다.

레이지는 두 손으로 얼굴을 감싼 채, 크고 깊은 심호흡을 했다.

그때였다.

"레이지 오빠."

눈앞에서 사치의 목소리가 들렸다.

언제 이 앞까지 왔을까. 동글동글한 눈으로 레이지의 얼굴을 들여다보고 있었다.

아마도 사치는 레이지의 모습이 걱정되어 말을 걸었으리라. 단지 그뿐이었다.

그러나 레이지는 사치가 '만약 내일 세상이 멸망한다면 어떻게 할 거야?' 하고 묻는 듯했다.

사치는 아무 말도 하지 않았다. 그저 최근 몇 개월간 사치가 수없이 입에 올린 책의 문구였다.

"내일 세상이 멸망한다면……?"

레이지가 혼잣말처럼 중얼거린 그때, 문득 검은 양복을 입은 노신사가 자리에서 일어섰다.

"아……."

여러 번 보아 온 익숙한 광경이었다.

노신사는 일어나서 턱을 아주 살짝 내리고는 읽고 있던 책을 가슴팍에 감싼 채 마룻바닥을 소리 없이 천천히 밟으며 화장실로 걸어갔다.

레이지의 심장 고동이 빨라졌다.

레이지는 이 찻집에서 일하기 시작했을 때의 일을 떠올렸다.

☕

벚꽃이 춤을 추듯 떨어지는 어느 봄날이었다.

당시 레이지는 고등학교 3학년이었다. 그 무렵에는 주말과 공휴일, 바쁜 시간대에만 출근했다.

그런데 어느 날, 첫 데이트에 실패했으니 과거로 돌아가서 바로잡고 싶다며 찾아온 남자 손님이 우카리에게 이 찻집의 규칙을 들은 후, 실망해서 어깨를 축 늘어뜨리고 되돌아간 일이 있었다.

"저기, 정말 과거로 돌아가서 어떤 노력을 해도 현실이 달라지지 않나요?"

옆에서 규칙을 들었던 레이지가 손님이 돌아간 뒤 유카리에게 물었다. 사실 레이지가 이 찻집의 규칙에 대해 자세히 설명을 들은 건 그날이 처음이었다.

"맞아."

"현실이 바뀌지 않으면 과거로 돌아가도 아무 의미 없지 않아요? 저 자리는 왜 있는 건가요?"

레이지는 솔직한 의견을 내놓았다. 실제로 그 남자 손님은 이 규칙만 듣고 과거로 가겠다는 마음을 접고 발길을 돌렸다.

"음, 그럴지도 모르지."

유카리는 부인하지 않았다.

"그런데 현실은 바뀌지 않지만, 바뀌는 것도 있어."

"바뀌지 않지만, 바뀌는 것?"

레이지가 되물었다. 이 말만 들으면 명백한 모순이었다.

"그게 무슨 말씀이세요?"

"예를 들어, 레이지한테 좋아하는 여자가 생겼다고 가정하자."

"네."

"그 여자는 예쁘고 똑똑한, 학교에서 모두에게 사랑받는 마돈나야."

"아, 네."

"레이지는 그 마돈나와 한 번도 얘기해 본 적이 없어. 자, 어때. 고백할래?"

"네?"

"고백할래?"

너무 갑작스러운 전개에 레이지는 유카리의 의도를 파

악할 수 없었다. 하지만 레이지는 이런 질문이 싫지는 않았다. 우선 유카리가 설명한 상황을 상상하며 대답하기로 했다.

"안 할래요."

"왜?"

"그야 얘기해 본 적도 없고, 무엇보다 그런 아이들 같은 여자애가 저 같은 애를 상대해 줄 리 없으니까요."

"그건 그렇지."

"네?"

역시 무슨 의도인지 짐작이 안 갔다. 물론 가정이라는 건 알았다. 하지만 너무 엉뚱했다.

유카리는 레이지가 당황하든 말든 계속 말을 이어갔다.

"어느 날 그 여자애가 널 좋아할지도 모른다는 소문을 들었다면?"

"네?"

"자, 어떻게 할래?"

아주 살짝, 가슴이 두근거렸지만, 그렇다고 달라진 것은 없었다.

"어, 어떻게 하긴요. 그냥 소문이잖아요."

"그래도 너 마음에 변화가 생기지 않았어?"

"변화요?"

"조금 전이랑 뭔가가 다르지?"

가슴이 두근거린 걸 말하나?

"뭐, 조금은요……."

레이지는 모호하게 대답했다.

"흔들려?"

그런 레이지의 마음을 꿰뚫어 본 듯 유카리가 해맑게 웃었다.

"네, 조금."

"어쩌면 사귈 수 있을지도 모른다고 생각했어?"

"안 했어요."

"그렇군."

유카리는 만족스럽게 고개를 끄덕였다.

"그럼, 그 여자애가 레이지를 좋아한다고 친구한테 얘기하는 걸 우연히 엿들었다면?"

"네?"

"어때? 그래도 고백 안 할 거야?"

조금 전보다 가슴이 세차게 두근거렸다. 유카리의 의도대로 끌려가는 것 같아 솔직히 즐겁지는 않았다.

"음, 고백은 안 하더라도 아까랑은 분명 뭔가가 다르지?"

"네, 그건 그러네요……."

"레이지가 그 여자애랑 사귀지 않는다는 현실은 그대로 인데?"

억지스럽게 들렸다. 하지만 유카리가 말한 '현실'이 두 사람의 관계를 의기하는 것이라면 그 말이 맞았다.

"그렇죠."

"그럼 뭐가 바뀐 걸까?"

"마음……, 일까요?"

가슴이 두근거렸던 건 사실이다.

"맞아."

"아, 그렇지만……."

변하지 않은 건 두 사람의 관계이고, 변한 건 마음이라는 말까진 이해했다. 하지만 아직 걸리는 점이 있었다.

'그것 때문에 굳이 과거로 돌아갈 필요가 있을까?'

레이지는 '없다.'라고 생각했다.

레이지는 입을 쭉 내밀고 "흠……." 하고 신음을 흘렸다.

"무슨 말이 하고 싶은지 알겠어. 네 생각대로 실제로 이런 걸 다 받아들이고 과거로 돌아가는 사람은 없으니까."

즉, 마음을 바꾸기 위해 과거로 돌아가는 사람은 없다는 말이다.

"중요한 얘기는 지금부터야."

유카리의 설명이 이어졌다.

"그 여자애가 널 정말 좋아한다는 걸 알아도, 가만히 있으면 아무것도 달라지지 않겠지?"

"네."

"너와 그 여자애가 한 번도 얘기한 적이 없다는 현실도, 두 사람의 거리도, 두 사람의 관계도 전혀 달라지지가 않았어."

"그렇죠."

"만약 상대방 여자애도 너처럼, 너와 말한 적도 없고 나 같은 애한테 관심도 없을 거로 생각한다고 치자. 두 사람이 사귈 가능성은?"

"없어요."

레이지가 단호하게 대답했다.

"서로 좋아하는데 안타까운 일이지. 그럼 너와 그 여자애가 사귀려면 뭘 하면 될까?"

"……고백, 이요?"

"그렇지. 다른 말로 하면?"

"……행동!"

"바로 그거야."

레이지는 천진난만하게 승리의 포즈를 취했다. 유카리도 만족스러운 미소를 지었다.

"만화가가 되고 싶다고 생각만 해서는 만화가가 될 수 없지?"

유카리의 말이 맞았다.

"단지 과거로 돌아갈 뿐이라면 누구나 돌아갈 수 있어. 하지만 이 찻집은 사람을 선택해. 규칙으로 말이지. 규칙을 듣고 과거로 들어가려던 생각을 단념하는 사람도 있어. 하지만 그럼에도 불구하고 과거로 돌아가고 싶어 하는 사람에게는 이유가 있어. 그 이유는 무엇이든 좋아. 현실은 바뀌지 않더라도 꼭 만나야 하는 사람이 있다면, 만나야만 하는 사람이 있다면 그걸로 충분해."

"현실은 바뀌지 않더라도 만나야만 하는 사람?"

유카리의 말을 듣고 고등학교 3학년인 레이지의 머릿속에 떠오르는 사람은 없었다.

"아직 와 닿지 않지?"

"그, 그러네요."

"아마 이 규칙을 알게 된 네가, 무슨 일이 있어도 과거로 돌아가고 싶어지는 순간이 오면 그때 알게 되려나."

"그런 일이 생길까요?"

"글쎄, 그건 나도 모르지."

세상 모든 일에는 원인과 결과가 있는 법이다.

☕

화장실 문이 소리 없이 스르륵 열리더니, 검은 양복을 입은 노신사가 빨려 들어가듯 모습을 감췄다.
"나나코가……."
레이지는 노신사가 사라진 자리를 응시하며 말했다.
"나나코가 마지막으로 이 찻집에 온 게 언젠가요?"
'만나서 어쩌려고?'
레이지의 마음속에는 아직 망설임이 남았다. 하지만 그런 감정과는 별개로 레이지의 발은 그 자리로 걸어가고 있었다.
"아마……."
나가레가 카즈에게 눈짓을 보냈다.
"일주일 전인 11월 6일, 오후 6시 11분……."
카즈는 마치 레이지가 과거로 돌아갈 것을 미리 알았다는 듯이 정확한 시간을 말했다.

"사치랑 같이 있을 거야."

"알겠습니다."

레이지는 천천히 그 자리에 앉았다.

'만나서 어쩔 건데?'

하지만 나나코의 편지를 읽은 후부터 가슴을 방망이질 치는 충동이 일었다.

'확인하고 싶어.'

눈을 감고 심호흡을 했다.

"삿짱."

레이지는 카즈 옆에 서 있는 사치를 불렀다.

"커피, 내려 줄 수 있니?"

사치는 동글동글한 눈으로 카즈를 올려다보며 지시를 기다렸다.

상대가 레이지라서 그런지, 사치의 눈에 '보내 주고 싶어.'라는 빛이 비쳤다.

"준비하고 오렴."

카즈의 말에 사치는 방긋 웃으며 끄덕이고는 주방으로 후다닥 뛰어 들어갔다. 그 뒤를 나가레가 따라갔다. 늘 그렇듯 사치의 준비를 돕기 위해서였다.

레이지는 설마 자기한테 이런 날이 올 줄은 상상도 못했다.

야요이가 죽은 부모에게 불만을 퍼붓겠다고 과거로 돌아갔을 때, 포론도론의 도도로키가 과거로 돌아갔을 때도 그 자리에 함께 있었지만, 그때는 한 발자국 떨어진 곳에서 냉정하게 사건의 추이를 지켜보는 느낌이었다. 엄밀히 말하면 무슨 일이 생기든 그건 남의 일이었다. TV에서 사건 사고 뉴스를 볼 때의 감각과 비슷하다고나 할까.

하지만 지금은 달랐다. 내가 그 TV 속에 있었다. 과거로 돌아가는 의자에 앉는 사람도, 기체가 되어 사라지는 사람도 나였다. 당장에라도 심장이 터질 것만 같았다. 이 자리에 앉아 도도로키가 어떤 마음으로 죽은 아내를 만나러 갔는지 생각해 보니 가슴이 찢어질 듯 아팠다.

왜냐하면, 아무리 발버둥 쳐도 아내가 죽었다는 현실은 바꿀 수 없기 때문이다.

자신을 오랫동안 지지해 준 아내와의 사별. 도도로키는 얼마나 큰 상실감과 싸우며 개그맨 그랑프리 우승을 거두었단 말인가…….

레이지의 마음속에서 또다시 갈등이 생겨났다.

'만나서 어떻게 할 건데?'

마음이 축 가라앉았다.

레이지가 아랫입술을 꽉 깨물고 고개를 숙이고 있는 동안, 준비를 마친 사치가 주방에서 커피 잔과 주전자가 놓인 쟁반을 들고 돌아왔다.

레이지는 사치가 바로 옆에 왔는데도 꼼짝하지 않았다.

'만나서 어떻게 할 건데?'

'그만두려면 기회는 지금뿐이야.'

몇 번이나 같은 물음을 던지고, 같은 대답을 되풀이했다.

'어차피 뭘 해도 현실은 달라지지 않잖아……'

이제는 무겁고 부정적인 감정이 레이지의 주위를 휘감았다.

그때였다.

"아, 깜빡했다!"

별안간 사치가 커피 잔이 놓인 쟁반을 카즈에게 맡기더니 아래층으로 재빨리 뛰어갔다.

'삿짱?'

그 자리에 있던 모두가 어리둥절한 채로 기다리고 있으니 사치가 금방 돌아왔다. 손에는 《100가지 질문》이 들려 있었다.

"이거."

사치가 레이지에게 책을 내밀었다.

"나나코 언니가 레이지 오빠한테 돌려주라고 했어."

"……아."

레이지는 책을 손에 들고 나서야 기억을 떠올렸다. 원래 레이지의 책인데 나나코에게 빌려준 후로 계속 사치가 보고 있었다. 정작 레이지는 그 사실을 까맣게 잊고 있었지만, 나나코는 빌린 물건을 꼭 되돌려주고 싶었던 것이다. 역시 꼼꼼한 나나코답다고 생각하면 그만인 것을, 레이지는 다른 의미를 부여하고 말았다.

빌린 물건을 되돌려주는 당연한 행위의 이면에는 '두 번 다시 만나지 못할지도 모른다.'라는 나나코의 마음이 있었던 건 아닐까?

"전부 다 했어?"

레이지가 그 책을 보며 사치에게 물었다.

"응. 나나코 언니가 한동안 못 만날 수도 있으니 끝까지 하자고 했어."

'역시.'

"여기에 온 날 한 거야?"

지금부터 레이지가 돌아가려고 하는 날이다.

"응."

"그렇구나."

레이지는 책장을 팔랑팔랑 넘겼다. 마지막 질문이 적힌 페이지에서 문득 손이 멈췄다.

"삿짱."

"왜?"

"나나코가 마지막 질문에 몇 번이라고 대답했었는지 기억해?"

"마지막 질문?"

"응. 마지막 질문."

'확인하고 싶어. 나나크가 어떤 마음이었을지.'

"응. 기억해."

"몇 번이야?"

"음, ②번이었어. 확실해."

"②번?"

"응."

"그래?"

'역시 내 예상이 맞았어.'

"왜냐고 물었더니, 역시 죽는 건 무서우니까 그렇다고 했어."

나나코가 남긴 말을 듣고 레이지의 표정이 달라졌다.

'나나코는 세츠코 씨처럼 될 수 없다고 했어. 될 수 없을지도 몰라. 아니, 애초에 될 필요가 없어. 내가 만나고 싶은 사람은 세츠코 씨가 아니라 나나코야. 게다가 세츠코 씨는 죽었지만, 나나코는 살아 있어.'

레이지가 고개를 들었다.

'우리의 미래는 아직 어떻게 될지 몰라. 난 지금 당장 나나코의 얼굴이 보고 싶어! 그게 뭐가 어때서? 불안해하고 있는 나나코에게 뭐라도 한마디 해 주고 싶은 게 어때서? 넌 괜찮을 거라고 말해 주고 싶어. 넌 세츠코 씨처럼 될 필요 없다고 말해 주고 싶어. 그게 무슨 의미가 있는지는 모르지만, 어차피 나나코가 미국으로 가 버린다면 떠나기 전에 그렇게 말해 주고 싶어. 그게 뭐가 어때서? 누가 피해 보나? 아무도 피해 보는 사람 없다고!'

마음을 완전히 굳힌 레이지가 자기 얼굴을 찰싹찰싹 소리가 날 만큼 힘차게 두 번 때렸다.

"??"

사치는 레이지의 갑작스러운 행동에 깜짝 놀라 눈이 휘둥그레졌다.

"삿짱, 알려줘서 고마워. 용기가 생겼어."

여느 때의 레이지로 돌아왔다.

사치도 놀라기는 했지만, 레이지의 표정이 조금 전보다 눈에 띄게 밝아졌다고 느꼈다.

"응!"

사치가 달뜬 목소리로 다급했다.

"그럼, 커피 부탁해."

"응."

사치는 은주전자를 들어 올리고 속삭였다.

"커피가 식기 전에."

잔에 따른 커피에서 한 줄기 김이 피어올랐다. 이와 동시에 레이지의 몸도 새하얀 기체가 되어 천장으로 빨려 들어가듯 사라졌다.

순식간에 벌어진 일이었다.

그런 모습을 잠자코 지켜보던 사키가 카즈에게 물었다.

"제대로 고백하고 오려나?"

"네? 고, 고백이라뇨?"

놀란 목소리로 물어본 사람은 나가레였다.

"뜬금없이 웬 고백이요?"

"어머, 나가리 씨 몰랐어?"

"그게 무슨 소리예요?"

"무슨 소리냐니. 고백이 고백이지."

두 사람은 서로 좋아했다.

"네? 진짜예요?"

"안 그럼 레이지가 굳이 과거로 돌아갈 이유가 있겠어?"

"전혀 몰랐어요."

"나가레 씨, 얼마나 눈치가 없는 거야?"

사키는 기가 막힌다는 표정으로 말했다.

"죄, 죄송해요."

나가레는 잘못한 것도 없으면서 미안하다는 듯이 머리를 긁적였다.

사실 수술을 앞두고 나나코가 불안해하는 건 사실이었고, 레이지가 만에 하나의 경우를 생각하는 것도 무리는 아니었다. 서로를 생각하는 마음이 두 사람의 불안을 50%쯤 증폭시켰다고 해야 할까.

"얼떨결에 레이지를 보내기는 했지만, 솔직히 왜 가는지 궁금했어요."

나가레는 고개를 갸웃했다.

"우린 다 알고 있었어."

"네? 정말요?"

"그렇지?"

사키가 고개를 돌려 사치에게 물었다.

"응!"

사치는 우렁차게 대답하고, 카즈는 싱긋 웃어 보였다.

"그렇군. 그랬던 거로군."

나가레는 가느다란 눈을 더욱 가늘게 뜨고 레이지가 떠난 그 자리를 다시 물끄러미 쳐다봤다.

"근데 말이야……."

사키가 불쑥 화제를 바꾸었다.

"마지막 질문이 무슨 내용이야? 그걸 듣고선 레이지 표정이 확 달라진 것 같던데?"

그 질문에는 카즈가 대답했다.

당신은 지금 진통이 시작된 엄마의 배 속에 있습니다.
만약 내일 세상이 멸망한다면, 당신은 어떤 선택을 하겠습니까?

"선생님이랑은 아직 안 했죠?"

사치가 사키의 얼굴을 쳐다보며 물었다.

"응."

사키가 대답했다.

"흠, 또 난처한 질문이네. 그래, ①번은 뭐야?"

"일단 태어난다."

대답한 사람은 사치였다.

"그럼 나나코가 고른 ②번은?"

"무의미하므로 태어나지 않는다."

이번에는 카즈가 대답했다.

"음, 그렇구나."

'죽는 게 무섭다는 말을 들었으니…….'

"자, 어떻게 할래, 레이지?"

아무도 없는 자리를 보며 사키가 중얼거렸다.

시간을 거슬러 올라가는 내내 레이지는 《100가지 질문》을 생각했다.

질문의 내용은 다양했다.

빌린 물건을 돌려줄 것인가, 말 것인가…….

천만 엔짜리 복권에 당첨됐는데 돈을 찾을 것인가, 말 것인가…….

결혼식을 올릴 것인가, 말 것인가…….

곰곰이 생각해 보면 이 책의 내용은 살면서 누구에게나 생길 법한 일이다. 그럼에도 불구하고 이런 일에서 위기감을 느끼는 이유는 '만약 내일 세상이 멸망한다면?'이라는 비현실적인 조건이 붙기 때문이다.

하지만 레이지는 생각했다.

사람은 언제 죽을지 모른다. 실제로 세토 야요이의 부모는 교통사고로, 세츠코는 병으로 죽었다. 함께 일했던 유키카마저 입원 후 한 달 만에 세상을 떠나고 말았다.

내일이 올지 안 올지는, 사실 그 누구도 알 수 없다.

평범한 일상이 얼마나 귀중하고, 소중한 사람이 곁에 있다는 사실이 얼마나 행복한지를 레이지는 이번 일을 계기로 실감했다.

내일 마음을 전해야겠다고 생각해도 뜻대로 되리란 보장은 없다.

도쿄에서 돌아온 후, 너무나 당연했던 나나코의 존재가 자신에게 얼마나 소중했는지 깨달았다.

레이지의 내일은 아직 끝나지 않았다.

나나코는 아직 살아 있다.

내일 세상이 끝난다면 그때는 이미 늦다.

끝나지 않은 세상에서 지금 이 순간 내가 해야 하는 일은 내 마음에 솔직해지는 것일지도 모른다. 타인은 관계없다. 마음을 전해야 할 소중한 사람이 있다면, 전해야 한다.

이 책은 그런 당연한 사실을 일깨워 주기 위해 존재하는 것 아닐까?

나나코는 아직 살아 있다. 레이지는 운 좋게 이 찻집을 만날 수 있었다. 현실은 바꿀 수 없더라도 지금 할 수 있는 일이 있다.

미래는 어떻게 될지 모르지만, 꼭 전해야 할 마음이 있다.

그러므로 레이지는 생각했다.

'만약 내일 세상이 멸망하더라도, 나는 분명 과거로 돌아가서 나나코를 만나겠지.'라고.

손발의 감각이 되돌아오고 위에서 아래로 흘렀던 주변 풍경도 서서히 멈추기 시작했다.

레이지는 원래대로 돌아온 몸을 쓰다듬으며 정말 자기 몸이 맞는지 확인했다. 아직도 둥실둥실한 감각이 남아 있었기 때문이다.

보아하니 카운터 안에는 카즈, 맞은편에는 책을 읽고 있는 사치, 그리고 주방에는 나가레가 있는 듯했다.

괘종시계는 오후 6시가 조금 넘긴 시각을 가리켰다.

11월 초, 이 시기에는 해가 일찍 저물어, 손님이 없으면 가게 문을 닫는다. 창가 자리에 앉아 있는 노부부가 마지막 손님이리라.

가게 안을 둘러봐도 나나코의 모습은 없었다. 카즈가 알려준 6시 11분까지는 조금 기다려야 했다. 그 시간이 되면 나나코가 나타날 터였다. 카즈가 한 말이니 틀림없다.

카즈는 레이지가 나타난 걸 보고도 생긋 미소 지을 뿐, 말을 걸려 하지 않았다.

이 자리에 나타난 사람에 대한 카즈의 배려임을 레이지도 잘 알았다. 더구나 카즈는 이 자리에 레이지가 나타난 순간부터 누구를 만나러 왔는지 간파한 것이 분명했다.

레이지는 눈짓을 한 뒤 고개를 푹 숙이고, 나나코가 오기를 기다리기로 했다.

6시 8분. 아직 시간이 있었다.

혹시 몰라 커피 잔에 손을 대 보았다. 괜찮았다. 뜨거워서 만지지 못할 정도는 아니지만, 완전히 식을 때까지는 아직 더 있어야 할 듯했다.

카즈는 창가에 앉은 일흔 살 전후로 보이는 노부부와 담소를 나누었다. 그냥 잡담인 듯했지만, 카즈가 손님과 즐겁게 얘기하는 모습은 처음 보았다. 귀 기울여 들어보니 카즈가 노부부를 '후사기 씨'라고 불렀다. 여행을 좋아하는 남편을 따라 카즈와 나가레가 있는 하코다테까지 왔다는 얘기를 하고 있었다. 아무래도 도쿄의 찻집에서 인연을 맺은 단골손님인 모양이었다. 아내는 붙임성이 좋은 반면, 남편은 시종 입을 다물고 있었다. 뒷모습만 보여 표정은 확인할 수 없었으나 무뚝뚝하다는 느낌이 들었다. 그런데도 남편을 사랑스럽게 바라보는 아내의 행복한 표정이 인상적이었다.

'삿짱은 오늘도 어려운 책 읽고 있나?'

카운터에 앉은 사치는 꼼짝도 하지 않았다. 책을 한번 읽기 시작하면 그렇게 된다는 것을 레이지도 잘 알았다. 레이지가 나타난 줄도 모르고 있으리라.

6시 10분, 30초.

레이지는 가게 입구를 보았다. 이제 곧 나나코가 들어온다.

'그 녀석은 여기 앉아 있는 날 보고 어떤 얼굴을 하려나?'

깜짝 놀라서 고음을 내지를까, 아예 말문을 잃을까, 아니면······.

'설마 울거나 하진 않겠지?'

그러면 몹시 어색해진다.

곰곰이 생각해 보니 미국으로 떠나기 전 인사를 하러 들른 거니 나나코가 불안해하고 있을 가능성도 있다. 기우일지도 모르지만, 그런 편지를 남길 정도이므로 아니라고 단정할 순 없다. 아무리 생각해도 나나코가 우는 모습은 유치원 이후로 본 기억이 없었다. 나나코가 놀리거나 어처구니없다고 타박하는 데는 능숙했다. 만담을 보여줬을 때 실소를 터뜨린 적도 있지만, 도리어 배려한답시고 칭찬해 주는 것보다는 나았다. 하지만 우는 건 곤란하다. 어떻게 해야 할지 모르니까.

딸그랑딸그랑.

이런 생각을 하는 사이에 돌연 카우벨이 울렸다.

시간은 딱 6시 11분. 정확했다.

'왔다.'

"어서 와."

제4화 "널 좋아해."라고 고백하지 못한 청년의 이야기 357

카즈가 나나코에게 인사한 후, 그대로 시선을 예의 그 자리에 앉은 레이지에게로 돌렸다. 역시 레이지가 나나코를 만나러 온 줄 알고 있었는지, 그 시선은 나나코에게 레이지의 존재를 알리는 신호가 되었다.

나나코의 시선이 카즈의 시선 끝을 따라갔다.

"엥?"

나나코가 레이지를 발견했다.

'떨리네.'

"어, 어이."

손을 이마에 올리고, 어색하게 인사한 레이지.

"뭐야? 레이지? 어? 벌써 돌아온 거야?"

'야, 뭐야.'

레이지는 저도 모르게 마음속으로 핀잔을 주었다. 예상과는 달리 나나코가 평소와 똑같아 보이자 당혹감이 든 것이다.

"아니, 난 아직 도쿄에 있어."

그 덕분에 엉뚱한 말이 튀어나왔다.

"엥? 무슨 소리야?"

수상하다는 듯이 눈살을 찌푸린 나나코.

"만나러 온 거야."

"누구?"

"누구긴 누구야, 너지."

"나?"

"그래."

"왜?"

'너처럼 어리벙벙한 애가 또 있을까.'

"왜긴?"

'울지도 모른다고 생각한 내가 바보 같네.'

레이지는 무심코 머리를 감싸 쥐고 한숨을 푹 쉬었다. 평소라면 아무런 문제 없는 평범한 대화였다. 레이지가 도쿄로 가지 않았다면, 나나코가 치료를 위해 미국으로 떠나지 않았다면 말이다.

"너 말이야."

"응?"

"내가 도쿄에 있는 사이에 몰래 미국으로 가 버렸지?"

나나코는 이제야 비로소 지금의 상황을 깨달은 듯했다.

"응? 아! 그 자리! 어? 어? 그럼 혹시 미래에서 온 거야?"

나나코가 요란하게 폴짝폴짝 뛰었다.

너무 평소와 다름없어 솔직히 김이 빠졌지만, 레이지는 내심 안도했다.

'불안한 얼굴이나, 우는 얼굴을 보는 것보다 나아.'

"아, 그렇구나. 미래에서 왔으면 편지 읽었구나?"

나나코의 머릿속에서 퍼즐이 하나씩 맞춰지는 듯, 무슨 상황인지 이해될 때마다 눈앞에서 손뼉을 짝짝 쳤다.

"왜 말도 없이 가는 거야?"

따지러 온 건 아니었지만, 나나코의 태도가 너무 태연하자 저도 모르게 가시 돋친 말이 튀어나왔다.

"아, 그렇지……. 미안."

기운 없이 축 처진 나나코가 조용히 중얼거렸다.

"아니, 뭐 별로 상관은 없는데."

나나코가 사과하자 어쩐지 미안한 마음이 들었다.

그런 두 사람의 어색한 분위기 때문은 아니겠지만, 마침 카즈와 담소를 나누던 노부부가 자리에서 일어났다. 카즈가 사치를 데리고 계산대로 가서 계산을 하고 있으니 주방에서 나가레도 배웅하러 나왔다.

그때 나가레는 그 자리에 앉아 있는 레이지를 발견하고 나지막이 '어?' 하고 소리를 냈다. 하지만 그뿐이었다. 레이지의 눈앞에는 나나코가 있었다. 눈치 없는 나가레도 분위기를 파악했다.

노부부를 배웅한 후, 사치가 레이지에게 손을 흔든 것

외에 가게는 조용했다.

　계속 서 있기만 한 나나코를 보다 못한 카즈가 크림소다를 들고 왔다.

　"시간은 얼마 없겠지만, 모처럼 만났으니까……."

　그렇게 말하며 나나코에게 레이지의 맞은편에 앉으라고 권했다.

　그 말은 즉, '전할 말이 있으면 서둘러.'라는 메시지이기도 했다.

　나나코가 미안하다는 듯이 레이지의 맞은편에 앉았다. 말없이 미국으로 갔다고 — 정확히 말하면 가려 했다고 — 지적을 받은 점이 신경 쓰였다.

　"나한테 얘기해 줬으면 좋았을 텐데."

　더 다정하게 말하려 했으나, 멋쩍어서 불평하는 말투가 됐다.

　"미안해."

　"그러니까……."

　'널 탓하려는 게 아니야.'

　"변명 같겠지만, 오랫동안, 자각 증상이 없었거든……."

　나나코는 고개를 푹 숙인 채 머뭇머뭇 이야기하기 시작했다.

"언젠가, 머지않아 낫지 않을까, 나으면 좋겠다고 생각하고 있었는데, 갑자기 유카리 씨한테 기증자를 찾았다고 연락이 와서……."

"뭐? 유카리 씨는 행방불명된 사람을 찾고 있던 거 아니었어?"

"응. 그건 맞는데, 겸사겸사 기증자도 찾고 있었나 봐."

"그랬군……."

유카리는 아주 오래전부터 나나코의 병을 알고 있었던 모양이다. 레이지는 자기만 몰랐던 것이 조금 서운했다.

그 마음이 곧 나나코에게 전해졌다.

"아, 얼마 전에 말하려고 했는데……."

나나코가 허둥지둥 설명했다. 얼마 전이란, 나나코가 입술 색을 바꾼 그날이라는 것을 레이지도 바로 알아챘다.

"레이지가 오디션에 붙어서, 그런 말 할 때가 아닌 것 같았어……."

"뭐, 그랬지."

'그 말을 들으면 괴로워.'

"미안."

"아, 괜찮아, 괜찮아. 그건 왜, 레이지의 가장 소중한 꿈이잖아. 이건 내 문제니까 방해하고 싶지 않았어."

나나코의 말은 편지에 적힌 내용 그대로였다.

'계속 이러고 있으면 만나러 온 보람이 없잖아.'

레이지는 솔직해지지 못하는 자신에게 화를 내며 커피 잔으로 손을 뻗었다. 조금 전보다 살짝 더 미지근해진 듯했다.

"도쿄는 어때?"

"어?"

"자취는 처음이잖아."

"응."

"아무것도 도와주진 못하지만, 언제나 열심히 응원하고 있어."

'항상 변함없는 나나코.'

"힘내."

나나코는 그렇게 말하면서 크림소다로 손을 뻗었다.

"그래."

레이지는 조금 쓸쓸하게 대답했다.

'나 혼자만 흥분해서 너무 걱정했었나 봐.'

커피가 완전히 식을 때까지는 아직 시간이 있었으나, 나나코의 이런 모습을 보니 왜 여기까지 왔는지 회의감이 들었다.

나나코가 불안해했다면 다정하게 한마디 건네줄 수 있었을 것이다. 그러나 먼저 힘내라는 말을 듣고 말았다. 다른 때 같았으면 '너도.'라고 가볍게 대답했겠지만, 그게 안 됐다.
　'잘된 거잖아.'
　나나코가 상상과는 달리 평소처럼 밝아 보이는 건 나쁜 일이 아니다. 그런데도 솔직히 기뻐만 할 수가 없었다. 걱정돼서 과거까지 찾아온 자신이 어리석게 느껴졌다. 그리고 그런 생각을 하는 자신이 싫었다.
　'나나코에게 이런 우스운 마음을 들키기 전에 돌아가자.'
　"그럼, 난······."
　레이지가 그렇게 말하며 잔을 들어 올린 그 순간······.
　"마지막 질문입니다."
　사치의 목소리가 들렸다.
　하지만 그 목소리는 레이지와 나나코를 향한 것이 아니었다. 카운터 안에 있는 카즈와 주방에서 폐점 작업을 하는 나가레에게 말한 것이다.
　방금 노부부가 돌아갔으니, 굳이 들으려 하지 않아도 사치의 목소리는 두 사람 귀에 똑똑히 들어왔다.
　사치는 개의치 않고 말을 이었다.

"당신은 지금 진통이 시작된 엄마의 배 속에 있습니다."
"네."
대답한 사람은 카즈였다.

만약 내일 세상이 멸망한다면, 당신은 어떤 선택을 하겠습니까?
① 일단 태어난다.
② 무의미하므로 태어나지 않는다.

"엄마는 어떻게 할 거야?"
사치는 여느 때처럼 천진난만하게 질문을 던지며 카운터 너머로 카즈의 얼굴을 들여다보았다.
"글쎄."
카즈는 골똘히 생각하는 듯 고개를 갸웃거리며 카운터 안을 정리했다.
그런 사치와 카즈의 모습에 레이지가 시선을 빼앗긴 동안, 역시 카운터의 두 사람을 쳐다보던 나나코가 입을 열었다.
"있잖아······."
분명 나나코의 목소리였지만, 조금 전까지와는 달리 당장에라도 사라질 듯이 여리고 가냘팠다.

레이지는 나나코에게로 시선을 돌렸으나, 나나코는 여전히 카운터 쪽을 바라본 채 중얼거렸다.

"나, 어떻게 됐어?"

'……뭐?'

레이지는 나나코가 한 말의 의미를 언뜻 이해하지 못했다. 레이지는 의아한 표정으로 고개를 숙이고 있는 나나코의 얼굴을 빤히 바라보았다.

"헤헤헤."

그런 분위기가 어색했는지, 잠시 후 나나코는 멋쩍게 웃어 보였다.

"농담이야, 농담. 방금 한 말은 잊어! 못 들은 거로 해. 알았지?"

나나코는 서둘러 자리에서 일어나 레이지와 거리를 두었다.

"커피 식겠다. 얼른 마셔."

등을 돌린 채 중얼거린 나나코의 목소리는 희미하게 떨렸다.

"나나코……."

그 순간, 레이지는 모든 것을 이해했다.

'나나코는 수술 결과를 신경 쓰고 있어.'

그리고 생각이 짧았던 자신을 저주했다.

'느긋했던 사람은 나나코가 아니라 나였어…….'

나나코는 레이지가 나타났을 때부터 수술 결과가 신경 쓰였던 것이 틀림없다.

부모에게 불만을 말하러 간 야요이와 아내를 만나러 간 도도로키가 떠올라, 레이지를 본 순간 최악의 결과를 상상했던 것이다.

최악의 결과란 수술 실패…….

즉,

죽음이다.

내가 죽었기 때문에 레이지가 나를 만나러 왔다.

나나코는 분명 이렇게 생각한 것이다.

그래서 미래에 무슨 일이 생기는지 듣지 않기 위해, 듣지 않게 하기 위해 일부러 밝게, 레이지가 화가 날 만큼 태연하게 행동한 것이다. 나나코는 레이지가 커피를 마실 때까지, 마시고 미래로 돌아갈 때까지 본심을 숨길 생각이었으리라.

하지만 저도 모르게 말이 튀어나오고 말았다.

숨기지 못했다.

레이지는 그런 나나코의 거짓말을 간파하지 못했다.

"……미안해."

레이지는 그런 나나코의 마음을 알아채지 못한 점을 사과했다. 그러나 나나코는 레이지의 미안하다는 말을 다른 의미로 받아들였다.

"싫어, 듣기 싫어!"

"넌……."

어린 시절부터 늘 함께 있었다.

같은 어린이집, 같은 유치원, 초등학교, 중학교, 고등학교, 그리고 대학교까지.

함께 있는 것이 당연하고,

함께 있다는 데 어떠한 의심도 들지 않았다…….

언제부터 나나코를 좋아하게 됐을까?

나나코는 언제부터 나를 좋아했을까?

생각해 보니 나나코에게 남자 친구가 생겼다는 말은 들어 본 적이 없다.

친구들이 아무리 나나코가 "예쁘다."라고 말해도, 내가 예쁘다고 생각하는 여자와는 다른 생명체인 것처럼 느껴졌다.

개그맨은 아주 오랜 꿈이었다.

도쿄로 가겠다는 계획도 개그맨이 되겠다고 마음먹은 중학생 때 정한 일이다.

어, 그런데?

나 혼자 도쿄로 가는 거야?

나나코와 떨어져 지내는 거야?

어렸을 때부터 함께였고……,

같은 어린이집에 다니고……,

같은 유치원에……,

초등학교……,

중학교……,

고등학교……,

대학교…….

그리고 도쿄…….

함께 있는 게 당연하고,

함께 있다는 데 어떠한 의심도 들지 않았는데…….

어, 그런데?

아마 난 계속 나나코를 좋아하고 있었는지도 모른다.

그게 당연했고,

아무런 의심도 들지 않았다.

아마 내 꿈과 나나코를 떼어 놓고 생각할 수는 없을 것이다.

그게 당연하고,

아무런 의심도 들지 않는다.

그러니까…….

"넌…….."

"말하지 마!"

"내 아내가 됐어."

"싫다고!"

귀를 막고 소리친 나나코의 눈동자가 작은 점이 되었다.

"……뭐?"

"넌, 나의, 아내가 돼."

레이지는 일부러 한마디 한마디 강조하며, 같은 말을 반복했다.

"거짓말."

"내가 뭣 하러 거짓말을 혀?"

'거짓말이지만.'

"병은?"

"병?"

"나, 기증자 찾았잖아……."

"미국에 가서……."

'미래의 일은 아무도 몰라.'

"가서……?"

"돌아온 다음, 내 아내가 됐어."

'그러니까…….'

"뭐?"

"해피엔드야, 해피엔드.'

'뭐라 말하든 자유야. 내 미래는, 우리의 미래는 지금부터니까.'

"왜?"

"왜라니? 그건 내가 묻고 싶어."

'게다가…….'

"뭐?"

"네가 제발 결혼해 달라고 매달렸잖아."

'무슨 말을 하든 현실은 바뀌지 않으니까.'

"안 매달렸어!"

"앞으로 매달리게 돼."

"그럴 리 없어!"

"매달렸어!"

"말도 안 돼. 거짓말!"

"내가 이렇게 창피한 거짓말을 하겠어?"

"안 웃기거든?"

"그건 나도 알아."

"뭐?"

"그래도 난 내 꿈을 버릴 수 없어. 버리지 않아. 그러니까 난 도쿄로 떠날 거야. 한동안은 어렵게 살아야 할지도 모르지만, 안타깝지만 넌 내 아내가 돼! 그렇다면 그런 줄 알아!"

레이지는 하고 싶은 말을 한꺼번에 쏟아 놓고는 작게 숨을 들이마신 뒤 다시 입을 열었다.

"그러니까……, 딴 데 갈 생각은 하지 마!"

'열심히 할 테니까 계속 내 옆에 있어 줘.'

단호한 말투였다.

레이지의 생각지도 못한 프러포즈가 가게 안에 쩌렁쩌

렁 울렸으니, 어느새 사치와 카즈, 주방에서 나가레까지 얼굴을 내밀고 주목하고 있었다.

"풉."

나나코가 무심코 웃음을 터뜨렸다.

"뭐야?"

'이 녀석, 왜 웃지?'

"웃긴다."

"이건 내 만담이 아닌데."

"웃겨."

"……뭐?"

나나코는 웃으면서 눈물을 주룩주룩 흘렸다. 그 눈물방울이 너무 커서 레이지는 당황한 표정을 지었다.

"야, 왜 그래."

나나코는 레이지를 똑바로 응시했다.

"고마워."

그러고는 크게 기지개를 켰다.

"그렇구나, 내가 레이지의 아내라니!"

레이지도 깜짝 놀랄 정도로 큰 목소리였다. 걱정과 불안이 깨끗이 사라져 버린 듯한 후련한 목소리였다.

나나코가 조용히 돌아보았다.

"그 미래는 어떤 노력을 해도 바꿀 수 없는 거지?"
"응. 규칙이 그러니까."
"그렇구나."
"그래."
"그럼 할 수 없군."
나나코는 얼굴 가득 활기찬 미소를 지어 보였다.

"엄마는 ①번!"
그때 카즈가 사치의 질문에 대답하는 목소리가 들렸다. 레이지와 나나코의 대화를 듣고 있던 사치도 카즈의 갑작스러운 대답에 어리둥절한 모습이었다.
이는 카즈가 보내는 메시지였다.
'슬슬 돌아갈 시간이야.'
카즈의 눈빛이 그렇게 말했다. 미래에서 온 레이지는 커피가 식기 전에 다 마셔야 한다.
"아, 그렇지."
나나코도 잘 아는 규칙이었다.
"얼른 마셔, 마셔."
나나코는 다급히 레이지에게 커피를 권했다. 레이지도 전하고 싶은 마음을 다 전했으니 미련은 남지 않았다.

"큰일 날 뻔했다. 자, 그럼."

그렇게 말하고는 단숨에 커피를 마셨다. 출렁출렁, 현기증 같은 감각이 레이지를 감쌌다.

"아, 맞다. 이 질문 대답은?"

"응?"

나나코는 사치에게서 책을 받아 레이지에게 불쑥 내밀었다.

"마지막 질문. 레이지의 대답은?"

레이지는 떠올렸다. 나나코가 아무래도 죽는 건 무섭다는 이유로 ②번을 선택한 질문이었다.

레이지는 뿌옇게 흐려져 가는 의식 속에서도 분명하게 대답했다.

"난 ①번. 일단 태어난다."

"①번이라고? 왜?"

"설령 하루라도, 단 하루라도 세상 밖으로 나가던……."

레이지의 몸이 기체에 휩싸였다.

"세상 밖으로 나가면……, 미래의 일은 누구도 알 수 없으니까, 어쩌면, 어쩌면 이 세상은 멸망하지 않을지도 몰라. 그러니까 난 ①번이야."

"그래? 그럼 나도 ①번!"

나나코가 그렇게 소리친 순간, 레이지의 몸을 감쌌던 기체가 휘리릭 상승하면서 그 밑에서 검은 양복을 입은 노신사가 나타났다.

나나코의 마지막 목소리가 레이지에게 가닿았는지는 알 수 없다.

나나코는 레이지가 기체로 변해 사라진 천장을 한동안 쳐다보았다.

"나나코 언니, 레이지 오빠랑 결혼해?"

사치가 나나코를 올려다보며 고개를 갸웃거렸다.

"응. 그런가 봐. 내가 결혼해 달라고 매달리는 꼴이 됐지만……."

나나코는 웃으며 어깨를 으쓱했다.

며칠 후, 레이지에게 나나코의 사진이 인화된 엽서가 도착했다.

수술 후 병실에서 찍은 모양이었다. 나나코는 한껏 미소를 지으며 이쪽을 바라보았다.

'난 괜찮아.'

마치 그렇게 말하는 듯했다.

그런 나나코의 옆에는 역시 활짝 웃고 있는 유카리의 모습이 찍혀 있었다.

"어라, 돌아오려면 아주 한참 남았겠네."

레이지가 들고 온 엽서를 보며 사키가 중얼거렸다. 마치 사람을 찾으러 간다는 말이 진짜인지도 수상하다는 말투였다.

"그러게요."

나가레가 한숨을 쉬며 대답했다. 나가레 역시 이미 반쯤은 포기한 상태였다. 거기다 하코다테가 점점 마음에 들기 시작한 점도 영향을 미쳤다. 당분간 유카리가 돌아오지 않더라도 괜찮을 것 같다는 생각이 들었다.

"그건 그런데, 유카리 씨는 정말 대단한 분이네요."

사키에게서 엽서를 가져가며 레이지가 감탄의 목소리로 말했다. 옆에는 캐리어와 배낭이 놓여 있었다.

이날은 레이지가 도쿄로 떠나는 날이었다. 출발 전 작별 인사를 겸해 유카리가 나나코와 함께 찍은 엽서를 보여 주기 위해 들렀다.

"20년 전 사진에 찍혀 있질 않나, 자살하려던 여자를 구하려고 미래로 보내질 않나, 포론도론의 도도로키 씨랑 하야시다 씨와도 친분이 있는 데다, 유키카 씨가 과거에서 찾아올 거라고 나가레 씨한테 미리 알려주기도 했고, 게다가 이번 일도 있잖아요?"

미국으로 간 나나코와 함께 사진에 찍혀 있었다.

"도도로키 씨 때만 해도, 만약 유카리 씨가 개그맨 그랑프리 우승 축하한다는 엽서를 보내지 않았다면 어떻게 됐을지 모르고요."

신이 내린 게 아니라면 이 모든 일이 어떻게 가능했겠느냐고 레이지는 말하고 싶은 모양이었다.

"그냥 우연이겠지."

나가레는 냉정하게 말을 툭 던졌다.

"아니, 더구나 이 책도……."

그러면서 레이지가 《100가지 질문》을 집어 들고 무언가 말하려고 했을 때, 아래층에서 후다다닥 누군가 뛰어 올라오는 시끄러운 발소리가 들렸다.

사치였다.

사치는 숨을 헐떡이며 책 한 권을 레이지에게 내밀었다.

"이거, 줄게."

"나한테?"

"응."

소설책이었다. 제목은 《연인》이었다.

"어? 이거 사치가 가장 아끼는 책이잖아. 괜찮아?"

나가레가 물었다.

"응."

사치는 레이지와의 작별 선물로 자신의 책 중에서 가장 좋아하는 책을 골라서 들고 왔다.

"정말 괜찮아?"

"응."

사치는 웃는 얼굴로 대답했다.

레이지는 그 책을 몇 장 넘겨 보았다. 워낙 책을 좋아하니 소중히 다루긴 했겠지만, 수십 번은 반복해서 읽은 탓에 여기저기가 낡아 있었다. 정말 좋아하고 아끼는 물건이라는 흔적이 들어 있었다.

"그 책 덕분에 사치가 책을 좋아하게 됐잖아?"

카즈가 한마디 거들었다.

"맞아."

사치가 기쁜 듯이 고개를 끄덕였다.

"그런 소중한 책을 나한테……?"

레이지가 사치를 물끄러미 바라보았다.

사치는 그런 레이지의 눈을 똑똑히 쳐다보며 입을 뗐다.

"꿈을 향해 달려가는 사람한테는 자신이 가장 아끼는 물건을 선물하는 거래. 꿈을 향해 달려가는 사람에겐 언젠가 지치는 순간이 오니까. 힘들어서, 괴로워서, 꿈과 현실을 저울에 놓고 선택하는 순간이 오니까. 그때, 가장 소중한 물건을 받은 사람은 조금 더 힘을 낼 수 있대. 난 혼자가 아니었구나, 하고 깨닫게 된대. 누군가 응원해 주고 있다는 사실에 용기를 얻는대. 그러니까, 사치는 레이지 오빠 힘내라고 이 책을 주는 거야."

"삿짱!"

"그렇잖아, 레이지 오빠가 힘내지 않으면 나나코 언니가 고생하는걸."

사치의 한마디에 와하하 웃음이 터져 나왔다.

그리고 레이지는 떠났다.

몇 달 후, 도쿄로 돌아온 나가레 일행에게 나나코의 부고가 도착했다.

'바람꽃' 눈처럼 벚꽃이 춤을 추듯 떨어지는 봄날이었다.

수술 후, 나나코의 상태는 순조롭게 회복하는 듯 보였다. 하지만 역시 이식 수술은 여러 위험이 동반한다. 돌연 나나코의 몸이 이식한 조직에 거부 반응을 일으켰다.

수술이 여러 차례 거듭되자 나나코의 몸은 나날이 쇠약해졌다. 발열, 구토, 약 부작용으로 다른 사람이라면 견뎌내지 못할 치료도 나나코는 잘 버텼다고 한다.

무엇이 나나코를 그렇게까지 강하게 지탱해 줬는지 부모조차 알 수 없었지만, 분명 그날 레이지가 건넨 한마디 때문이었으리라.

넌 내 아내가 돼.

몇 년 후, 레이지는 다섯 번째로 도전한 염원의 개그맨 그랑프리에서 우승을 거뒀다.

나나코의 묘 앞에 선 레이지의 손에는 사치에게 받은 소설책과 너덜너덜해진 《100가지 질문》이 있었다. 나나코의 묘는 하코다테산 외국인 묘지와 가까운, 항구가 내려다보이는 고지대에 있었다.

레이지가 떠난 자리에는 《100가지 질문》이 남겨졌다. 마지막 페이지의 에필로그만 수없이, 수없이 읽었는지 이제 거의 글자가 보이지 않을 지경이었다.

그 마지막 페이지에 무언가 끼워져 있었다.

결혼반지였다.

레이지가 너덜너덜해질 때까지 읽고 또 읽은 《만약 내일 세상이 멸망한다면? 100가지 질문》의 마지막 페이지, 에필로그에는 이렇게 적혀 있었다.

'나는 생각한다. 사람의 죽음 자체가 사람을 불행에 빠뜨리는 원인이 되어서는 안 된다고. 왜냐하면, 이 세상에 죽지 않는 사람은 없기 때문이다. 죽음이 사람을 불행에 빠뜨리는 원인이라면, 사람은 모두 불행해지기 위해 태어난 것이 된다. 하지만 결코 그렇지 않다. 사람은 누구나 행복해지기 위해 태어나니까…….'

저자 도키타 유카리

* 이 책의 이야기는 모두 픽션입니다.
실재하는 인물이나 지역, 가게, 단체 등의 이름과
전혀 관계가 없음을 밝힙니다.

지은이 가와구치 도시카즈
1971년 오사카 이바라키 시에서 태어났다.
극단 음속 달팽이에서 극작가 겸 연출가로 활동했으며 〈COUPLE〉,
〈저녁놀의 노래〉, 〈family time〉 등의 연극을 선보였다.
1110 프로듀스에서 상연한 〈커피가 식기 전에〉로
제10회 스기나미연극제 대상을 받았고, 동명의 소설을 출간하며 소설가로 데뷔했다.
그의 데뷔작이자 이 시리즈의 1권인 《커피가 식기 전에》는
일본에서 70만 부 이상 판매되며 영화화되었고,
2017년 일본 서점대상 최종 후보에 오르는 등 선풍적인 인기를 얻었다.
이어 《이 거짓말이 들통나기 전에》와 《추억이 사라지기 전에》를 집필했다.

옮긴이 김나랑
고려대학교와 아오야마가쿠인대학교에서 일본어와 일본 문학을 공부했다.
기업에서 근무하다가 외국어를 우리말로 옮기는 일에 매료되어 번역가로 전향했으며,
현재 유익한 서적을 찾아 소개하는 일에 힘쓰고 있다.
옮긴 책으로는 《커피가 식기 전에》, 《이 거짓말이 들통나기 전에》,
《추억이 사라지기 전에》, 《대자연과 컬러풀한 거리, 아이슬란드》 등이 있다.

추억이 사라지기 전에

초판 1쇄 인쇄 2020년 11월 16일
초판 1쇄 발행 2020년 11월 23일

지은이 가와구치 도시카즈
옮긴이 김나랑
펴낸이 안중용

펴낸곳 비빔북스 **출판등록** 2015년 6월 19일 제2015-000026호
주소 서울특별시 양천구 중앙로 48길 50-1, 401호
전화 02-2693-7751 **팩스** 02-2653-7752
이메일 bibimbooks@naver.com

ISBN 979-11-89692-09-4 03830

*책값은 뒤표지에 있습니다.
*이 책은 저작권법에 의하여 보호를 받는 저작물이므로 무단 전재와 복제를 금합니다.

이 도서의 국립중앙도서관 출판예정도서목록(CIP)은 서지정보유통지원시스템 홈페이지(http://seoji.nl.go.kr)와
국가자료종합목록 구축시스템(http://kolis-net.nl.go.kr)에서 이용하실 수 있습니다.(CIP제어번호:CIP2020047745)